可以悦读·外国文学

D.M. THOMAS

白色
The White Hotel
旅馆

[英] D·M·托马斯 著

陶磊 译

浙江文艺出版社

吾辈以梦幻飨劳心灵

愈渐冷漠，不食人间烟火

于是仇恨弥坚

远甚于爱……

——W.B. 叶芝《内战时期的沉思录》

作者附识

一旦进入歇斯底里的地界——即此书之"疆域"——无须远行便能看到西格蒙德·弗洛伊德的巍峨身影。作为精神分析学这一伟大而美妙的现代神话的创始人，弗洛伊德其实成了小说人物的一员。所谓"神话"，就是对隐藏的真相进行诗意化、戏剧化的表现。我强调这一点，并非有意质疑精神分析法的科学性。

弗洛伊德在这个故事里扮演的角色是完全虚构的，但我是依据众所周知的弗洛伊德生平中的真实事件来构思这一人物的，有时我还会从他的著作和书信等处引用原文。

"引子"以及与精神分析相关的所有段落（包括第三章，那是以文学形式展现的弗洛伊德的一个病例）则并非基于事实。对相关真实病史不熟悉的读者——这些病例首先是精美的文学作品——可以参考"鹈鹕丛书"里的《弗洛伊德文集》（企鹅出版社，1974—1979）第3、8、9卷。

D.M. 托马斯

目录

Contents

引　子 | 001

第一章　《唐璜》| 012

第二章　盖斯坦日记 | 031

第三章　安娜女士 | 091

第四章　疗养胜地 | 150

第五章　卧铺车厢 | 235

第六章　营　地 | 271

引　子

最最亲爱的吉塞拉：

让我从新大陆紧紧拥抱你！旅途辗转，往来应酬，还要准备演讲，接受种种荣誉（这对弗洛伊德①来说理所当然，一定程度上对于荣格②也是），我已经忙得焦头烂额，脑袋里昏天黑地。但显而易见的是，我们的活动在美国饱受欢迎。布瑞尔和霍尔都是大好人，克拉克大学的每个人都对我们关怀备至，

---

① 西格蒙德·弗洛伊德（Sigmund Freud, 1856—1939），奥地利心理学家、精神病医师，精神分析学派创始人。——本书脚注若无特殊说明，均为译者注
② 卡尔·古斯塔夫·荣格（Carl Gustav Jung, 1875—1961），瑞士心理学家，分析心理学创始人。与弗洛伊德曾有师生之谊，后因理念不合，分道扬镳。

赞美有加。连我都被弗洛伊德纯熟的技巧震惊了,他发表了五次完全脱稿的演讲——都是事先半小时和我一块儿散步时构思出来的。不消说,他给听众留下了深刻的印象。荣格也做了两场精彩的演讲,谈他自己的学术成果,居然一次都没提弗洛伊德的名字!总的来说,我们三人可以和睦相处,但在某些尴尬的情形下(比如在纽约的时候我们突然拉起了肚子……),荣格和弗洛伊德之间的关系确实[①]会有点紧张。关于这一点,容我稍后再谈。

你一定想听听海上的旅程吧。还算不错,就是几乎什么都没看到!差不多刚启程就遭遇了盛夏的大雾。不过也并非毫无亮点。尤其是荣格,他痴迷于想象脚下是一头不舍昼夜地冲向猎物的"史前怪物",他还觉得我们正退回远古时代。弗洛伊德嘲笑他是基督徒,所以神神道道的(他觉得犹太人早已摆脱了这种命运![②])。不过他也承认和荣格颇有同感,比如盯着船舱的玻璃窗看到白茫茫一片,或者听到他称之为"叫春的雾角"[③]的时候!纽约在一片混沌中横空出世,倒更显得惊艳和不可思议。布瑞尔来接我们,他给我们看了许多好东西,最美妙的莫过于一张会动的照片——"电影"!虽然胃疼,但我还

[①] 原文为斜体,后文中均用楷体标识。(编辑注)
[②] 弗洛伊德是犹太人。
[③] 指在雾中警告其他船只的汽笛声。

是看得兴致勃勃。影片主要讲述一群滑稽的警察走街串巷,追捕一群更加滑稽的坏蛋。情节很单薄,不过人物确实在动,而且栩栩如生,引人入胜。我发现弗洛伊德倒是不大感兴趣!

对了,我得告诉你大伙动身前一夜在不来梅经历的咄咄怪事。我们当时正由衷地庆幸能顺利聚到一起,自然也为近在眼前的探险旅程激动不已。弗洛伊德做东,在一家十分豪华的酒店设宴。我们说服了荣格破例和大家一道喝酒。或许是不惯饮酒的缘故,他变得滔滔不绝,兴致盎然。他把话题引向了似乎是在德国北部发现的几具"泥沼尸体",据说都是史前人类的遗体,由于沼泽内腐殖酸的作用变成了木乃伊。那几个人看起来是在泥浆里淹死或是被埋在那里的。好吧,这还算有点意思;或者说,要不是荣格讲个没完的话,本该如此。最后,弗洛伊德几次嚷道:"你干吗那么关心那些尸体?"但荣格仍然沉浸其中,无法自拔。弗洛伊德突然从椅子上滑下来,昏了过去。

荣格这个可怜的家伙被突如其来的意外搞得莫名其妙——就像我一样——完全不明白自己做错了什么。弗洛伊德一醒过来就指责荣格想排挤他,荣格当然坚决否认。他也确实是个善良、活泼的同伴,远比他那戴着金丝眼镜、剪一头短发的外表给人的印象更好。

另一场短暂的争执发生在船上。我们正互相解梦,自娱自乐(居然是在雾里!)。荣格被弗洛伊德的一个梦吸引了:那是在收获的季节，弗洛伊德的小姨子（敏娜）像农民似的搬运着大捆大捆的麦子，而他的妻子却懒洋洋地看着。荣格有点心直口快，不停地追问内情。他直截了当地说，他认为这个梦和弗洛伊德对小姨子的脉脉温情有关。我很吃惊，他居然对弗洛伊德的家事如此了解。弗洛伊德自然觉得受到冒犯，拒绝透露更多隐私，以免"搭上自己的威信"（这是他的原话）。荣格后来告诉我，对他而言，弗洛伊德那时已然威信全无。不过，我觉得经过我的调解，他们又和好如初了。但我一度觉得自己就像摔跤比赛的裁判！尽是些棘手的事儿。你可要保密。

我自己的梦（唯一记得的一个）关乎童年时代某件微不足道的扫兴事。弗洛伊德自然斩钉截铁地断定这与你——我最亲爱的人有关。他一眼看出了症结所在：你决定在女儿们出嫁前不和丈夫离婚，我担心这是你一厢情愿的自我欺骗。我还担心，你不愿意用婚姻这种影响深远的关系来成全我们长期的交往。好吧，你明白我的担忧，为了让我释怀也已竭尽所能。但是你瞧，我还是会在分开的日子里不由自主地梦见这些事（或许是受到令人沮丧的海雾影响）。弗洛伊德一如既往地帮了我大忙。告诉埃尔玛，他很感激她的美好祝愿，还说得知他的分析令她受益匪浅，他很是感动。他也问候了你，还打趣说，要是母亲和女儿一样聪慧迷人（我向他保证的确如此！），那我可真叫人羡慕……这我当然知道！替我热情拥抱并亲吻埃尔玛，同时向你的丈夫转达我的问候。

下个礼拜我们要去看尼亚加拉大瀑布，弗洛伊德视之为整个行程中的头等大事。从现在起不到两个礼拜，我们就将乘上"恺撒·威廉"号。所以差不多在你收到我的信之前，我就已在布达佩斯的家中了。我不知道要怎样表达自己多么渴望你深情的拥抱。与此同时，我要吻你，哪怕是在梦里（天啊！真是糟糕透了，可也聊胜于无！）。

永远属于你的桑多尔·费伦齐①

1909年9月8日

于美国马萨诸塞州伍斯特市斯坦迪什旅馆

亲爱的费伦齐：

感谢你来信吊唁，我真不知道还能说些什么。多年来，我一直为失去儿子做着心理准备，可现在离去的居然是我的女儿。我压根不信教，所以不能归咎于谁，我也知道自己无处抱怨。"周而复始、永恒不变的军人职责"以及"美妙的生存惯性"使

---

① 桑多尔·费伦齐（Sándor Ferenczi, 1873—1933），匈牙利心理学家，早期精神分析学派的代表人物之一。与下文提到的亚伯拉罕、萨克斯都曾是弗洛伊德的弟子和亲密合作者。

得一切一如往常。这是盲目的生存需要，是对命运无言的屈从。在心灵深处，我能感觉到一种无法治愈的、自我陶醉式的伤痛。我的妻子和安耐尔所受到的沉重打击则更近乎人之常情。

别替我担心，我和以前一样，只是有点疲倦。会议继续。① 今天我不得不挤出时间到维也纳总院去，以委员会成员的身份研究对于战争中受虐的精神病患者的种种论断。最令我惊诧的是，居然有人认为对那些所谓的装病者施以电击就能使其变回勇士。一旦回到战场，他们对于电击的恐惧将不可避免地被直面的威胁所取代，于是他们又会遭到更强的电击——如此循环往复，毫无意义。在证据不足的情况下，我倾向于认为瓦格纳-尧雷格②是无辜的，但我不愿为他手下人作保。无可否认，德国的医院里确实存在病人死于治疗或因此自杀的案例。维也纳的诊所是否会倒向典型的德式作风，为达目的不择手段，要下判断还为时尚早。不过我会在月底前递交一份备忘录。

我重新拾起了那篇久未写成的文章《超越快乐原则》，进一步坚定了我的信念。我认为对死亡本能的假设是找对了门路，它本身与力比多一样强大（虽然更为隐蔽）。我有个病人

---

① 原文为法语。（编辑注）
② 朱利叶斯·瓦格纳-尧雷格（Julius Wagner-Jauregg, 1857—1940），奥地利精神病学家。在维也纳大学结识了弗洛伊德，并和他建立了终生的友谊。

是位年轻女性，患有严重的歇斯底里症。她方才"产下"一些文字，似乎可以佐证我的理论：极致的性爱幻想与极端的病态相结合，就像维纳斯在照镜子时看到了美杜莎的脸。也许以往我们对于性冲动的研究过于孤立，就像一个水手全神贯注地盯着灯塔，却在吞噬一切的黑暗中撞上了礁石。

我大概会在九月份的研讨会上提交一篇论文，从某个角度探讨这一问题。相信熬过了这些糟糕透顶、叫人灰心丧气的年头，重逢对于我们每个人来说都是振奋人心的。我听说亚伯拉罕[①]打算宣读一篇关于"女性阉割情结"的论文。你所倡导的"在精神分析中采用主动疗法"的建议，看来是很值得在会上讨论的好题目。我依然坚信"如果充分给予病人在童年时代渴望得到的爱，医生就能在病人身上获得更好的疗效"，但我还是会带着浓厚的兴趣研究你的观点。

我的妻子和我一样感谢你的好意。

你的弗洛伊德

1920年2月9日

于维也纳伯格街19号

[①] 卡尔·亚伯拉罕（Karl Abraham, 1877—1925），德国心理学家，早期精神分析学派的代表人物之一。

亲爱的萨克斯①：

虽然你在瑞士的同事会很想念你，但我认为你去柏林是完全正确的。柏林在几年内就会成为我们活动的中心，我对此确信无疑。尽管你担心自己缺乏临床经验，但你才华横溢、活泼乐观、平易近人而且见识广博，这足以使你成为接受精神分析师培训的理想人选。我对你充满信心。

尽管我相信我们不会分别太久，我还是要冒昧地送你一份"临别礼物"——一部非同寻常的"日记"。那是我的一个病人，一位十分体面的年轻女性，在盖斯坦泡完温泉后"产下"的。她离开维也纳的时候很瘦，回来时却丰满起来，并立即把她写下来的东西寄给了我。真正的假性怀孕！她是在姑妈的陪同下去度假的，不消说她也根本没见过我哪个儿子，虽然我可能向她提过马丁在战争中当了俘虏。我不想拿这个病例的细枝末节去打扰你，但如果某些东西触动了你的艺术直觉，我很乐意聆听高见。这个年轻女人曾有一段前途辉煌但戛然而止的音乐生涯，她的"诗句"就写在《唐璜》②乐谱的五线谱之间……当然，这是全部手稿的副本（原稿起初写在一本儿童练习簿上），

---

① 汉斯·萨克斯（Hanns Sachs, 1881—1947），奥地利心理学家，早期精神分析学派的代表人物之一。
② 莫扎特创作的二幕歌剧。

她很乐意提供给我。这份副本你就权当"胞衣"吧,不必寄还了。

若能勘破病魔从这位一贯害羞拘谨的淑女心里挖掘出来的污言秽语,你一定会陶醉其中。之所以这样说,是因为我了解你拉伯雷①式的性情。别担心,我的朋友,我不介意!我会怀念你的犹太笑话——你知道,维也纳尽是些一本正经的家伙。

要是没法再早,但愿九月份能在海牙见到你。亚伯拉罕答应提交一篇关于"女性阉割情结"的论文。毫无疑问,他还没到驾轻就熟的地步,不过他为人可靠,也很得体。费伦齐则会试图证明,他最近萌发的亲吻病人的热情是合乎情理的。

家里还是显得空荡荡,只因为少了我们的"宝贝女儿"②,尽管我们在她结婚以后就很少见到她了。不提也罢。

衷心祝福你

你的弗洛伊德

1920 年 3 月 4 日

于维也纳伯格街 19 号

---

① 弗朗索瓦·拉伯雷(François Rabelais,约 1494—1553),法国作家,文艺复兴时期的人文主义学者,著有《巨人传》等。
② 原文为"Sunday child"。可能与英国童谣集《鹅妈妈》(Mother Goose)中的一首有关:"...But the child born on the Sabbath day, is fair and wise and good and gay."(而在安息日出生的孩子,诚实又聪明,优秀又开心。)

亲爱的、尊敬的教授：

请原谅我用明信片给您回信，我觉得这和您那位年轻病人在"白色旅馆"里的见解不谋而合。多谢您的礼物！它帮我迅速打发了火车上的旅途时光（而且尤为适宜！），我还读得津津有味。我对此作的看法恐怕还很粗浅，她的幻想让我猛然记起人类堕落之前的伊甸园——并非爱情和死亡从未发生，只是由于时间的缺失，无从彰显其意义。新诊所棒极了，虽然——唉——不像白色旅馆那样流淌着牛奶和蜂蜜，却比它更经久耐用。但愿如此吧！等我安顿好了再给您写信。

您诚挚的萨克斯
1920 年 3 月 14 日
于柏林全科诊所

致法兰克福市议会"纪念歌德逝世一百周年筹备委员会"秘书
亲爱的库恩先生：

很抱歉迟迟没有给您回信。只要健康状况许可，这段时间我都没闲着，论文已经写完了。我之前那个病人对于您把她的作品和我的论文放在一起发表并无异议，故此一并附上。但愿那些拙劣诗句里随处可见的粗鄙措辞，以及充斥着幻想，虽不甚唐突但仍显色情的素材，不会令您惴惴不安。应当考虑到：第一，作者患有严重的性歇斯底里症；第二，这些作品归属科学领域，"去个人化"原则已被普遍接受并付诸实践。尤其是那位诗人，以此告诫他的读者，不要畏惧也不要逃避那些"人所不知的、人所不解的东西。它们作长夜的漫游，在胸中的迷宫里"①。

您诚挚的西格蒙德·弗洛伊德

1931 年 5 月 18 日

于维也纳伯格街 19 号

---

① 见歌德《对月》："那人所不知的／人所不解的乐趣／作长夜的漫游／在胸中的迷宫里。"（杨武能译）

第一章 《唐璜》

1

我梦见暴风雨中倒伏的树木,
我就在其中身处。
荒芜的海岸迎面扑来,我奋力狂奔,万分惊恐,
地上有一扇门,而我无法开动。
我已经开始勾搭您的儿子,
在火车的某个位置。
漆黑的隧道里,他把手伸进我的裙底,
摸到两腿之间,使我喘不过气。
他把我带到湖边的一家白色旅馆,
在高处鸟瞰,绿意盎然。
从大腿被分开的时候起,
我就欲火焚身,情难自已。

哪怕车长路过门窗，

停下脚步，往里打量，

然后朝狭长的车厢走开。

蠕动的手指使我饥渴难耐，

直到他把我半抱在怀，踏上宽阔的台阶。

走进通廊，只见看守正在安歇，

于是他拿了钥匙往楼上就跑。

天空湛蓝，不过黑夜将近。冰雪覆盖的山顶上，

刮来一阵风雪，吹过山脚下的小树林。

我们在那里流连，连时间都记不清。

至少有一个礼拜，我们待在床上从未离开。

教授啊，我几乎被您的儿子掰成两瓣这才回来。

一个自轻自贱的女人，破罐子破摔，

您怎能帮我，您又怎会明白。

我想那是第二晚的样子，

狂风呼啸着吹过松林，铿锵犹如燧石。

避暑凉亭的塔式顶棚被风吹落，

汹涌的波涛将好些人淹没。

我听到侍者和顾客奔逃的动静，

只有您儿子摸着我的胸部，情不自禁，

他还用嘴吸我的乳头让它变硬。

旅馆里到处都是叫喊和碰撞的声音,

我们仿佛置身远洋客轮,一艘白色的客轮。

他仍在不停地吮吸,

吮了一个又一个,它们都已肿起。

我以为有人打碎了窗玻璃,

接着他又使劲进入我的身体。

您无法想象那些星星是多么明晰,

就像山巅高悬的枫叶,不停飘落掉进湖里。

我们听到人声鼎沸。

那些流星一定来自狮子座。

黑暗中的某个地方,骚动在人群里不断波及。

原来尸体正被打捞上岸。

我们听到一声哀叹。

他的手指抠得我受了伤,

我开始用指甲抓挠那肥大的家伙插入的地方,

它躲在我的身体里,就好像不属于他一样。

划过一道闪电的光芒,

一闪而过的白色"之"字形状,

等不及迅雷在旅馆上方炸响。

又是漆黑一片,

只剩湖面上的灯火,星星点点。

台球室多半遭了水淹。

我们觉得痛,他甚至没法一鼓作气地射出来。

教授啊,这感觉可真不赖。

现在跟您坦白,真叫我脸红心跳,

可那会儿,哭归哭,我一点都不害臊。

过了个把小时,他在我身体里达到高潮。

我俩听到房门砰砰作响,

他们正把尸体从湖里捞到岸上。

狂风依旧,

我们睡着的时候,还是手牵着手。

一天晚上,他们救了一只猫,

它躲在墨绿色的杉树上,几乎看不见那一身黑毛。

赤裸的我们紧挨着窗。

一只手在树丛中摸索,却被它抓伤。

自从洪水泛滥,它一直待在那儿整整两天,

就在那一夜,我觉得鲜血直淌犹如细流涓涓。

他正在给我看照片,我问他,

如果树都染红了你会介意吗?

我们并不是真的待在床上寸步不离,

等那只猫被救下了地,

我们就穿上衣服下楼吃饭。

餐桌之间有块可以跳舞的空地,我却步履蹒跚。

我只套了一件连衣裙站在那里,

裙子太短,我能感觉到空气接触我的肉体。

我努力推开他的手却软弱无力,

他说,我实在忍不住碰你,实在忍不住碰你。

求求你,别拦我,求求你!

男男女女朝我们笑笑,不以为意。

坐着的时候,他舔了舔油亮的手指头,

我看着他用红通通的手切掉肥肉。

我们跑到松林里边,

能感觉到凉爽的微风吹拂肌肤,妙不可言。

我们听不到旅馆里乐队的歌曲,

尽管时不时响起吉卜赛的旋律。

那一晚,他几乎撑破了我的下体,

它因月事变得更加紧致。

湖泊上空悬着硕大的星星,连月亮都没有立足之地,

但是星星都掉进了我们屋里,

把倒下的凉亭顶棚照亮,宛如宝塔依稀。

有时候,山上的雪顶,

也能借着闪电的光芒看个分明。

2

用人花了整整一天收拾我们的床,

离开白色旅馆的时候,天刚蒙蒙亮,

我们乘着快艇在宽阔的湖面上游览。

从清晨直到天色将晚,

我们都乘着三桅白帆船。

毯子底下,您儿子的右手将我下体插满,

裹在套子里,一直没过手腕。

万里无云,天空湛蓝。

白色旅馆隐入树丛,

绿树碧波,难辨影踪。

我说,干我吧,快干我!我是不是太过直截了当?

我一点不觉得害臊,都怪那害人的阳光。

不过船上没有地方可以躺,

因为喝酒的人到处都有,

还啃着鸡胸肉。

大伙都盯着我们这两个离不开毯子的病篓。

我进入到一种亢奋的状态里,

被您儿子不停的抽插弄得心醉神迷。

教授啊,他干起来如同活塞一般,

进进出出,接连不断。

直到太阳吸引人们移开目光,

不是看染红的夕阳,

而是来自旅馆的熊熊火焰,

高耸的松林之间,它又一次进入人们的视线。

旅馆的一头已经烧着,天空中一片火光,

人们跑到船头细看,眼神惊恐万状。

千真万确,您儿子冷不丁地把我拽到身上,

他长驱直入,我爽得直叫,

但没有人听到,因为其他人也在尖叫。

人们从白色旅馆的高层,

一个个坠落或跃下。

我不停扭动,直到他射出凉滑的黏液,一泻千里。

树上挂着烧焦的尸体,

他再度勃起,我又一次迎上去。

我们喷薄而出的兴奋简直难以言喻。

旅馆一边的房子已经烧穿,能看到里头的床,

我们不知道火是怎么烧起来的。有人讲,

是因为那不同寻常的阳光,

透过了无遮掩的窗，烧着了余温尚存的床单。
抑或是劳累之余的用人，不顾禁烟令，
点燃了香烟，却瞌睡正酣。
又或许是融化中的雪山成了强力的聚火镜。

那一夜，我痛得难以入睡，
我以为身体里有什么东西被撕碎。
您的儿子对我柔情似水，
一动不动，整夜都在我体内。
女人们在放置尸体的露台上号啕大哭，
我不知道您是否明白女人们深切的痛苦，
但我感到一阵寒意袭来，接连不断，
就像平静的湖水把黑压压的涟漪送上岸。
直到天亮，我才能动弹，渐渐睡下。
睡梦中，我变成了抹大拉的玛利亚，
那是一尊在深海中颠簸的船头雕像。
我被钉在剑鱼身上，
吞咽着海风，如饮酒浆。
我的木质皮肤任岁月刻画，
那是来自冰山的风刀，那里升起北极的光华。
冰，起初很软。有一条鲸鱼，

对着我胸衣上的纤细鲸骨，呜咽着唱起摇篮曲。

我分不清风声和鲸鱼的悲鸣，

它的背脊犹如雪白的冰山，一望无垠。

接着，是那些冰凌，

逐渐插进我的身体，因为我们是一台破冰机。

一个乳房被切掉，我觉得遭人遗弃。

我生下一个木头胎儿，

它咧开嘴，吸吮着雪花儿，

却碰上一场风暴把它卷跑。

一场暴风雪此刻正席卷而来，

把我的子宫整个扯掉，它在冰天雪地之间翩翩起舞。

一个会飞的子宫，您可曾目睹？

您无法想象，

醒来时看到温暖如故的太阳，是多么令人舒爽。

明亮的光线照射在家具上，

您儿子温柔地向我凝望。

我好开心，因为两个乳房都还在。

我跳到阳台，

空气里弥漫着树叶与松针的芳香。

我靠着栏杆，他走到我后方，

猛地刺进来，一个劲儿往里探。
我本来意兴阑珊，
忽然心花怒放。
我弄不清他进来的地方，
只觉得白色旅馆甚而群山都在颤抖，
原先那一片白茫茫的视野中裂开几道漆黑的岔口。

3

我们也曾交到好朋友，那些人临死的时候和我们在一起。
其中有个女人，专门缝制紧身胸衣，
身材丰满，性格活泼，跟她的生意一样招人喜爱。
然而长夜漫漫，只剩我们二人同在。
流星徐徐坠落，接连不断，就像硕大的玫瑰，
有一回，我们正躺在床上对此心生敬畏，
忽而一片芳香的橘林飘过窗边。
我们的内心静默无言，
看着流星陨落，熄灭在漆黑的湖里咝咝作响，
犹如千盏明灯隐于幕帐。
别以为我们从不侧耳倾听，
黑夜里万籁俱寂的宁静。

我们挨得很近，却无肌肤之亲。

抑或他只是用手轻抚我的下身，

他说，那让他想起一片蕨菜地，

儿时的他曾躲在那里游玩嬉戏。

据他那时的轻声细语，我知道了您很多事情，

仿佛床前正站着您和他的母亲。

日薄西山的光景，流云绯红，如花绽放，

搅动着奶油般的雪顶。白色旅馆摇摇晃晃，

我的乳房旋转着被黄昏吞没了，

他的舌头在我如饥似渴的私处舔尽每一寸暮色。

我啜饮着他的汁液，它逐渐变成了乳汁，

抑或这乳汁因他的吸吮才会流泻，

由于第二天晚上，我的乳房胀得像要裂开。

午后做爱令我们口渴难耐，

他喝干了一杯红酒，探身过来。

我把衣衫解开，

没等他含住乳头，肿胀之处就已一泻如注。

我把另一个乳头留给了善良的老神父，

他曾和我们一道用餐。

客人们惊诧地盯着看，

不过都面带笑意，仿佛在说，你们一定会这么做。

因为在白色旅馆里别无他求地生活,

只有做爱的代价,大家都付得起。

厨师满脸堆笑,站在门口,

看到奶水多得两个人都喝不完。厨师走到这边,

用玻璃杯接在乳房下面。

他一口喝干,说味道很好,

我们也恭维他道,

食物总是烹制得鲜美可口。

来了更多的杯子,客人们需要奶油,

还有乐队,也是又热又渴。垂落的暮光,

转眼间好像给小树林涂上了黄油一样,

巨大的落地窗外,连湖面也泛着油光。

善良的老神父继续吸吮我的乳房,

他想见到贫民窟里奄奄一息的妈妈。

我的另一个乳房滋养着另一对嘴唇,那是您儿子的啊。

我感觉到他的手指藏在桌底,

拨弄我的大腿。我双股大开,颤抖不已。

我们不得不跑上楼去。他的家伙顶在我身上,

而我早已淫液汤汤,

甚至不等我们爬到楼顶。

神父已经离开，带领送葬的人们穿过小树林，

走向冰冷的山坡。我们听到安魂曲的节奏，

在岸边渐行渐远。身边的他抓起我的手，

和他的手指一道滑进我的下身。

我们的另一个朋友，那个丰满的裁缝，

也如法炮制。难以置信吧，

插进来那么多，我还是没有被填满啊！

他们用推车运送那些葬身于水火的尸体，

我们听到车轮滚滚，响彻松林，

然后一切重归寂静。

我们看到送葬者的行列在山顶的阴霾里，

他们就站在沟渠旁边。

清风徐来，想起记忆中的画面，

橘树成林，玫瑰落地，

穿越万物的奥秘。

妇女们晕倒在泥泞的土地上，

白色旅馆的后山上有座教堂，钟声回荡，

一直从半山腰传到瞭望台。

祈福的祷词从神父嘴里喃喃地吐出来，

一个寂寞的男人站在湖中央，

他把帽子举到胸前，紧靠着渔网。

我们听到一记雷声炸响,

山顶的巨石被人们的歌声阻挡了一阵,

悬在半空,随即往下翻滚。

一场山崩把送葬者和死者埋在一起。

回声渐渐止息,我永远无法忘记,

山石倾覆后的死寂。

黑暗汹涌而来,因为那天夜里,

银白色的湖水把阳光一饮而尽,而且没有月亮。

4

有一天傍晚,湖面就像一条鲜红的床单,

我们穿上衣服去爬山,

沿着白色旅馆后面一条坎坷的小径,

在松林之间迂回前进。

他手把手拉着我往上攀登,

又一个劲地在我身上倒腾。

爬到教堂边的紫杉丛,我们在那儿歇了歇脚,

一头拴住的驴边嚼着低矮的青草,边盯着我们瞧。

他正要插入,

走来一个老修女,挎着一篮脏衣服,

她说，这里的冰泉会将所有的罪孽冲刷，所以别停下。

那泉水恰好汇进湖泊，

被太阳蒸发，再变成雨水降落。

老修女是来这儿洗衣服的。我们好不容易爬上山坡，

走进树林上方那个永远冰冷的场所。

赶在太阳下山之前，

我们走进瞭望台，只见漆黑一片。

您可知道您的儿子是多么景仰星星，

点点繁星是他血液里的天性。

但是，当我们透过望远镜观测的时候，却不见一颗星星。

它们都已在尘世降临。

直到那时我才明白，满天星辰化作了白雪悠悠，

飘落下来，同大地与湖泊交媾。

那一夜天色已晚，看不清回白色旅馆的路，

于是我们再次结合，并渐渐睡熟。

我感觉到他幽灵般的化身飞流直下，

我听到高山在喧哗。

群山聚首的时候，会像鲸鱼一样歌唱。

那一晚，整个夜空四分五裂，轰然落地。

我们安静地躺着，悄无声息，

好似听到有人开心地松了口气,
就在远古混沌初开的时节。
天空破晓,我们嚼碎星星,啜饮冰雪,
包括湖水,洁白的一切。
白色旅馆消失在视线,
直到他把望远镜对准湖面,
我呵在玻璃窗上的字赫然可见。
他把望远镜转了个向,
我们看到雪绒花在远山的冰莹中荡漾。
镜头对着山峰之间,伞兵们在那里降落。
我们看到阳光在天蓝色中闪烁,
如同紧身胸衣的纽扣。
那是我们的朋友,
他用拇指在她腿上留下了紫色的淤青作为记认,
那个样子想必使他兴奋。
我的头脑昏昏沉沉,只感觉到他又要把我撑爆。
索道吊着缆车在风中摇晃,我的心拼命狂跳。
我惊声尖叫,看到游客从天而降。
女人们下坠得比较慢,几乎是飘下来,
因为她们的衬裙和下摆兜风借力。
那些男人穿过她们往下坠落,我也随之心碎不已。

女人们貌似在上升而不是下降,就像跳舞的时候,

男人用灵便的双手,

将芭蕾舞女轻巧地高举过头。

男人们先着地,

然后女人们掉进湖水或树林里,

又静悄悄地掉下几个鲜艳的滑雪屐。

下山的路上,我们在泉水边小憩。

从那么高的地方,居然还能把鱼儿尽收眼底,

就在那清澈的湖水里。

它们劈波斩浪,露出无数金银璀璨的鱼鳍,

让我联想起精子寻找通往子宫的路。

有些鱼儿冲着游客要食物。

我是不是太关注性生活?

有时候我觉得自己已经走火入魔。

这并不是因为上帝在水里撒满了疯狂产卵的种苗,

让葡萄藤结满葡萄,使棕榈树长出海枣,

令公牛萌发吃桃子的念头,

叫李子在牛鼻子跟前颤抖,

用太阳遮住苍白的月亮。

您的儿子是一头发情的雄鹿,让我廉耻尽丧。

工作人员都很优秀,

服务周到,前所未有。

电话和服务台的铃声无止无休,

度蜜月的新人一床难求,

因为有一些客人离开,

还有更多的客人搬来。

一对夫妇被安顿在角落里,

他俩因遭拒而哭泣。

我们听到那个女人在某处尖叫,就在第二天夜里。

侍者和用人拿着热毛巾连奔带跑,她已分娩在即。

烧毁的侧翼在几天内就重新盖上,

工作人员都帮了忙。

一天早上,我的脸还埋在枕头里,

下体已被他弄得淫液四溢。

我们听见一阵窸窣声,原来主厨兴奋地站在窗外,

红光满面,饥渴难耐。

他给木窗框刷了一层白色的新漆,还眨眼示意。

我不介意他们俩谁进入我的身体。

他做的牛排风味独特,鲜美无比,

汤汁自然流溢。

他人的身体成为我的一部分,这种感觉我很乐意,

白色旅馆里没有人会只顾自己。
湖水拍打着乱石堆，
野天鹅在山间展翅高飞。
雪白的山顶相形之下似成灰色，
或与湖水悄然融合。

第二章　盖斯坦日记

她被一条树根绊倒，又爬起来继续漫无目的地奔跑。无处可逃，但她仍然不停地跑。身后踩踏树叶的声音越来越响。那是一群男人，所以跑得比她快。就算跑到树林尽头，也会有更多的士兵在那里等着把她击毙。但这片刻余生却弥足珍贵，只是还远远不够。已经无路可逃了，除非变成树林的一员。她宁可欣然放弃血肉之躯和丰富的生活，变成一棵树，困守着卑微的生活，与蜘蛛和蚂蚁为伴。如此一来，士兵们会一边朝着树架起步枪，一边在口袋里摸出香烟。他们会有点失望地耸耸肩，说一声"跑掉一个无所谓"，然后就回家了。而她这棵树，却会满心欢喜。每当朝阳穿过树林萦绕在身旁，那一身树叶都将歌颂上帝，表达谢意。

她最终还是累倒在冰冷刺骨的泥地上。她的手碰到了什么东西，又冷又硬。拨开树叶，她在地上发现一个扣着活络门的铁环。她膝盖用力，拼命直起身子，使劲扯那个门环。有好一阵没听到什么动静，士兵们似乎把她追丢了。这会儿她又听见那伙人沿着树丛冲过来，就在身后不远的地方。她拼尽全力去拽那个门环，可还是无济于事。一片阴影洒在落叶上。她闭上眼睛，等着脑袋被打爆。这时她抬起头，看到一个小男孩正盯着她，露出惊恐的表情。他像她一样赤身裸体，身上尽是创口和伤痕，鲜血直流。"别害怕，小姐。"他说，"我也活着。""别说话！"她告诉他。铁环仍旧一动不动。她吩咐男孩跟在身后，沿着树丛往前爬。兴许士兵们会把他们背上的血迹当成树叶上深红色的斑点。不过就这么爬着的时候，她感觉到子弹射进了右肩，悄无声息。

　　检票员把她摇醒了，她一边道歉一边摸索手提包的扣子。她觉得自己很傻，因为扣子就和那个铁门环一样怎么也扯不开。好不容易打开，她找到了车票，递给检票员。他打了个孔又还给她。关上包厢门，她掸了掸身上的黑白条纹连衣裙，换了个更舒服、文雅的坐姿。她朝对面那个军人瞥了一眼，他是在她睡着的时候走进包厢的。目光相接的时候，她觉得自己脸红了，于是就开始整理手提包里的东西。她注意到这个和她一块儿睡觉的年轻男人（这样说也无不可）长着一双温和的绿眼睛。她拿起书继续读，间或朝窗外看看，面带微笑。

周围一片祥和。只有铁轨咔嚓咔嚓的声响、翻书的声音，还有她的旅伴翻报纸的沙沙声。

年轻男人有点纳闷，一个人看着单调乏味的黄土地怎么会发笑。似乎不是因为某些快乐的回忆或者期待，纯粹是觉得窗外的风景赏心悦目。笑容改变了她讨人喜欢却略显呆板的五官。她的体重有些超常，但身材相当匀称。

她笑着笑着打了个哈欠，但马上忍住。"睡得真香。"男人撞着胆子跟她搭讪，一边叠好摊在膝盖上的报纸，朝她善意地笑笑。她脸颊飞红，点点头，又朝窗外瞧去。"是啊。"她说，"睡得死死的。"她的回答让男人有点窘。她继续道："缺雨水。""没错！"年轻男人附和道。他还是不知道说什么好，她又埋头看书去了。她沉迷在阅读中，一连看了好几页，然后目光再次移向飞逝的电线杆后面那片干涸的土地，重新露出了笑容。

"有趣吗？"男人指着她膝盖上的书问。她把翻开的书递给他，保持着前倾的姿势。黑色和白色的小圆点随着火车的节奏在书页上跳动，就像她裙子上的条纹一样，一时间令他茫然失措。他本以为会是一本轻松的小说，却发现是无从读起的陌生文字。不知出于什么原因，男人起初认为书里的是泰米尔语，或者其他稀奇古怪的方言。他正要开口说"原来你懂那么多语言",随后意识到那是一本乐谱,五线谱之间夹着意大利文。他瞧了瞧书的硬皮封面(装订处随着他的翻动咔咔作响),看到威尔第①的名字。男人把书还给了她,说他不认得乐谱。

"这曲子很美。"她说着用手指抚过封面。她解释说,趁坐车的工夫正在学唱一个新角色。唯一令人泄气的是她没法放开嗓子唱,那个唱段非常优美。他叫她痛痛快快地唱——那样可以舒解一下对这该死的旷野产生的厌倦!她笑着婉拒了,因为嗓子太累,需要休息。她已经被迫缩短行程,提前一个月回家了。唯一的安慰是她又能见到自己年幼的儿子了。她的母亲在照料他,不过虽然儿子也喜欢外婆,但成天和一个老太太待在一块儿也怪无聊的。看到她提前回来,儿子一定会喜出望外。她没有给他们发电报说自己就要回来了,她想给他们一个惊喜。

听着她一板一眼的解释,年轻男人一直在同情地点头。"他父亲呢?"男人问道。"唉!谁知道呢。"她低下头看着那本歌剧乐谱,"我是个寡妇。"男人低声道歉,掏出一只烟盒。她谢绝了,但她说喜欢烟味,这对她的嗓子没有妨碍,而且最近一段时间她都不会再唱歌了。

---

① 朱塞佩·威尔第(Giuseppe Verdi, 1813—1901),意大利歌剧作曲家。

她合上乐谱，伤心地看着窗外。男人以为她想起了自己的丈夫，于是在抽烟的时候明智地保持沉默。他看到她迷人的胸部在黑白条纹的连衣裙底下剧烈起伏，又长又直的黑发勾勒出一张略显忧郁的脸。嘴唇的弧度恰到好处，但还是弥补不了鼻子太大的缺憾。她的皮肤暗沉偏油，正是他所中意的，因为他自己也曾度过三年饮食毫无规律的生活。

那个年轻女人正想象着火车里冒出来的烟在他们身后被风吹散的情景，还看到这个友好的青年军人躺在棺材里一动不动。她最终努力控制住了自己的呼吸。为了分散注意力，不去想那些可怕的事情，她开始向自己的旅伴提问。她了解到，他在战争中当过俘虏，正准备回家。当她听到"维也纳的弗洛伊德教授"这几个词的时候，原先怜悯的表情（因为男人身材瘦削，脸色苍白）变得惊喜交加。"我当然听说过他！"她笑着说，全不见一点悲伤。她对他的著作赞赏有加，甚至一度考虑向他当面请教，不过后来已经没必要了。有这么一位声名显赫的父亲会是什么样子？不出意料，男人做了个鬼脸又耸了耸肩。

不过他一点也不嫉妒父亲的名望，他只想找个年轻的妻子，安安稳稳地过日子。作为一名歌唱家，她得四处赴约，肯定压力很大吧？女人说，也不尽然，并非一贯如此，这是头一回把自己的嗓子唱哑了。她居然愚蠢到去演唱一个音域要求远远超过自身条件的角色，还为此煞费苦心。她天生就不适合唱瓦格纳①的歌剧。

火车一刻不停地行驶了将近两个小时，风驰电掣般地穿过各个城市，毫不减速。令他们惊讶的是，它在旷野中一个安静的小站停了下来。这几乎不像是个村庄——只看见几幢房子和一座教堂的尖顶。没有人等着上车，但车厢的过道里有很多人挤来挤去、大喊大叫，一片混乱。他们看到一大群旅客下到站台。火车再次启动时，他们看着下车的那伙人犹疑地把行李放到站台上。小村子很快消失在视野中。旷野上越发尘土飞扬，荒无人烟。

"嗯，下点雨就好了。"年轻男人说。女人叹了口气，道："你的日子还长着呢，这年纪不该有那么消沉的念头。对我来说倒是没错，快三十了，人老珠黄，还是个寡妇。再过些年，嗓子也不行了，就没什么盼头了。"她咬了咬嘴唇。男人有点烦躁，因为她没有理会或者完全误解了他的话。但女人的胸脯又开始起伏不断，使得他的裤裆越来越紧，幸好被报纸挡着。

他顺着过道去洗手间的时候，手里还攥着那张报纸。这时他才注意到车厢里空荡荡的，好像他们是唯一留在车上的两个旅客。回来后，他发现原先那种亲密感已经被打破，尽管他

---

① 威廉·理查德·瓦格纳（Wilhelm Richard Wagner, 1813—1883），德国作曲家、剧作家。

只走开了一小会儿。她又在读乐谱，还一小口一小口地咬着黄瓜三明治（咬下去的时候，男人甚至能瞥见她小巧如珍珠般的牙齿）。她朝他莞尔一笑，又埋头读乐谱去了。"电线上好多乌鸦。"男人自言自语道。这话连他自己都觉得幼稚愚蠢，稀里糊涂。不善言辞实在令人烦恼。

但那个年轻女人会心地笑了笑表示同意，说："这个唱段很难。*活泼地*①。"她忽然用一种沙哑而令人愉悦的声音哼起来，抑扬顿挫地唱着轻快的十六分音符。她猛地停下，就像她唱起来时那样突然，连脸都红了。"太美妙了！"男人说，"别停啊！"但她摇摇头，用打开的书往脸上扇风。男人又点了支烟。然后她合上书，同时闭起眼睛往后躺。"是土耳其烟吧？"她觉得烟里有股鸦片味。在温暖闷热的包厢里，她又开始昏昏欲睡了。

就在刚才离开的当口，男人已经换上一件时髦的浅蓝色便衣。火车驶进隧道，原本气氛活跃的小包厢变成了卧铺车厢。她感觉到男人凑过来摸她的手。"你在出汗。"他体贴地说，"该让身上吹吹风。"发觉男人的手正把自己的大腿分开，她并不吃惊。男人说："你浑身是汗。"她任由这位年轻军官在黑暗中摩挲自己的大腿，无所顾忌而且毫不抗拒。反正从某种意义

---

① 原文为"Vivace"，是音乐术语，指较快速、活泼地演奏乐节或乐章，速度介于快板与急板之间。

上说,她已经和他睡过了,听凭他看着自己睡觉就是纵容他的亲近。女人昏昏沉沉地说:"好闷。""要不我开扇窗?"男人提议。"随你便。"她喃喃地说,"别让我怀孕就行。"

她觉得快喘不过气来,就把两腿分开以便行事。男人凝视着那张模糊不清的脸,看到她的眼眸不时闪出光芒。对于一个在牢里关了很多年的男人来说,绷直的绸衣底下那双丰满而美妙的大腿,实在是难以抵挡的诱惑。在她眼睛上方出现了一小片红色,越来越深,越来越大,然后裂成一小股一小股的红色,喷射出来。男人这才意识到她的头发烧起来了。他连忙扒下外套捂在她头上。她被捂得透不过气来,不过火焰熄灭了。火车又驶进了阳光里。

火和刺眼的阳光破坏了情调,年轻男人愤怒地掐灭烟头。女人一跃而起,站在镜子前重新整理头发。她用一绺乌黑油亮的头发盖住烧坏的地方,从衣帽架上取下白色的女帽戴在头上。"你看得出来,我很容易被挑逗。"她神经质地咯咯直笑,"所以还是不要开这个头为妙,让你轻而易举得手。"男人为自己的鲁莽道歉。她坐在椅子边上,温柔而焦急地握起他的手,问他自己是否会怀孕。男人摇摇头。"那么,"她如释重负地说,"不碍事了。"

男人摩挲着她的手。她问:"你想要我吗?""是的,我想要,很想要。"男人说道。她又飞红了脸。"但娶一个比你大得多的寡妇，你父亲会怎么想？而且还带着四岁的孩子？还有另一个问题——我的孩子，他会怎么想？你得见见他，看看能不能处得来。"年轻男人无言以对。他决定什么都不说，又开始摩挲她的大腿。令他宽心的是，她的腿立马分开了。她往后一躺，闭起了眼睛。她的胸部起起伏伏，于是他就把空出来的手放在上面。"我们可以在一起待些日子。"男人提议道。

她说："好。"她的眼睛一直闭着，气喘吁吁，还咬住嘴唇。"好的，妙极了。不过还是先让我见见儿子，叫他做好准备跟你见面。""我是指你跟我。"男人说，"就我们两个。我知道山上有家旅馆，在湖边，美极了。他们没在等你吧？"她摇摇头，呼吸又急促起来。随着手指神秘地消失在她体内，年轻男人对她的兴趣骤然消失。他能感觉到手指贴着她的肌肉滑动，却看不到它。她的下体越来越湿，以至于他能塞进更多手指了。她叫喊起来——滑进去好多根手指，她就像一个正在被削皮的水果。她在想象男人把两只手全都塞进来，摘到那只水果。她的连衣裙被撩到了腰间。电线杆飞逝而过。

恍惚之间，她渐渐听到滂沱大雨打在过道的窗户上。另一边的旷野依旧是灰蒙蒙的荒芜之地，天空黄得刺眼。雨停了，他们朝边上瞥了一眼，看到检票员正用一把软毛刷清洁窗户。他吃惊地看着他们，而他俩若无其事地继续办事，把她的书弄到了地上,《假面舞会》的第二幕折了起来。"要不咱们歇歇吧?"她上气不接下气,可男人说他偏要把手指插在那里。

他们经过房屋整齐的街道,然后是窗户之间架满晾衣绳的廉价高层贫民区,他的手指自始至终非要插在那里。再说手指也塞得太紧了,他简直怀疑自己想抽出来都不可能。她点了点头,相信此刻是欲罢不能了。

但火车开进枢纽站的时候,男人毫不费力地抽出了手指。在上山去的小火车里,是没有机会重新再来的。她紧挨着他坐,亲吻他的手指或者把他的手按在膝盖上,以此自足。他们的旅伴兴致高昂。随着列车缓慢上行,把他们送进深山,那伙人大惊小怪,不胜感慨。"还有那么多雪啊!"坐在对面的一位女士叽叽喳喳地说道。从她身上散发出的潮湿的面粉味,可以判断出她是面包师的老婆。"是啊。"年轻女人报以微笑,"我觉得一点都没弄脏。"面包师的老婆含糊地笑了笑,把注意力转向自己的小女儿,她正不耐烦地扭来扭去。小女孩怪激动的,这毕竟是她第一次真正被带出来度假。

虽然将近黄昏,湖水仍然一片翠绿。走在通往白色旅馆的小路上,他们庆幸又能独处了。前厅空空如也,除了前台的服务生。他正打着呼噜,沉闷的午后时光叫人犯困。经过火车上的激情,年轻女人软弱无力地靠着服务台。年轻男人在枢纽站时就已打电话订好了房间。服务生看了一眼预约清单,从丁零当啷的钥匙板上解下一把钥匙,然后在登记册上草草写下一个名字。桌上摆着一盆大得出奇的黄色桃子,年轻男人拿起一个,汁水淋漓地咬了一口,再给他的女伴咬。然后男人拽起她的手,把她推到自己前面走上楼去。咬了一口甘甜的桃子,精神为之一振,她几乎是跑着上楼的。还在跑的时候,男人已经把她的连衣裙撩到腰间。丝绸飒飒作响。她的手往后环,摸到他勃起的部位。男人进入她体内,他们一起走进房间,她分不清先后。不过还来不及看清楚房间的样子,她已经仰面躺在床上。他们一刻不停地做爱,他还摘下了她的帽子,顺手丢到角落里。

年轻女人觉得自己快被掰成两瓣了。这段恋爱关系还没有真正开始,她已经看到了终结,看到自己被劈开了回到家。门和床之间溅上了一串污迹,完事后,她让男人打铃叫女佣来擦。当女佣(一个东方女孩)蹲在地上把桃子汁从褪色的地毯上擦掉的时候,他们正站在窗前俯视阳台,欣赏傍晚的蓝天。过不了几分钟太阳就要落山,天色也会变了。

第二天,户外又是一片湛蓝的天空。不过第二天晚上(她觉得是第二天晚上,但她已丧失了时间概念),一块拳头般大的火石穿过打开的窗户飞进来。夜里骤起的大风眼下正在松林里呼啸,把女佣摆在橱柜上的花瓶打碎了。年轻男人冲过去把窗关上。狂风呼啸,像是要把窗户吹破似的。他们听到一阵沉闷的巨响，原来是凉亭的顶棚塌了。它造得像个宝塔，十分美观却不够牢固，被狂风吹跑了。他们打了铃，但很久没人应，不过后来女佣还是把打碎的花瓶、洒出来的水，还有花都清理掉了。她的眼睛红红的，年轻男人问她怎么了。"有人淹死了。"她说，"今晚浪很大。他们的船翻了。"女佣惊讶地看着火石块，它就在落下的地方。"别动它。"年轻男人说，"可以当作纪念品。"她还是捡了起来递给他。男人拿在手里掂了掂分量，感到很吃惊。他无法想象是什么样的力量把它从山上拔起来再扔到他们的屋子里。

过了一会儿，她问："我的胸部比石头软吧？"男人点点头，脑袋靠在她的胸脯上以示证明。虽然隔得很远，他们还是清楚地听到焦急不安的人们在走廊里奔跑的动静。他们打铃要晚餐，却被告知只能将就吃些三明治，因为所有的侍者都去帮忙照料水灾的受害者了。他们饿极了，男人问能不能和三明治一起拿些巧克力过来。他抚弄她的乳房，那比火石软得多，然后俯身吸吮乳头。年轻女人渴望那吸吮着她的嘴唇。她的手指穿过男人微曲的短发，男人继续不停地吸吮。他们听到什么东西被打碎的声音——可能是一扇窗或者一件陶器——还有叫喊声。充满惊恐的声音。他们还听到游客在哭喊，这让她想起自己孩子的哭声，于是她就抚摸男人的头发。她的乳房胀得像一面鼓，比平时大了三倍。风抽打着窗。男人把嘴唇从她的胸部挪开，担心地说："但愿它不会破。"她把乳头径直塞到男人嘴里，说："不会的。我给儿子喂奶的时候也会涨成这样。"

旅馆在狂风中摇摇欲坠，她觉得自己仿佛在一艘远洋游轮上。她听到船身的木料吱吱作响，她闻到浓重的咸腥味从打开的舷窗飘进来，厨房里还传来依稀可辨的晚餐味道，夹着呕吐物的气味。他们得和船长共进晚餐，他会让她在船上举行音乐会时唱上一曲。或许他们永远到不了港口。她简直要哭了，因为乳头被扯得太长开始疼了。痛感集中在一个地方，而她的乳头不知怎么的好像不属于她了。它漂走了，就像被船医切下来的一段发炎的阑尾。她要他停下，可男人不愿意。好在他的嘴唇移到了胸部另一边。"它们很敏感吧？"男人最后问道。她说："当然了，它们相亲相爱。"她听到隔壁的舷窗碎了，就在他们的床铺后头。

男人强行进入她的下体，但用力太猛，她哆嗦地往后一缩。男人随心所欲地进进出出。她觉得头上有一阵轻微至极的触碰感，伸手过去，碰到一片干巴巴的、像纸一样的东西。那是一片枫叶，一定是在石头飞进来之前、暴风初起时冷不丁被吹进来的。她拿给他看，他笑了笑，但笑容随即扭曲。他正体验着进进出出不停抽插的快感，并竭力克制射精的冲动。她把手放在男人屁股后面，用又干又薄的枫叶抚弄他。他绷紧肌肉，浑身发抖。

小雨停了，风也停了。他们打开落地窗，走到阳台上。男人搂着女伴的腰，两人看着乌云散开，露出硕大的星星，比他们见过的都要大。每隔一会儿，就有一颗星星斜斜划过漆黑的天空，就像一片枫叶从树枝上飘落，又像是一对情人睡觉时动作和缓地调整睡姿。"是狮子座的流星雨。"男人轻声道。她把头靠在他肩上。他们能隐约看到湖边的活动：尸体正被打捞上岸。有些人在号啕大哭，还有人索要更多的担架和毛毯。两人重新回到床上，在彼此的身体里又一次忘乎所以。这一回，她能感觉到还有一根手指在她体内，左右摆动，令她神魂颠倒。这让她想起掠过天空的流星，激起阵阵涟漪和漩涡，就像汹涌的湖水一样。暴风雨显然并未过去，因为有一道白色闪电径直劈向湖面。他们用眼角的余光看到窗框划出的黑暗区域被劈成了两半，窗帘翻腾不止。"真够猛的。"男人喃喃道。她用指甲尖越发温柔地抚弄他。与此同时，男人的手指把她弄疼了，不过她倒希望更疼些才好。

　　湖面上有星星点点的火光，救生艇还在搜寻尸体。连救援人员自己都刚从雷声中缓过神来。闪电刚把黑夜变成白昼，一声惊雷就在他们头顶炸响。又起风了，他们连忙划向岸边，因为当晚已经没有希望再找到更多尸体了。白色旅馆里热闹非凡，到处是精神亢奋或陷入迷狂的人。玻璃门乒乒乓乓响个不停，因为有越来越多的尸体被运进来。台球房设在地下室，积水几乎漫到球袋,不过那位陆军少校还泰然自若地围着球桌涉水而行,决意要把这一杆打完。他已经把最后一个红球打入袋中,等着打其他彩球了。这是一个很难打的直线球,远在桌子另一头,不过他还是干净利索地把它撞进了球袋。水淹到臀部时,他呷了口啤酒,又往球杆上抹了抹滑石粉。黑球紧靠着台边,但他给白球加转,试图让黑球贴着台边滚进洞。这是漂亮的一击,黑球扑通一声滚进灌满水的球洞。这一杆都是少校自己在跟自己打,因为他的对手(一位神父)已经赶到外面给弥留者做临终圣礼去了。他脸上带着坚毅的笑容沾沾自喜,挂起球杆,然后游出了台球房。尽管狂风大作,震动了窗玻璃,那对情侣仍在地势较高的房间里酣睡。睡觉的时候,他们还是把手放在彼此身上,仿佛生怕突然消失在黑夜里。一只吓呆的黑猫蜷伏在摇摇晃晃的冷杉树上,就在他们的阳台对面。它弓紧身子想跳过来,可又觉得太远。

过了两天才有人发现那只猫被困在树上。年轻的情侣听到窗外有抓挠的声音,于是下床去看个究竟。他们看到一位陆军少校正在爬一架长梯,梯子被他压弯了,还咯吱咯吱地响。他们在被风轻轻吹拂的窗帘后面,注视着这场艰难的营救行动。那只猫拱起背脊,冲男人发出低吼,待他伸出手便狠狠抓了一下。当兵的顺口骂了句脏话,年轻女人飞红了脸,因为她不大习惯听别人这么说话。最后少校退下了梯子,被猫紧紧地环住脖子。

年轻女人一看到少校手上出现鲜红的抓痕，就感觉自己身体里有一团惹人厌的血块滑落下来。她把这个坏消息告诉了自己的情人，令她意外而且欣慰的是，男人并没有为此苦恼。但还是有个问题，她身边没带任何行李。她把沉重的手提箱留在了主干线火车的走廊上，当火车抵达那个坐落在被火烧过的旷野中的小村庄时，所有的乘客一拥而出，准是有人拿错了箱子。她不相信是被人偷了去。反正他们在枢纽站换车的时候箱子就已经不见了，里面有连衣裙、内衣裤、卫生用品，还有送给她儿子和母亲的礼物。

他们只好打铃叫来女佣。一个彬彬有礼的姑娘，是勤工俭学的日本学生，听不懂年轻女人的问题。她只好在旅馆的便签纸上画了一个月牙，旁边是一个简单勾勒出的女人。女佣红着脸走开了。幸好那姑娘也正来月经，于是带了一根月经带回来。她没要小费，连奔带跑地逃走了。

他们躺下来看他家人的照片。她被一张弗洛伊德在海边拍的照片逗乐了，他穿着黑白条纹的泳装，跟她的连衣裙是同一种布料，就像裁下来的一样。年轻男人也咯咯直笑。他似乎特别喜欢自己的妹妹，看着她的时候，他脸上的微笑消失了，化作愁容。

他们下楼去吃晚饭。男人问她身体怎么样，能不能和着吉卜赛乐队的伴奏跳舞。她点了点头。他们在餐桌之间跳曳步舞,她一直靠着他。"血流下来的时候你会有感觉吗?"男人问。"一直都会。"她说,"每年秋天我都会犯病。"樱桃味的口红挑逗着他,他吻了她。那温暖粘腻的口感让男人更想亲她。为了透气,她不得不闪避,不过她也乐意口红的樱桃味粘在他嘴唇上。于是他们再一次接吻,那是一连串短促的轻吻。她又挣脱了,说音乐声让她想唱歌。然而已经有很多跳舞的人和吃饭的人盯着他们了。男人从前面把她的连衣裙撩起来,她软弱无力地想放下来,嗓子却疼得充满快感。男人坚持道:"求你了。别拦着我,求你了。"就像猫儿在耳边喵喵叫。他的舌头一块儿舔了进来。她低声说:"但你会沾满血的。""我不在乎。"男人说,"我就要你的血。"于是她又伸出胳膊环着他的脖子,任他为所欲为。跳舞的人和吃饭的人冲他们眨眼微笑,他们也报以微笑。

"火候怎么样?"男人一边切掉肥肉一边问。她抓着他的手亲了一口。"比我吃过的都要好。"她说,"难道你不觉得?"牛排把她流失的血液补了回来。饭后,他们下楼跑进小树林,在湖畔的草地上又做起爱来。有时候,门被打开,他们就会听到吉卜赛音乐。天上的星星总是大得出奇。正在流血的时候做爱并不好受,不过话说回来,这样她才可以更加放浪形骸,因为不必害怕任何后果。他们在午夜之后爬上楼,更多枫叶被吹进了房间。她打趣说,它们能派上用场。她借了他的牙刷,刷牙的时候，他双手环着她，温柔地亲吻她的后颈。又有几道电光闪过。只是闪电，没有雷声，积雪的山峰仿佛近在咫尺，暴风雨和洪水留下的破瓦残砾也被照得透亮。

从白色旅馆寄出的明信片：

老嬷嬷：

  我正在尽力照料一对年轻夫妇，他俩双双瘫着，一块儿出来度假真是勇气可嘉。两人坐在甲板的躺椅上，弓着身子，合盖一条毛毯（眼下我们正在湖中央的一艘游艇上）。食物很可口。爱丽丝正在康复，她问候你们。

秘书：

  不论您在哪里，祝您的最后一个工作日天气温暖、干爽怡人。我们这儿热极了，没有一点云，还雾蒙蒙的。我们正坐船游湖，啃啃鸡骨头，喝喝葡萄酒。旅馆很棒，比小册子上介绍得还要好，这里都是些上档次的人。

神父：

  我把船上的三根桅杆看作耶稣受难的象征，白帆便是他心爱的裹尸布。如此一来，便可使我减轻撇下信众的负罪感。妈妈，愿您健康如故。天气不错。一个年轻可爱、笃信天主教的姑娘几天前淹死了，死在我怀里。别替我担心。我正在读您寄来的那本小书。

日本女佣：

说来奇怪，我服侍的那对情侣（画月亮的那两个）天刚破晓就起床坐船出去了。这就是说，我和我的工友一整天都在替他们整理床铺，简直脏乱到难以形容的程度。我连写俳句的时间都没有。

紧身胸衣裁缝：

湖水很凉，但明天我一定要下水。我的手正搭在船边。身旁那个带着女朋友的年轻男人把手放在了哪儿，我真不好意思说出口。唉，日子总得过下去。当然了，老伴离开后的生活不可能一成不变，不过看在我亲爱的丈夫的份上，我要好好享受剩下的假期。

陆军少校：

与其说是游艇，它更像一艘运兵船。早在战前它就开始变样了。人们一个个挤来挤去，我恨不得有一挺加特林机枪，好清出一块地方。洪水冲走的人还不够多。尸体！

到处都是！迪克明天坐头班火车过来。

钟表匠：

　　它像一块浸过油的布，说着就着了。那会儿我们正在享受坐船的乐趣，只见旅馆像块夹板一样转眼间就烧光了。火光太盛，连太阳都看不见了。唉，所有的东西都没了，只剩下身上穿着的衣服。

植物学家：

　　太令人心碎了。昨天我发现了一个很罕见的雪绒花标本，我把它留在旅馆里了。不言而喻，它已然被付之一炬。

银行家的妻子：

　　我简直不相信自己的眼睛。旅馆就在我们对面的湖岸上烧起来了，这个小伙子居然还把他的姑娘拉到膝盖上，让她坐在那儿！你明白我的意思吧？就像在玩掷铁环！周围到处都是尖叫的人群，有些人的亲戚还在旅馆里啊！

保险经纪人：

　　看到他们从楼上的窗户跳下来，简直太可怕了。有人往火上喷水，但好像没什么用。感谢上帝，埃莉诺和我在一起。今天原本想让她待在旅馆里休息的。我们总算安然无恙，希望早点见到你。

保险经纪人的妻子：

幸亏有休伯特勋爵在我身边。他不太愿意坐船出游，因为刚发过洪水，但我叫他一起来。天气好极了，不过晚上会很冷。这次休假让我觉得好多了，我们还认识了很多可爱的人。

男孩：

他们挂在树上，就像被施了魔法的灯笼。

牧师：

死者终将复活，我对此确信无疑。这具腐坏的肉身也会不朽。同我们一道进山旅行的老太太葬身火海，但我的灵魂依然赞美上帝。

度蜜月的夫妻：

假期蒙上了阴影，但我们还是玩得很开心。明信片上是湖泊和群山，这是个美丽的地方，风光令人陶醉。

面包师的妻子：

我们的心都碎了，亲爱的妈妈在旅馆的大火中死去。感谢上帝，我们当时都在船上，但我们全都看到了。旅馆就像纸一样烧着了，我们甚至能看到她待的那个房间。不过她已经是个老太太了，所以我们不必为此过度悲伤。为了孩子，我们尽量强颜欢笑，你也得这么做。

业务员：

有间卧室的窗帘一直拉着，昨天却敞开了。他们觉得有点蹊跷，但我看不出来。

业务员的情妇：

他们认为，或许是因为哪个女佣在整理床铺的时候偷偷抽烟。我看到过日本女佣在走廊里抽烟，看上去很滑稽，因为她们平时显得很淑女。幸好着火的那一侧离我们住的地方很远，所以东西完好无损。

退休夫妇：

他们在议论那座山（山上还有很多雪），说是它反射了太阳光。我猜就像我们用来看书的放大镜一样。不管怎样，这是一场可怕的悲剧，所以要小心火烛，亲爱的。旅馆的工作人员都很出色。这儿还挺值得来的，毕竟是人生中唯一一次度假。能够如愿以偿还是得感谢你。

歌剧演员：

回家之前我到山里休养了几天。我想这对我有好处，过去的那几个星期太紧张了。品尝美食，欣赏美景，什么都不用干，实在太棒了！美中不足的是我睡得不好，不过已经有所缓解了。我很快就会见到你。

缝纫女工：

小女儿死了，我的心碎了。我答应过给你寄明信片，亲爱的，可居然是这样的消息！她会葬在这里，一忙完我就动身离开。

律师：

在这唯一的缺憾是夜里太吵。对他们当然要抱有同情，但我们也蒙受了损失，而且这也不能成为扰人清梦的理由。我们投诉过了，不过经理好像不大乐意，或者根本管不了他们。

从良的妓女：

一位绅士夸我身材好，可见我的出身不易被人觉察。我每天都能恢复一点体力，越来越适应现在的生活了。只是觉得左半边身子有点麻木，但我想会好的。我很幸运，这儿有很多人比我更不幸。天气不错，伙食一流。

没人有心情跳舞。客人们在安静地吃饭，很投入地听着吉卜赛乐队演奏出动听而忧郁的曲调。他们的成员之一，一个小提琴手，被大火困在电梯里，烧得面目全非。那对年轻情侣或许已经跳过舞了，但晚餐时间没有露面。

两首乐曲的间歇，只听见到处是黯然神伤的窃窃私语，以及上菜时盘子相碰的轻微声响。这时，陆军少校离座而起（他总是在角落里的一张小桌子上单独用餐），朝演讲台走去，冲着汗流浃背的胖子指挥嘀咕了两句。那人点点头，他就通过麦克风对大家讲起了话。他说，他想跟尽可能多的人宣布一件紧急的事，不介意的话请大家吃完饭到吧台拿一杯饮料，去台球房集合。他说完后一片寂静，接着议论的声音越来越响。大约有三分之一的客人决定去瞧一瞧这个"疯子少校"（很多人都这么认为）想跟他们说什么。杯子里的咖啡喝干了，吧台上的白兰地和利口酒也被端走了，一大群人拥进台球房，围坐在球桌周围的几排椅子上。被洪水浸透的绿色桌垫还没干，在聚光灯下闪着微光，就像漂满浮垢的矩形泳池。

少校是个英国人，名叫莱昂哈特。他站在开球区一头，等候迟到的人从后门挤进来。"感谢诸位前来。"他开始用一种坚定而洪亮的声音说道，"我就开门见山吧，我请大家来不是为了讨论死亡的话题。死神和我是老朋友，它吓不倒我。我们为那些在洪水和火灾中丧生的人哀悼，然而这并非我想跟诸位谈论的事。死亡在所难免，那是上帝的意志。不要让此类事件给我们投下太大的阴影。"听完这些话，客人们议论纷纷，轻声表示赞同。其中有一两个人看着这个身材高大、相貌出众的军人，崇敬之心油然而生。

少校低下头，慢吞吞地掐灭烟头，好像需要时间理清头绪。台球房里一片死寂，偶尔被一只黑猫的呼噜声打破。它是旅馆养的宠物（深受客人喜爱），夹在人群中偷偷溜了进来，眼下正蜷曲在钟表匠妻子的膝盖上，被她爱抚着。那只猫在大火中烧坏了皮毛，但幸好逃了出来，并无大碍。

"不过，发生了一些怪事。"少校干脆利索地继续说道。他顿了顿，等大家弄明白他的话。话里的语气带着军人的威严。"他仿佛面临一场恶战。"工程师亨利·普桑这样认为，"战前是无名小辈，战后又是另一种无足轻重的人。不过在战事最紧急、最激烈的关键时刻,'狮心王①'一定会表现出色。"

"你这么说有证据吗,少校?"德国律师沃格尔尖锐地说。

少校盯着他,毫不掩饰轻蔑之情。沃格尔不仅犬儒而且是个懦夫,他打牌时出千,被逮个正着。"当然了。"少校平静地说,"流星就是证据。"原本缄默不语的人群陷入了更深的寂静,统统(除了沃格尔)屏息而待。"所有人都看到了。"少校继续平静地说,"不是一两个人,而是每一个人。不是一天晚上,而是几乎每天晚上。又大又亮的白色星星。"

"像枫叶一样大。"业务员的情妇半梦半醒地柔声说道。她双手紧握,仿佛被自己说的话吓到了。

"没错。"少校说。

"榆树的叶子也变红了。"钟表匠甩开妻子的手,一跃而起道,"还有谁注意到了?"他激动地四处张望,有好几个人点了点头。他指的是旅馆后面草坪尽头的榆树丛。刚才点头的人垂下脑袋,不安地舔了舔嘴唇。但其他人迫不及待地指出事实并非如此。他们的话无法令人信服,人群很快趋于平静。又是鸦雀无声,屋子里一阵明显的凉意袭来。少校急于阻止恐慌和消极情绪的蔓延,提议稍作休息,他让人们上楼去斟满酒杯。少

---

① 少校的名字莱昂哈特(Lionheart)意为"狮心"。金雀花王朝第二任国王理查一世的外号即为"狮心王理查"(Richard the Lionheart)。

校坐下来，忽然感到疲倦。大家朝楼梯拥去时吵闹拥挤，引起一阵骚动。沃格尔悄悄走近，他的无框眼镜不怀好意地闪着光芒。"你让我感到惊讶，莱昂哈特。"他的声音很低，但流露出强烈而尖锐的轻蔑和愤慨。

少校背靠着椅子："是吗？为什么？"

"在女士们中间散布恐慌。你就不能让她们置身事外吗？我绝不接受你那些危言耸听的看法。就算都是真的，为什么不让她们安处局外呢？"

"首先，沃格尔，你低估了女士们的才智。这是伏案工作者的一贯看法——通常是不明智的，在某些情况下还很危险。"

沃格尔微微脸红，但并未失态。

"其次呢？"

"为了她们的安全——也为了大家的安全——她们必须意识到，我们可能正被一些无法理解的东西威胁着。至少我不会不懂装懂。不过，毕竟我没能有幸接受德国的教育。"

律师猛然转身离去。当兵的为自己经不起刺激出言不逊而感到气恼，但他很快就把思绪转到手头这桩大事上来了，因为追随他的客人们已经端着饮料聚在一起，等待他继续方才的讨论。他站了起来，感到一阵眩晕，身体微微摇晃。他紧紧抓住球桌上潮湿的垫子。

"当务之急，"他说，"是坦诚地分享我们所看到的，或自以为看到的。可能的话，还要找出合理的解释。比方说，我就不确定自己是不是唯一一看到闪电劈向湖面的人。那是青灰色的一道光，直挺挺的。"他询问似的四处张望。一阵令人紧张的短暂沉默后，一个老嬷嬷红着脸轻声说："是的，我也看到了。""还有我。"一个形容憔悴、长着鹰钩鼻的会计师说道。他妻子也一个劲点头。还有几个人羞羞答答、扭扭捏捏地表示赞同，然后若有所思、忧心忡忡地呷一口饮料。少校问，还有没有其他人看到了异象要汇报。

"一群鲸鱼。"说话的是一个年轻漂亮的金发女郎，她是办公室秘书。"就在昨天早上我下水晨泳的时候。我想我看到了什么东西，更确切地说是看到什么东西不见了。不知道你们能不能明白。因为那个湖没有出水口，所以这根本就不可能。但现在你们提醒了我。我确定那些不是垂落的云朵。"

"或许你看到了自己宿醉的情景。"沃格尔窃笑着说。

"不，我也看到了。"他那脸色苍白的妹妹说。"对不起，弗里德里希。"她急忙补充道，"但我必须说实话。出于某些不足道的理由，我不得不天一亮就起床了，然后朝窗外看去。"

"于是你看到鲸鱼了？"少校带着善意、温和的笑容追问道。

"是的。"她拧着手帕。沃格尔轻蔑而且厌恶地看着她。

似乎其他人都没有看到那群鲸鱼，不过那天其他人都没有天一亮就起床。沃格尔的妹妹虽然痛苦,但如实提供了证据,令人颇为难忘。

"还有其他证词吗?"陆军少校简洁地问道,"奇怪的事情或奇怪的景象?"

人们面面相觑,沉默不语。

"那么,让我们看看现在发生了些什么。流星。红叶。闪电。一群鲸鱼……"

鲍洛特尼科夫-列斯科夫一直坐在边上冷眼观望,捻着那撮短而精致的小胡子。这时他在最远处的角落里开口打破了沉默。这样一位卓越的政治家一语甫出即博得尊敬,甚至包括那些和他政见不合之人的尊敬。"我无法解释——"他叹了口气,摊开双手,"为什么会出现流星、红叶和闪电,但我相信我能解释鲸鱼的事。科廷太太——"他朝一位体态丰满、穿蓝色衣服的女士鞠了个躬,那位女士点头报以微笑,"是一位紧身胸衣裁缝。每件胸衣上都有一部分——恕我直言——是用死去的鲸鱼做的。窃以为,由于她跟我们在一起——她的热情洋溢和旺盛精力给我们带来许多快乐——所以'招来'了鲸鱼,这也不无可能。可以这么说,正是她把鲸鱼吸引过来,还唱歌给它们听,引它们回家。随你们怎么形容。"

科廷太太一边朝红扑扑的脸上扇风一边说,她以前确实碰上过这样的事,女士们看到了鲸鱼,而她——科廷太太——就在左近。

鲍洛特尼科夫-列斯科夫感激地冲她点点头,像个小男孩一样飞红了脸。

关于鲸鱼现身的这番解释合乎情理,或者说近乎合理,客人们的心情为之一振,其中有几个人也壮了壮胆,提起他们曾经目睹但没敢吐露的异象。一个路德教会的牧师吞吞吐吐地说,有一天晚饭前,他正在去教堂的路上溜达,看到一只乳房飞过紫杉树林。"起初我还以为是只蝙蝠,"他说,"但是连乳头都看得一清二楚。"

一个胸部严重下垂、头发花白的女人说,她因为长了肿瘤最近切掉了一只乳房。莱昂哈特少校感谢她的坦诚相告,人们低声议论表示同情。沃格尔一脸胆怯的样子,说他觉得在湖水较浅的地方看到过一具僵死的胎儿,不过也很有可能是一截烂掉的树干。她的妹妹哭了起来,承认自己十年前堕过胎。痛苦和震惊导致一片沉默,大家都看出来沃格尔对此毫不知情。他脸上的肌肉在颤抖,少校心里对这个干瘪的德国律师泛起一丝同情。

沃格尔的妹妹难以自制地连声啜泣。那是一种干涩的、折磨人的声音,简直听不下去。在水深火热之中无所畏惧、大难不死的人们,这会儿点燃了香烟和雪茄,竭力平复紧张的心情。牧师俯身朝向沃格尔身后,善意而有力地挽住女人的胳膊，扶着她在客人和球桌之间穿过屋子，大伙这才如释重负。当她被护送着离开时，近处的人看到面包师的老婆用手肘推了推丈夫，跟他嘀咕了几句，然后他摇摇头。当屋子里再次安静下来，面包师站起身，用劳动阶级那种结结巴巴、几乎听不清楚的嗓音说，他看到过一个子宫在湖面上滑翔。那时他独自出门钓鱼。那个子宫几乎就在水面掠过，并迅速消失。"有时独自出门钓鱼，确实会突然看到一些东西，尤其是在清晨和傍晚。但这回准没看错。"他坐下来，瞧了老婆一眼寻求支持。

面包师滑稽的下层口音使莱昂哈特少校忍不住龇着黄牙笑起来，尽管他竭力地装出正在舒展面部肌肉的样子。就连念念不忘一切革命理想的鲍洛特尼科夫-列斯科夫都一反常态地笑了。少校问还有谁看到了滑翔的子宫。沉默中，有人说他可能看到过一条面包，立刻响起咯咯的笑声，紧张的气氛稍事缓和。但阴暗的角落里随即传来一个陌生男人沙哑的声音："有人看到冰河吗？就在山里。"众人脸上的笑容一扫而尽，一阵寒意重新降临到屋子里。

各行各业的客人尝试对流星、闪电、红叶以及冰河做出各种各样的解释。但没有一种能使人信服，甚至对提出这些解释的人来说也是如此。少校告诫大家提高警惕，并宣布散会。鲍洛特尼科夫-列斯科夫代表与会者感谢少校，众人随声附和并且提议，一旦有人目睹了更为费解的异象，必须立即告知少校；同时授权其在认为必要时召开另一次会议。该项建议在众人有节制的欢呼声中获得通过。

客人们两两并肩结队上楼时，面包师发现身边就是那个老嬷嬷。她借此机会告诉他，自己的侄孙女就在一个月前接受了子宫切除术，今晚有点不舒服，所以早早地上了床。"我是带她来休养的。"她说得很轻，不愿被别人听见。"太不幸了，因为她才二十多岁。我不愿当着大家的面说，是怕她知道了不高兴。她已经够心烦了。不过我还是想让你和你的妻子知道这件事。"面包师感激地捏了捏她的胳膊。

几天后，那对年轻的情侣又鼓起勇气下楼吃饭。下楼以后，他们发现自己的餐桌已经安排给了新客人。白色旅馆里乘兴而来却被拒之门外的客人简直络绎不绝，白白空出一张桌子是承受不起的奢侈之举。领班深感歉意，向那对年轻男女做出了解释，他说以为他俩希望每一餐都在房间里吃。他请两位稍等片刻，去跟一个体态丰满、风骚妩媚、头发还染成金色的女人商量了一下。那正是科廷太太，她一个人占着双人桌。科廷太太笑着答应了，朝餐厅另一头的年轻男女点头示意。领班马上搬出一张多余的椅子，带这对恋人走向那位女士的餐桌。桌子很挤，年轻男人连连道歉，说扰了她的清净。但科廷太太用笑声打消了他的歉意。当大家的腿在桌子底下尴尬地相撞时，她还会和气地叫唤几声。

她说很高兴有人陪她。她的丈夫在洪水中丧生，形单影只的生活一时还不习惯。她掏出手绢抹去了眼角的一滴泪水，不过很快又因为把悲痛强加给别人而道歉。"我尽量不哭。"她说，"我一开始悲痛欲绝，一定弄得大家都不好受。但我告诉自己要振作起来，这对别人不公平，人家是来找乐子的。"

年轻男人说很钦佩她的勇气，他们上一回吃饭时就注意到她了，还看到她欢笑起舞，是那次聚会的灵魂人物。科廷太太一阵苦笑。"那也是不得已。"她说。其实，她的心早已随丈夫进了棺材，却还要强颜欢笑，实在痛苦不堪。

她补充道，自从火灾造成的可怕悲剧发生后，她觉得好多了。看到别人的新伤，使她逐渐淡漠了丧夫之痛。更何况相比于葬身火海，溺水而亡倒不失为仁慈友善的死法。她说，你总能看到比自己更糟的人。她又抹了抹眼睛，但她不想让他们俩难过一晚上，随即高兴起来，开始给他们讲笑话，特别是关于她顾客的故事。他们俩都喜欢上了科廷太太。她所说的那帮女士们（甚至还有男士）试穿紧身胸衣的滑稽故事，让他们笑得泪流满面。尽情大吃一顿之后，她拍了拍收束有型的腹部，说她给自己的货做了活广告。"我真的吃撑啦！"她大笑着用手比画，就像一个渔夫在炫耀自己钓到的鱼。实际上，在屋子另一边与她目光相接的面包师误解了她的手势，张开双臂做拥抱状,还咧着嘴开心地笑了。这一晚过得好快,就好像邻桌的钟表匠把所有的时钟和手表都拨快了三倍。

那对情侣陪着科廷太太回到房间——其实就在他们隔壁,床头那一侧。他们曾经夜夜听到那个房间传来伤心的呜咽声。意识到了整个白天她都要克制悲伤的代价,他们对她又平添了几分钦佩之情。当天晚上,他们相拥在一起,迫不及待地替对方宽衣解带时,又一次听到科廷太太悲戚的哭声。然而沉浸在饥渴之中,他们很快就对此充耳不闻。

不久以后,他们发生了情侣间的第一次口角。整个过程心平气和,始终都是柔声细语。男人认定窗外有星星正划过漆黑的夜空坠落下来,女人却说那些是白玫瑰。但随后就有一片无疑是橘子林的东西飘然飞过,他们噤声不语,惊讶地望着它。色彩鲜艳的橘子在黑暗中显得绚丽夺目,树叶沙沙作响。情侣俩走到阳台上,看到橘子林沉入湖水。每个橘子碰到平静的水面时都会发出咝咝的声音,然后就消失不见了。

与此同时,科廷太太也站在阳台上,不过他们看不到。她无法入睡。她看到湖面上有成百上千的灯笼,一盏接着一盏,全都蒙着黑布。她又哭了一夜。脱下衣服,换上棉布睡袍,她倒掉了几乎装满一个小玻璃瓶的眼泪。

情侣俩累得筋疲力尽,紧挨着躺在床上。听不到悲戚的哭声显得有点奇怪,但也耳根清净。他们不知道现在几点。傍晚的时候时间飞逝，此刻睁着眼睛躺在黑暗中的科廷太太却觉得度日如年。对于熟睡的房客、冰凉的储藏室里的尸体，以及那对情侣而言，时间从另一种意义上来说是不存在的。他俩的灵魂在睡梦的边缘保持平衡，就像某个饱受酷暑折磨的人在阳台上冒险安设床铺，使自己归于全然寂静。她的听觉比他敏锐，听到了他没有注意的声音。他们甚至连手都不碰。他的手偶尔会有气无力地拂过她阴毛丛生的小丘。出于爱欲而非性欲。她喜欢他这么做。

他打破了沉默，轻声说这让他想起了小时候常去游玩和野餐的一座小山丘。山上长满了蕨类植物，他和一个表哥在那里玩警察抓小偷的游戏。他还记得在直挺挺的草丛里追赶和被追赶时那种担惊受怕的乐趣，伴着蕨类植物散发出的浓郁的夏天气息。那是他唯一一次觉得真正贴近了大地。

"我父亲说，做爱的时候总会有四个人在场。"他说，"当然，我的父母，他们此刻都在这儿。"

年轻女人看到弗洛伊德冷峻的身影和他羞怯的妻子就在床尾。弗洛伊德的黑色西装和他妻子的白色睡袍分解开来，融进了她的衣衫，依稀散落在地板上，是他扔在那里的。

他们最喜欢日落。群山纺出粉红的云朵，如花一般。（有一天晚上，老嬷嬷确实看到整个天空变成一朵硕大的红玫瑰，无数花瓣回环交织。于是她十分尽职地跑去向少校汇报。）尽管玫瑰一直静止不动，但内里似乎在不停旋转。两人产生了一种诡异的感觉，仿佛整片大地都在转动。她的乳房也在转动，在男人手里转动。此时，夜幕已经悄然降临。男人的舌头也在转动，技艺高超地舔舐着她，抑或不断深入，仿佛要把她赶到山腹里去。她门户大开，感觉自己被挖空了，变成一个洞穴，以至于像放屁一样排出了气体。她飞红了脸，虽然她和男人都知道这不是放屁。

时间，有着外科医生般灵巧的双手，不知不觉就治愈了科廷太太。那对情侣整天待在闷热的房间里，她正和马雷克神父在湖边散步。他是一个善良、年老的天主教神父，他的坚定信仰对她来说是极大的宽慰。神父力劝她重入教会，并将其作用比作紧身胸衣。他笑着说，教会的信条就是灵魂的鲸须。这个类比把她逗乐了，她咯咯直笑。在树丛和野花之间美美地走了一上午，神父和紧身胸衣裁缝在湖边一家舒适的小饭馆停下脚步用些茶点，那已是几英里①外的地方了。他们把面包和奶酪拿到湖畔的桌子上，发现沃格尔和鲍洛特尼科夫-列斯科夫也在。两人觉得不好意思不跟他们一起吃，虽然双方都不愿碰头。鲍洛特尼科夫-列斯科夫的政治演说正在进行当中，滔滔不绝，收不住阵脚。他解释说（这时的科廷太太面带苦笑，把

---

① 1 英里等于 1.6093 公里。（编辑注）

目光转向了湖面），他的党派最能代表群众利益，但不幸的是群众没有认识到这一点。他担心只能诉诸暴力了。

沃格尔鹰一般的眼睛注意到神父喝李子汁时手会发抖，还发现他脸色潮红。他受过的法学教育告诉他，神父被送来度假是为了戒酒。穿着紧身胸衣的一男一女很快吃完了面包和奶酪，道了声歉便匆匆作别。他们说要去绕湖一周。

年轻情侣第二次发生争执，这回要激烈得多。男人妒火中烧地质问她和丈夫的性关系，这让她大为光火，因为那都是很久以前的事了，根本无关紧要。这场争吵首次暴露了男人的不成熟。本以为年龄上相差几岁不要紧，其实她甚至没注意到这点，但现在再清楚不过了，男人孩子气十足地吃起死人的醋来。这让她又迁怒于其他事情，比如男人老是抽恶臭的土耳其烟，搞得房间里乌烟瘴气，无疑在毁坏她的嗓子。

最后，两人自然重新缠绵起来，更甚以前。一边躺着做爱，一边凝视对方的眼睛，他们简直无法相信彼此曾经出言不逊。但为了表明自己想他甚过想念丈夫，她就不得不干点非同寻常的事情——把他含在嘴里。同那个肥大的郁金香球茎亲密无间地面对面真是怪吓人的，它就是一个臭烘烘的、沾着露水的怪物。要把它含在嘴里就像要含住公牛的家伙一样不可思议。不过为了表明她爱他胜过爱自己的丈夫，她还是闭上眼睛，胆战心惊地做了。那种感觉并不令人讨厌，她不但丝毫不觉得讨厌，还觉得好奇。男人吃起醋来就用脏话骂她，却莫名其妙地使她情欲勃发。

正当他们以为新鲜玩意儿全都玩完了的时候，又有了全新的玩法。与这种奇妙的质变同时发生的，是她那对被吮个没完没了的乳房开始分泌乳汁了。

他们下楼吃饭的时候，她觉得乳房肿胀欲裂。他们享受着觥筹交错的喧闹、客人的欢声笑语、侍者的往来奔跑、吉卜赛乐队的活力四射和菜肴的馥郁芳香。她正走在餐桌之间沉浸其中，鼓胀的乳房在丝衣下不住跳动。白色旅馆又恢复了往日的气氛。时间已然治愈一切。肉体的热情重新焕发。吉卜赛乐队找来一个意大利客人，以前在一个很了不起的管弦乐队里拉过小提琴，其技艺极高超，死去的小提琴手简直不能与之相提并论。所以，尽管他们哀悼自己的同伴，但听到自己演奏出美妙的乐曲时也倍感欣喜，因为在新乐手的激发下，他们平庸的技艺提升到了崭新的高度。

由于走了几个客人，领班已经能给那对年轻情侣安排更好、更大的餐桌了。他们和科廷太太还有神父共进晚餐。在阳光和新鲜空气里待了一整天，两人的心情舒畅愉悦。年轻女人解开衣衫的前襟，解释她的乳房何以又痛又胀的时候，红脸老头挥了挥手以示同意和嘉许。他表示了同情，因为他母亲年轻的时候遭过同样的罪。

偌大的餐厅里找不出一张愁眉苦脸的面孔。仿佛每个人都不约而同地要用今晚来补偿之前用餐时的不快。所有的侍者都像过节一样喜气洋洋，往来奔跑时和着音乐一蹦一跳，端着满满的托盘做出杂耍的样子。就连胖乎乎的厨子也离开了炉灶，出来看看有些什么好玩的。人们为他的到来而热烈欢呼，他咧开嘴笑了，擦擦圆滚滚的脸上流淌下来的汗水。人们对他精湛的厨艺赞不绝口，他咧着嘴像个皮球似的滚回了厨房，弹簧门在他身后关上。

在另一张大餐桌上围坐着一个八口之家，欢声笑语堪比年轻情侣那桌，引起其他客人好奇的关注。大瓶大瓶的香槟转眼就喝完了，玻璃瓶砸得粉碎，被敬酒的人高声叫喊、醉意蒙眬，吉卜赛乐声中响起不成曲调但充满喜悦的歌声。据说这一家之主是位年事已高、几近失明的荷兰人，他曾爬到旅馆的后山上采回紫露草①，之所以这样命名是因为它只生长在高处仅容蜘蛛进出的岩石缝里。老人晚年转向植物学研究，今天的发现使他得偿夙愿。

忽然间开始下沉的太阳给落地窗外的小树林涂上一层奶油色。神父心里感到一阵刺痛，因为想起了自己的母亲。她在遥远的故乡波兰过着孤苦贫穷的生活，令神父深感内疚。不

---

① 紫露草（spiderwort），一种观赏植物，花呈蓝紫色。

幸的是，他还违背了自己的誓言。他得做好准备，在葬礼上为那些死于洪水和火灾的人们举行仪式。其实他更想打个盹儿，但他必须履行职责。他站起身寻找那位牧师，他们得各司其职。

年轻女人系好了衣服。她能感觉到情人的手在桌布底下摸她。因为喝了太多酒，她脑袋里天旋地转。她的情人和科廷太太只好扶着她慢慢走出餐厅。她断言自己可以走，还让科廷太太上楼去拿外套，以便加入送葬的行列。但科廷太太说她不去，她无法面对这种场面。

到了卧室，科廷太太替年轻女人脱下外衣，轻轻把她放到床上。当他们还在费力地爬楼梯时，她的年轻情人就已进入了她的身体。所以眼下科廷太太就没有脱掉她的紧身胸衣和长筒袜，这样一来男人就能一直在她身体里。她隐约听到送葬者前往墓地时的吟唱，同时安静地躺下享受着他。她闭着眼睛，但她感觉到他抓起她的手移向那里，想让她的手指挤进去。除了年轻女人手指甲的爱抚，他还能感觉到科廷太太硬邦邦的戒指。"是它帮我熬了过来。"科廷太太低声道。年轻女人含含糊糊地说她明白，她自己的结婚戒指在她悲伤的时刻也帮过她一把，一直舍不得从手指上摘下来。

尸体被装上了搬运车，他们听见松林里一度传来辘辘声，接着又归于寂静。年轻女人觉得下面还未满足，于是睡意蒙眬地还想再要。勉强睁开眼睛,她望着科廷太太和她的情人激情热吻。

绕着湖岸通往山间墓地的小径很长,神父今天已经徒步走了一回。而且,吃下去的东西、喝下去的烈酒使他觉得身子沉甸甸的。其他人显然也有同感,很快就没力气再唱安魂曲了。他们安静下来,倾听车轮碾过泥沙路面的辘辘声。

神父吞吞吐吐地同牧师交谈起来。他这是头一回和信仰对立的神职人员说那么多话。他觉得自己真是大难临头慌不择友。这是一次有趣的谈话,内容与教义方面的问题相关。他们至少可以就一点达成共识,即上帝之爱是难以索解的。它在万物中周转,天衣无缝,浑然一体。当时他俩筋疲力尽,脚步踉跄——因为那位牧师也不是年轻人了——于是便停止交谈,养精蓄锐。神父回想起那个年轻女人。他还想到今天在长途跋涉中好言相劝要他摆脱负罪感的科廷太太。

科廷太太饱餐后就松开了箍在身上的鲸须紧身胸衣,一身肥肉被两个年轻朋友又挠又戳。她左躲右闪,边叫边笑,拼命躲开二人的手。她曾经傻乎乎地说过自己怕痒,于是就被他们充分利用了。她根本敌不过年轻力壮的男人,更何况还有一个年轻女人压在她身上。有一两回她几乎挣脱掉,还爬下了床,但年轻男人每次都用拇指戳她大腿上最敏感的地方,于是她只好屈服,气喘吁吁地躺回床上。然后,就在她虚弱得无法保持平衡的时候，两人抓住并分开她的双腿。她惊声尖叫，再次反抗，他们挠她脚的时候，她又喊又笑。年轻男人钻到她两腿之间，用嘴巴止住了她的喊叫。为了能呼吸，她不得不答应做个乖乖女，任凭男人为所欲为。她一边喘一边笑，比刚才平静了，而且笑声渐渐变成急速的呼吸，伴着唇边的一抹笑意，间或迎合男人短暂、迅捷的吻。

一阵遒劲的风吹起了军装的衣角，莱昂哈特少校回想起曾经面对过的无数座墓碑，还有他不得不写的每一封信。天色渐暗，夜幕在群山的阴影中徐徐降临。他确信自己看见一片橘子林朝湖面飞去，还有玫瑰。印象之深刻，足以促使他下定决心在次日晚召开的第二次会议上提及此事。古怪的是，这些玫瑰和老嬷嬷看到的一模一样。他以前并没有在意嬷嬷的话，总觉得她老糊涂了。他替受她照顾的那个恬静、悲伤而又迷人的姑娘感到难过。但老嬷嬷或许真的在日落时分看到过一朵玫瑰。山上的紫露草也古怪得很。马雷克神父开始向冻得手足僵硬的送葬队伍致悼词。少校的思绪转向了他的侄子，一个年轻英俊的中尉，预计明天早上坐首班车抵达。他们要痛痛快快滑几场雪。山上有他最喜欢的滑雪场地。

鲍洛特尼科夫-列斯科夫认为，宇宙是一间革命牢房，里面只关了一个人，那是最安全不过的人数。如果上帝存在的话，即使承受酷刑他也会咬紧牙关，绝不泄密。因为，他无可背叛,他一无所知。

三心二意地听着神父含糊其词,他好奇而冷静地俯视棺盖,看不到里头那个天真无邪,和他一样热忱的年轻女人。她是如此全心全意、敢于牺牲,甚至在做爱的时候也会同他谈论即将来临的千年盛世。

小提琴手恩里科·莫里觉得,不会有人为猫诵读虚伪的悼词。猫知道没有复活这回事,除非在我的乐曲里借尸还魂。他抚摸着那只黑猫的脑袋,它从旅馆一路跟着他们,现在正躺在那个身患癌症的妓女怀里,发出呼噜呼噜的声音。他知道她是个妓女,因为在都灵学音乐的时候她曾经接待过他。第一天晚上他们就认出了对方,当时那婊子脸一红,把头扭到一边。

马雷克神父在他的宣讲中提到了粘着耶稣血迹的裹尸布,显现其上的圣容在说:"信我吧,我为你们忍受了坟墓的黑暗与寒冷。"莫里注意到神父边上的牧师看上去有点不自在。"当然,"他心想,"他不会喜欢这种偶像崇拜的论调。"

牧师接着主持仪式,念诵新教的悼词。莫里瞥见他右下方摆着一口小棺材。泪流满面的父母正抛撒着花朵。莫里同这个小女孩有过一面之缘,小女孩问他能不能试一下他的小提琴。不过就那么几分钟,他们成了朋友。得知女孩被烧死的时候,他深感震惊。

尽管如此,看到黑猫从妓女的怀里一跃而起并沿着小径一溜烟地跑了,就好像它身后有好几个魔鬼在追,他还是被逗乐了。猫很快消失在回旅馆的小路上。"准是被召去做晚祷了。"莫里心想。因为白色旅馆后山上的钟声已经敲响,隐约传过湖面,湖中央一个形单影只的渔夫摘下了帽子。在他右边,小女孩的母亲瘫倒在地,几乎与此同时,队伍里的其他女人也纷纷晕倒。这就是把宗教仪式掺和在一起的坏处,莫里心想:"时间拖得太长了,心理压力太大。"

耳边猛然响起一声晴天霹雳,莱昂哈特抬起头,明白末日来临了。当年,他听到过更响的雷声,全都挨过去了,如今却无路可逃。山顶已经崩裂,巨大的石块正顺着山坡翻滚下来。送葬者忽然唱起圣歌,泠泠不绝。有一小会儿,歌声仿佛在半空中支撑住了巨石。地面在他们脚下豁然开裂。

年轻女人看到送葬者一个接一个掉进裂缝,好似难以承受的悲痛折磨着他们。她眼看着人们微微抽搐,泥土和石块开始将他们掩埋。那一晚的黑夜陡然降临,他们躺着,倾听雷声过后的寂静。虽然山阴处很冷,白色旅馆周围的空气仍然暖和,他们一直开着窗。湖水将阳光一饮而尽,也没有月亮取而代之。他们都觉得很渴,年轻男人打铃唤来女佣。日本小姑娘看到枕头上有三个脑袋,吃了一惊。看到她不知所措,他们咯咯直笑。她给他们拿来一小瓶红酒和三个玻璃杯。

味道醇厚的红酒令人精神振奋。这样的经历对三人来说都是独一无二的，他们开心地谈论着这件事。科廷太太欣慰地发现，年轻情侣间的爱慕之情未受损害，仍旧互相亲吻，还嬉戏啃咬。

这样的经历没有破坏他们的爱情，反而使其越发牢固，年轻女人正是这样认为的。善有善报，他们对这个孤苦伶仃的寡妇善意相待，使得彼此更为亲近。所以，她很开心。她的情人也开心，因为他惬意地躺在她俩中间，就像两片新鲜的面包夹着一块美滋滋的肉。他喝了一口酒，替科廷太太点了一支土耳其烟递到她手里，然后给自己点了一支，抽上一口，吐出来时满足地呼了一口气，又转过头给情妇一个热吻。

科廷太太羡慕他们年轻又结实的身体，三十九岁的她知道自己早已风韵不再。教堂的钟声听上去就像从楼上房间传来的，使她更加难过。或许在这样的人生阶段，她能指望的最多就是几次短暂的出格行为，就跟这回一样。而大部分时间唯有独守空闺。她伸手拿起酒瓶又给自己倒了一杯，但刚倒了半杯酒瓶就见底了。"就这么点儿？"她不好意思地问。

"据我们所知，只有这么多。"年轻女人深思熟虑地说道，"可以确定只有这么多了，确定无疑。"

喝完酒，年轻男人又一次趴到科廷太太身上。年轻女人凑给科廷太太一只乳房，因为酒水已经化作乳汁，她的乳房再次感到又胀又痛。科廷太太感激地含住了乳头。与此同时，男人也开始在她的乳房上吮吸起来。快感环环相扣，完美无缺。年轻男人极度兴奋，坚挺地勃起，科廷太太连声尖叫。她一尖叫便咬紧牙关，伤到了年轻女人的乳房，流出来的乳汁掺着鲜血。科廷太太穿好衣服回到自己房间时，天色已晚。白色旅馆里黑漆漆、静悄悄。

正在打瞌睡的夜班服务生被门铃吵醒了。他打开门，发现是鲍洛特尼科夫-列斯科夫和沃格尔。他们溜了进来，显得很疲惫，头发蓬乱，浑身脏兮兮的。他们每人点了一壶咖啡、一大杯白兰地和一堆三明治送到房里，还要了他们通常在早上看的报纸。两人在二楼分别时，鲍洛特尼科夫-列斯科夫跟沃格尔简单道了声晚安。他并不喜欢此人，但他们在生活中持有相同的普遍原则。再说沃格尔跟他一样是死里逃生的人，而这样的人抵得过一千个德行完备的失败者。

第二天傍晚，男人坐立不安起来，提议大家下床，去山里散散步。她有点累，只想到湖边溜达溜达，兴许和科廷太太一块儿。可男人想要走远些，就他们俩。

他打铃叫女佣送来茶，然后拉开窗帘。等眼睛适应了泻进来的阳光，年轻女人发现那个日本小姑娘哭过。她问她是不是发生了什么事。女佣告诉她，严重的山体滑坡把送葬者活埋了。姑娘很难过，因为她喜欢的那个英国少校也成了遇难者。令她惊讶的是，她发现少校去过她的家乡，甚至懂一点她的语言。少校一个人在那里等着当陆军中尉的侄子过来。在她下午休息的几个小时里,他会找她一块儿散步。他对她的学业很感兴趣,总而言之少校是一位善良、聪明的朋友。她会怀念他的。

女佣对年轻女人的同情表示感谢,然后请求离开一会儿,回来时怀里捧着一本薄薄的册子,说是少校昨天才给她的,也就是他们最后一次散步的时候。年轻女人拿起书册看,朴素的封面上写着《绣线菊①:哈罗德·莱昂哈特诗集》。她快速地翻了翻集子里的二十来首短诗,同情地点点头,把书还了回去。"真是睹物思人。"她说。女佣的眼睛湿润了,她打开书翻到扉页,又递了过去。年轻女人看到几行工工整整手写的诗句,署名是"爱你的哈罗德·莱昂哈特少校"。女佣解释说,她曾和他谈起放假期间老师布置的几首小诗。而就在昨天,当她把早茶端给他时,他把这本书送给了她,扉页上写着为她的诗歌所作的译文。她说到动情处不禁流下了眼泪。年轻女人念着字迹工整的诗句:

日落时刻,
哪怕是李子的果核,

---

① 一种落叶灌木,日本绣线菊是其常见品种。

都能使碧水变成红色。

李子与公牛配了对,
这才心领神会,
将来必有大喜大悲。

譬如吃李子,
突然被果核磕到牙齿,
这就是冲动一时。

当李子成熟,天鹅飞翔,
当爱来到我身旁,
我的心也会歌唱。

旅馆后面,上山的小径陡峭嶙峋,在落叶松的丛林里曲折蜿蜒。起初,他们一边走一边互相搂着腰,但山路越来越窄也越来越陡,他就让她走在前面。她穿的衣服实在不适合爬山,可她只有这一套衣服。天热得要命,汗水使她的连衣裙紧贴着屁股和大腿。他们来到一块凉风习习、绿草如茵的平地,能看到教堂的尖顶掩映在紫杉丛中。他停下脚步喘了口气,双手揽住她的腰,转过她的脸以便亲吻她的脖颈和嘴唇。男人把她推倒在修剪过的草地上。

"会有人来的。"她低声道。他把她的连衣裙撩到腰间。"没关系的。"他说,"我想要你,来嘛来嘛。"

一头被拴住的驴正在啃食低矮的青草,绳子绕住了篱笆桩,把它自己的活动范围弄得越来越小。这头牲口归一群修女所有,她们在附属于教堂的一间修道院里生活和敬拜。一个驼背的老修女挎着一篮要洗的衣物,不知不觉间蹒跚着出现在情侣身边,因为他们躺着的地方附近有一汪泉水。他们以为听到石头从山上滚下来的声音,其实是那个老修女在用粗木棍敲打脏衣服。

年轻女人觉得难为情,从情人怀里挣脱出来,慌慌张张地理好裙子。老修女把手里的活停了一会儿,咧开掉光了牙的嘴朝他们的方向笑了笑。"没关系的。"她说,"你们瞧,有这眼泉水,在这儿干什么都不算罪过。喝上一口再走,但不用着急。打搅到你们真是抱歉,我 会儿就走。"她解释说,修女们得穿着干净的衣物为马雷克神父以及死于山崩的其他天主教徒举行追悼仪式。她虔诚地在胸前画了个十字。

情侣俩重新开始做爱。当老修女向他们道别并祝他们好运的时候,两人又停下,向老修女微笑以示感谢,然后老修女挎着满满一篮子沉甸甸的湿衣服蹒跚离去。情侣俩从泉中掬水而饮,泉水冰爽提神。他们掸去衣服上的青草,俯视湖面,惊诧于它的红艳,犹如汁水丰足的李子。

那条道再往上就消失在了石砾中,让人误以为是铺满雪的小径,因此他们不得不小心翼翼地前进。有时候,他们还得手脚并用地爬。夜幕陡降,行动更为不便。"我的裙子破了。"她道。男人说明天去车站打听一下,说不定她的行李箱能找回来。不行的话,或许可以问问女佣有没有卖衣服的店。"还有牙刷。"她说,"哪怕有把牙刷也好。"

他们此行的目的地是一座小瞭望台,建在山上,后来废弃了。找到的时候,太阳刚好落山,黑夜陡然降临。天出奇的冷,年轻女人真希望自己带了外套。他们走进黑色的空壳里。里面一无所有,除了天花板上的一个开口,那是用来装望远镜的,但从来没装上去。

他严重低估了上山所需的时间,当晚下山已经不可能了。他说:"我来给你取暖。"他们躺在冰冷的地板上,他紧紧地抱着她。一片片雪花从穹顶的裂缝中飘落到他们身上。

"求你了,绝对不能让我怀孕。"她低声道。他能看见她的眼白,比雪花还要白。她心想:"最容易怀孕的时候,反而不是在落英缤纷、橘树成林的温床上,而是在冰冷的夜里,星星化作雪花从狭小的豁口里飘落的时候。"一片雪花落到脸颊上,她想:"这些是上帝的种子。"激烈的性爱温暖了她。她隐约听到山间飞瀑的声音,不只是这座山上,而是来自围绕湖泊和白色旅馆的群山。瀑布在歌唱,因为黑夜和白雪使群山得以相聚。它们的歌声像黎明时分歌唱的鲸鱼一样无声无息,就是办公室秘书和沃格尔的妹妹都瞧见过的那群。

使年轻女人感到温暖的还有飘落下来堆成的积雪,这座圆顶建筑有一半被掩埋其中。整个天空在那一夜崩塌,包括所有的星星和星座。她聆听着混沌初开时的温柔叹息。

临近早晨,他们身上结了一层霜,而且饥饿难耐,只好拢起一整串白色星星般的积雪,等融化了喝下去聊以充饥。冲破群星在门口堆起的壁垒,只见万物一片雪白,他们倒吸一口气。连湖面都结冰了。只有一些松树和冷杉在冰天雪地里脱颖而出。白色旅馆消失在白色之中。他们以为白色旅馆的所在之处现在已是一堆深厚的积雪。

"我们得找到回去的路。"他绝望地说。

"你知道这是不可能的。"女人说,"我们没法沿着脚印原路返回了,况且我们又何必如此呢?想想老修女说的,这里没有罪过。"

年轻男人一言不发,只是捻捻整齐的小胡子,似乎为了证实自己还活着,然后便费力地动身了。当太阳出来,乌云迅速散开,他们觉得好受多了。在雪地里的辛勤跋涉使血液再次流动起来,他们觉得浑身暖和、精力充沛。能看到湖面上结的冰裂成碎块,浮冰又消融在蓝色的湖水中。鸟儿鸣啭,积雪从教堂的尖顶滑落，发出咝咝的声响，于是——朝着那个方向——他们就不难顺着小路前进了。瞭望台和教堂之间有一块平坦的休息场地，摆着木头椅子和望远镜，透过它你能看到湖对岸的登山者试图从陡峭的山峰正面攀登。

他们坐在椅子上，开心地轻轻吻了对方一下。天气转晴，融化的冰雪经由千条瀑布飞流入湖，此时的天空没有一片云。但他们还是看不到白色旅馆。

年轻男人起身走向望远镜。他把镜头大致对准旅馆的方向，正好有一块积雪碎了，掉在阳台上，他看到了他们卧室的窗户。因为上面有字，那是她离开之前呵了口气用手指描的海涅的一句话。他叫她来看。依稀看到里面有他的发刷、没有收走的茶盘和没有整理过的床铺，她欣慰地笑了笑。尽管如此，她还是有点担心，因为没有跟女佣解释一下床单上的血渍。但她总得习惯凌乱的床铺，那是人们做爱的记录。

情人从她手里接过望远镜，然后开始随意转动镜头。他能看到雪绒花在大约十英里外的微风中荡漾。把镜头从远山转向蓝色的湖面，他看到反射的阳光，不由得将视线移开。他又仔细看了看，发现反光来自白色紧身胸衣吊带上的一枚金属纽扣。那片金属把松紧带磨坏了，他觉得似曾相识，猛地吸了口气。

"那不是科廷太太吗？"他说。

她的眼睛再次转向镜头,看到耀眼的蓝色衬出一条苍白、粗壮的大腿,还有一块正在褪去的淤青。镜头稍微上移就看到一张神情紧张的粉红色脸蛋。

"是的,是丹妮丝。"女人说。他又看了看,露出了微笑。她身边还有一些人正在下降,但肉眼只能看到一部缆车在两座山之间缓慢移动。眼见自己在她肉嘟嘟的大腿上留下的淤青,男人拉起受惊的女友滚到了低矮潮湿的山间草地上。她想要竭力呼喊——空气太稀薄了。他突然迸发的激情令她大口大口地喘气。

当缆车从断裂的绳索上掉下来,把尖叫的人们从敞开的顶盖倒入空中的时候,面包师的儿子沉着冷静,紧紧抓住了跟他上车的那只黑猫。他只不过在旅馆的台阶上摸了它一下,那只猫就一路跟着他上了缆车。猫这会儿又叫又抓,但男孩始终不松手。

由于裙子被气流鼓起来隆在腰间,女人下坠的速度比男人慢得多。科廷太太的心提到了嗓子眼,她看到一个英俊的荷兰小伙就在身边几英尺①外的地方,正像她一样垂直下坠。她有一种怪异的感觉,仿佛自己不是在坠向死亡,而是被他强壮的臂膀高高托起。她曾看过一次巴甫洛娃②的舞蹈,令人难忘。

---

① 1英尺等于0.3048米。(编辑注)
② 安娜·巴甫洛娃(Anna Pavlova, 1881—1931),俄罗斯著名芭蕾舞演员,有"芭蕾女皇"之称。

现在她变成了巴甫洛娃，年轻又苗条。男人和男孩们先落到地上，或掉进湖里。科廷太太看到面包师的儿子落到一棵松树上，脚先着地，然后不知怎么的硬是掉转身体让背部朝下（当即折断），以确保那只猫的安全。黑猫从他怀里挣脱出来，顺着树干往下爬。

女人和女孩们接着掉了下来。最后，过了一段长得似乎永无休止的时间后，一大堆滑雪板在阳光里闪闪发亮，如同一阵冰雹掉进松林和湖水。

他们又到泉水边休息了一会儿——那头驴子还在吃草——然后掬饮清冽的泉水。他们参观了教堂，里面摆满了追悼仪式用的鲜花，随后又信步前往围墙环绕的墓园，那是当地居民为自己预备的。墓园以及高大的紫杉树阻住了热气。每座坟墓都有一张嵌在石碑上、面带微笑的死者照片，瓶瓶罐罐里插着不凋花。一个身穿黑衣的老妇人正在墓前弯腰端详照片，年轻女人觉得自己的破衣烂衫被人看到很不好意思。"我不喜欢不凋花。"她说着，挽起他的手带他离开了公墓。

涨潮以后，湖面离得更近了，她能看见鱼在水里到处游，无数根金色或银色的鱼鳍漫无目的地不停扭动。抑或只是在她看来如此，实际上并非漫无目的。她能看出来它们在觅食，圆鼓鼓、傻乎乎的眼睛好奇地盯着水面上漂过来的大片灰色阴影，正准备尽情享用。这些扭动的鱼让她联想起池塘里的蝌蚪，进而想到精虫。她的家庭教师给她看过一张照片——精虫被放大了一千倍。它们表面上漫无目的地扭动，实际上却在寻寻觅觅。

吃晚饭的时候，年轻男人被搞糊涂了，因为她一声不吭，神情沮丧。这并非阴郁的环境所致，因为总的来说气氛尚属愉悦。一大群新到的客人住了进来，自然不用指望他们会为先前发生的种种不幸痛心疾首。相反，假期伊始，人人兴高采烈。只剩下几张熟悉的面孔：沃格尔、那个荷兰家庭中年纪较大的成员（正在默默吃饭）、鲍洛特尼科夫-列斯科夫，以及那个脸色苍白、神情悲伤、瘦得可怜的年轻女人和她的老嬷嬷。

为了新来的人们，吉卜赛乐队和侍者竭力营造欢乐的气氛。虽然他们自己也失去了亲朋好友。手风琴手说服了讨人喜欢的日本小女佣在不上班的半天时间里试着滑滑雪。年轻女人从侍者那里听说后，觉得心烦意乱。她想起了英国少校为女佣翻译的一首诗，便念给她的同伴听：

> 李子与公牛配了对，
> 这才心领神会，
> 将来必有大喜大悲。

同伴感到有趣，她却不这么认为。她觉得这首诗令人不安和激动,甚至色情兮兮的。她设身处地地想象自己是那颗李子,一边渗透着清新的水汽,一边战战兢兢地躺在婚床上等待公牛到来的那一刻。她预想处女膜破裂时的恐惧以及可怕的抽插。她吓得浑身发抖,大汗淋漓。

但她知道自己不该那么想。后来两人在吃冰冻柠檬露的时候,她解释说这正是自己心情沮丧的原因。她不知道自己是不是被性搞得走火入魔了。她承认几乎每时每刻都想着这档子事。她甚至由衷欣赏那些肮脏的字眼,哪怕在冷杉丛中听到英国少校说出这些词时她会面红耳赤。还有其他一些脏话,她甚至羞于闻及。她之所以对此欣欣然,正是因为它们如此肮脏。她从来没跟任何人说起过自己的邪恶之处。

他放肆地笑了,抓住她的手。她把手抽出来,心不在焉又烦躁不安地转动自己的咖啡杯。

"这并不是说,"她说,"我周围的世界离不开性。如果鱼肆意产卵,葡萄长满葡萄藤,海枣压弯了棕榈树,桃子渴望公牛深夜来到,倘若确实如此,我倒可以在某种程度上为自己开脱了。"

她抬起头,视线离开了咖啡杯,望向男人的绿色眼眸以寻求帮助。但他手撑腮帮,回头看着乐队,避开了她的目光。他的袖手旁观惹恼了她,因为她之所以无法自拔很大程度上要归咎于他。在认识他之前,她可以自我克制。

"而且如果不去想性,我就会想到死。"她痛苦地补充道,"有时会同时想这两件事。"她从放奶酪的砧板上拿起小刀,用绷紧的手转动着。

她没有继续补充说,她已经预见了科廷太太、日本学生和那位只有一只乳房的女士以及其他所有人的死,也没说预见到了他们两人的死。

男人在吧台给她买了一杯利口酒,端到舒适的露台上,刚好赶上温暖的余晖,年轻女人这才高兴起来。有些新来的人知道他俩目睹了滑雪缆车的惨剧,急切地想跟他们说说话。这些新来的家伙露出惊恐和怜悯的表情,心底却上演着另一种更为强烈的感情,他们对自己错过的惊天动地的好戏感到激动不已。谢天谢地,缆绳是今天断的而不是明天。

附近一群新来的人中间,沃格尔在鲍洛特尼科夫-列斯科夫身边站着,或者说是在摇晃。他喝得醉醺醺的,大声说,事情还不算太糟——遇难者中有很多犹太佬。他心里在想科廷太太和那个荷兰家庭中的年轻成员。

这是极为令人反感的言论,因为荷兰老夫妇和病恹恹的年轻女人都在场。一阵静默降临。俄国朋友觉得尴尬,就把沃格尔带走了。回来的时候,他向听到沃格尔发言的犹太人道了歉。这是不可原谅的,他说。但他们应当仁慈地想一想,沃格尔在这些灾难中所遭受的比白色旅馆里的大部分人都要多。他在洪水中失去了一个表亲，在火灾中失去了一个好朋友，还在那场山崩之中失去了自己的妹妹。而且，他——鲍洛特尼科夫-列斯科夫——和沃格尔都是死里逃生。因为他们在大队人马到达之前就已奔赴滑雪缆车，意欲搭乘，却因天气无常而在最后一刻改变了主意。要不然，他们自己大概也会从空中掉下来。

所以，或许可以原谅沃格尔酒后失言，尽管——他不得不这么说——神志清醒的时候，他也不是什么大好人。

有个新来的比利时医生问大家有没有觉得缆绳断裂可能是一次政治恐怖主义行动。鲍洛特尼科夫-列斯科夫说，或许正是如此；如果真是这样，他对此深感遗憾。但他认为，只要世界上还存在着不公平以及针对民众的暴力，这类极端行为就必将继续下去。

新来的客人听了这番关于暴力行为和恐怖主义的言论后，开始不安起来。于是露台上的讨论逐渐转向更为愉快的话题，比如明天的积雪是否结实，湖水是否平静。

年轻的情侣宽衣上床，他们受到的打扰没有比旅馆深处隐约传来的持续不断的电话铃声更为不祥的了。那些电话几乎都是订房间的，因为白色旅馆备受欢迎，冬夏两季总是供不应求。仅从这一点来看，过去几天的灾难所造成的死亡倒是天意使然。但即使是这种快得出乎意料的周转仍然无法跟上需求，许多人被拒之门外。旅馆的全体员工为了尽可能接纳更多人已经创造了奇迹。科廷太太死去的当天，年轻情侣听到一张行军床被拖进隔壁房间。这样一来，一对年轻夫妇和他们的孩子就可以入住了。

还有一对年轻男女也找到了住处，他们的孩子即将出世。本来确实没有房间供他们住，但女孩哭得死去活来，最后只好腾出一间行李房。半夜，情侣俩被那个女孩的哭声吵醒。他们随后听到工作人员捧着毛巾、热水和其他接生必需品，不厌其烦地来回奔波。那又是一个寒冷刺骨、大雪纷飞的夜晚，幸好这可怜的年轻女人有房可住。尽管如此，还不确定有没有房间就在妊娠后期贸然前来，这是很愚蠢的。

值得称道的是，疲惫不堪的工作人员从不抱怨。他们简直太出色了——此类表述以不同形式反复出现在顾客留言簿上："食物很棒，没碰上什么大麻烦。明年再见"……"一切都很好，我们享受到了皇亲国戚般的待遇"……"感谢你们的款待。一流的服务和住宿。我们还会再来"……"很值"……"没有比这儿更好的地方了。享受每时每刻。"从清洁工到经理，全体工作人员纷纷利用闲暇时间为受损的那一侧房屋添砖加瓦，以便让所有的房间都可以住人。就连厨师，那个胖嘟嘟、笑眯眯的厨师，都在帮忙重新粉刷——令人尴尬的是，有一天那对情侣被窗户上的一阵摩擦声打扰到了，他们朝窗外望去，看到快活的厨师手里拿着油漆刷冲他们笑。年轻女人正从后面被插入，粉脸含羞，她假装跪着做祷告。厨师朝两人开心地眨了眨眼睛。除了烹制牛排，他必然还有更多擅长的事情。女人虽然闭着眼睛把脸埋在枕头里，无从判断在和谁做爱，但她觉得做牛排和做爱一样，都是力求独特、柔嫩、汁水丰足。她很乐意自己身体的一部分被其他人占有。白色旅馆的风气同自私自利格格不入。

有时她会觉得不自在，心里堵得慌。但如果她提议出去走走，男人会再次揽她入怀，说他们的时间不多了。在室外，看不到熟悉的面包师在湖中央撒网捕鱼，真是令人伤感。还有面包师家那个放风筝的小伙子、坐在甲板躺椅上看书的神父，以及和厚脸皮的年轻侍者互相调笑的科廷太太。只见天鹅翱翔于山峦之间，忽而向湖面俯冲，忽又腾空而起。它们的羽毛如此洁白，相形之下，耀眼的山峰也成了灰色。

第三章 安娜女士

1919年秋天，一个相熟的医生要我给一位年轻女士做检查。她在过去四年里一直受到左侧乳房和骨盆部位的剧痛折磨，还有呼吸不畅的慢性病症。提出该要求时他还补充说，他认为这是一宗歇斯底里症病例，尽管出现过与之相反的迹象，促使他对病人进行了极为彻底的检查，以排除器质性病变的可能。这位年轻女士已经结婚，但和丈夫分居，住在姨妈家。该患者本来在音乐领域前途无量，却因疾病半途而废。

我和这个二十九岁的年轻妇女见了第一次面，但对于了解病情没有多大帮助。据说她的内心确实存在某种活力，而我没能窥见任何表征。她的眼睛是五官中最漂亮的，面部表情显示出生理上遭受过严重创伤的迹象，有时却又丝毫不会流露。这让我想起战争后遗症患者的脸，替他们做检查是一项令我感到悲戚的任务。她开口说话时，我很难听清，因为她嗓音沙哑，呼吸急促。疼痛使她步履维艰，上身佝偻。她极为瘦削，就算用荒年的标准来衡量也是如此，那年的维也纳没有几个人能吃饱。我怀疑最棘手的问题是她的神经性厌食症。她告诉我，自己一想到食物就恶心，所以靠橘子和水维生。

对她进行检查的过程中，我才明白我的同事为什么不愿放弃为她的症状寻找器质性的依据。患者对疼痛性质的各种描述之精确令我吃惊，那正是我们所期待的器质性疾病患者的反应——除非他还患有神经疾病。歇斯底里症患者通常难以确切描述自己的疼痛，而且在疼痛部位受到刺激时往往表现出愉悦而非痛苦。安娜女士则恰恰相反，她能精确而冷静地指出自己哪里痛：左侧乳房和左侧卵巢。我检查的时候，她还畏畏缩缩，躲躲闪闪。

她本人坚信自己的病症是器质性的，并且对我未能找出病因加以治疗而感到失望。我越发相信自己正在应对一名歇斯底里症患者，这种想法在她承认眼前出现过混乱、恐怖的幻觉时得以证实，尽管有些表现与之相反。她一度不敢承认这些"头脑风暴"，因为她觉得这等于承认自己疯了，应该被关起来。我让她明白了她的幻觉和她的疼痛以及呼吸不畅一样，绝不是痴傻的表现。实际上，只要现实依旧难以捉摸，最健全的心智也会受到歇斯底里症的折磨。此后，她的举止变得轻松了一点，能跟我讲一些和她的病史以及生活经历有关的事。

她出生在一个小康之家，是家里第二个孩子，也是唯一的女儿。她的父亲来自俄国的一个犹太家庭，属于工商阶层；而她的母亲来自一个有教养的波兰天主教家庭，在乌克兰定居。逾越种族和宗教的障碍结为连理，安娜女士的父母展现了他们的自由理想，但也承受了与彼此家庭断绝关系的后果。唯一没有和这对夫妇反目的是患者的姨妈（现在和她生活在一起），也就是她母亲的孪生妹妹。这位女士嫁给了一个和她信仰相同的维也纳语言教师，后者是在两姐妹的家乡基辅参加会议时认识的她。如此一来，姐妹俩被迫天各一方，但她们的亲密关系并未就此疏远。

因为忠于姐妹之情，安娜女士的姨妈也渐渐疏远了娘家，父亲直到年迈才搬去跟她一块儿住。患者认为，正是家庭失和损耗了自己的生命，而且她的同辈亲戚也不多，无法弥补这一缺憾。她的母亲在婚后不久生了一个儿子，五年后生下安娜。遗憾的是，她的姨妈一直没有孩子。

患者对母亲的记忆十分美好。她有着亲切的母性特征、美丽端庄的外表、富有创造性的精神（她是一个颇有天赋的水彩画家）和乐观爽朗的个性。如果她心情忧郁，通常是由于阴沉的秋冬天气，过后她会更加宠爱自己的孩子。她与安娜的父亲堪称一对璧人。父亲同样精力充沛、魅力十足，女儿很崇拜他，唯独希望他不要那么忙。他不靠父母资助，工作极为努力，终于在商界站稳了脚跟。安娜出生后不久，他们举家迁往敖德萨①，她的父亲在那里开了一家粮食出口公司。出海差不多是他唯一的消遣，他有一艘值得骄傲的豪华游艇。

每年夏天，患者的姨父和姨妈都会到舒适的海港和他们团聚。小姑娘总盼着他们来。夏天放长假是维也纳人的习俗，因此他们会住上好几个星期。如果家里有客人，又适逢驾船出海的好天气，她的父亲就会把生意搁几天，并且变得更加和蔼可亲。她的母亲必定会延长假期，陪伴她亲爱的妹妹，还有阳光。她妹妹膝下无子，自然独爱小外甥女。这位姨妈天性恬静诚笃。她是一个有天赋的钢琴师，比起可能颠簸的游艇，她更喜欢安静的琴房。安娜的姨父外向一些，他是个热情又快活的人，就是人们心目中典型的姨父形象。患者记得他喜欢开玩笑，比如戴上白色的海员帽去出海。姨父、姨妈对安娜来说很重要，是除了父母和哥哥以外仅有的"家人"——何况她和哥哥并不亲近。

如果不是熟知我们在成人阶段有理想化的倾向，我就会相信患者早期的童年生活不存在任何沉闷或不愉快的插曲，尽是在海滩上用沙子堆城堡，在蓝天下坐着父亲的游艇乘风破

---

① 乌克兰南部城市，是重要的工业和交通中心。

浪，经过黑海沿岸的悬崖峭壁，而且这种快乐的状态将永无止境地继续下去。实际上，这些快乐鲜活的记忆仅仅持续了五个夏天。后来突然发生了一件事，残酷地将她赶出了自己的伊甸园，而事件的阴影先前就已笼罩在她头上——她母亲死了。

她的母亲为了打发沉闷的冬天，有即兴前往莫斯科的习惯，去那儿购物、逛画廊，还有看戏。对安娜来说，可以从中得到两种慰藉：父亲属于她一个人，母亲会带着礼物满载而归。这一年圣诞前夕，母亲没有带着期望中的礼物回来。取而代之的是一封电报，说一场大火烧毁了她下榻的旅馆。对于安娜幼小的心灵而言，这个消息只不过意味着她母亲要再过几天才能回来。但睡觉之前保姆来帮她脱衣服的时候哭了，搅得她心神不宁。她记得自己躺在床上睡不着，一边纳闷母亲到底在哪儿，一边倾听着正到处肆虐的暴风雨。她在成年阶段反复出现的两种幻觉——海上的暴风雨和旅馆里的大火——显然与这场悲剧有关。

她的父亲悲痛欲绝，几乎全身心地投入了生意场；并且在任何情况下他都更喜欢让儿子陪着，他儿子已经不小，能够有条理地讲话了。而安娜则被交给保姆和家庭教师照顾。她的姨妈、姨父不再来了，因为祸不单行，姨父几个月后突发心脏病也死了。作为一名教师，他的收入并不丰厚，年轻的寡妇被迫变卖家宅，搬进廉价公寓，靠教授钢琴勉强度日。除了书信和偶尔寄些小礼物,这个不堪重负、郁郁寡欢的女人和她姐姐的孩子们失去了联系。她和患者的父亲均未再婚。

被残酷地夺去了母亲,被姨妈、姨父抛弃(表面上确实如此),还遭到父亲的冷漠对待,不难想象这个年轻女孩是何等孤独和痛苦。所幸她受到了侍从们体贴尽心的照料,尤其是她的家庭教师。十二三岁的时候,安娜除了母语乌克兰语以外,已经能说三种外语了。她熟读文学名著,而且在音乐上显露出相当高的天赋。她爱好舞蹈,得以在一所公立学校①修读芭蕾舞课程。这为她提供了结交朋友的良机,用她自己的话说,她变得善于交际而且颇有人缘。总之,那时的她跟许多孩子乃至大部分孩子相比,更轻易地熬过了丧母之痛。

在她十五岁的时候,发生了一件不愉快的事,在她身上留下了印记。当时,政局动荡,海军哗变,暴力事件和游行示威不断。患者和两个朋友冒冒失失地闯进城市码头区看热闹。由于她们衣着光鲜、外貌姣好,遭到一队哗变士兵的恐吓和侮辱。两个女孩没有受到身体上的伤害,但被吓坏了。对患者影响更深的是她回家以后父亲的态度。父亲非但没有安慰她,反而冷酷无情地斥责她抛头露面,不顾危险。或许父亲只是把关心隐藏了起来,其实心中对女儿身临险境惶惶不安。但对这个

---

① 原文为法语。(编辑注)

年轻女孩来说,父亲充满敌意的语调就是对她毫不在乎的力证。从此以后,她又回到沉默、冷淡的状态,以牙还牙。这个小插曲发生后不久,她第一次出现呼吸困难的症状,被当成哮喘治疗但没有效果,几个月后症状自动消失了。

刚过完十七岁生日,她就离开了父亲的家,离开了敖德萨,前往圣彼得堡①,只盼通过一所芭蕾舞学校的面试,别无他法。她在这座首都举目无亲,没有经济来源,只有母亲留给她的一小笔遗产,以她现在的年龄已经可以申领。她顺利通过了面试,在城里的贫民区租了一个房间,过着节俭的生活。她和同屋的一个年轻人相爱了,那是学生A,他积极参加政治改革运动,还把她介绍给了一群志同道合的朋友。

她对政治斗争的兴趣远逊于对A的爱恋。她把自己纯洁、慷慨的热情全部倾注到了初恋情人身上。她们的关系是一种情感纽带②,无关肉体。但没过多久他就抛弃了她,投身于更加重要的事业——即将爆发的革命。几乎与此同时,她所选择的事业也抛弃了她,不是由于技不如人或疏于用功,只是因为她成了一个女人,身体丰满起来,就算她几乎什么都不吃也减不下来。她不得不承认,是老天不让她成为首席芭蕾舞演员。幸好在这沮丧的时刻,她的芭蕾舞老师,一个独居的年轻寡妇向

---

① 位于俄罗斯西北部、波罗的海沿岸,是当时的俄国首都。
② 原文为法语。(编辑注)

她伸出了援手,邀请她去自己家里住,直到她安排好生计。R太太成了她的良师益友,她们一块儿去听音乐会,去看戏。R太太白天在芭蕾舞学校上班,安娜就在汗牛充栋的书房里看书,或随意地散散步。在她的生命中,这是一段平静而快乐的时光,让她养精蓄锐,重新振作。

R太太出人意料地决定再婚时,这种舒舒服服、互相关照的生活模式也就到头了。她的未婚夫是个退役海军军官,跟她们俩都合得来,而且安娜并不疑心这份爱情会威胁到她平静的生活。她反而为好友理所应得的好福气感到高兴。R太太和她的新婚丈夫都恳求安娜留下来,可安娜不愿打扰他们的幸福生活。她还没拿定主意去哪里、做什么。但就在这时,天赐良机,把这个女人推向了一个新的国度和一份新的事业。安娜的姨妈从维也纳写信,说和她一起生活了几年的父亲——安娜的外祖父——去世了,又剩下她孤零零的一个人。她问安娜是否考虑去跟她一起住,至少待上几个月。年轻女人毫不犹豫地接受了邀请,跟R太太和她丈夫依依惜别之后就起程前往维也纳了。

母亲过世后,这还是头一次和姨妈面对面,她觉得悲喜交加,情难自已。姨妈人到中年,慈祥优雅,给她的第一印象就是妈妈来接她了。① 在她姨妈看来,从这个年方二十、聪明机

---

① 原注:差不多确实如此,因为二人是双胞胎姐妹。

灵的年轻女人身上，无疑也能找到许多和自己的姐姐极为相似的印迹。姨妈和外甥女很快建立了亲密的关系，安娜女士从未因为离开祖国而感到后悔。

就像经常发生的那样，环境的变迁造成了安娜本人的改变。她是保姆带大的，对于天主教，即她娘家的信仰，多少有点半信半疑。在青少年时期，她逐渐远离了宗教，如今在姨妈的影响下又变得虔诚起来。更加现实的是，在姨妈家音乐氛围的熏陶下，她发现自己具备一种热情和本领，有望弥补未能如愿成为舞蹈演员所留下的缺憾。经过姨妈的一个好朋友的指导，这个年轻女人学会了拉大提琴。更让她吃惊的是，她发现自己有很高的音乐天赋。她的进步如此神速，以至于不出几个月，她的老师就预言她会成为一名大师级的演奏家。

来维也纳不到三年，她已经在职业交响乐团演奏了，还订了婚。未婚夫是一个出身名门的青年律师，酷爱音乐，在维也纳音乐学院的一个社交聚会上认识了她。年轻男人温文尔雅、谦虚谨慎，还很害羞（这些气质集于一身正合了她的心意），于是爱情莺飞草长。他得到了姨妈的充分肯定，而且安娜和他的父母也很合得来。他向她求婚，然后——在渴望家庭幸福还是职业音乐生涯之间经过一番短暂的挣扎之后——她答应了。

他们去瑞士度蜜月，住进一幢舒适的房子。她的姨妈成了受欢迎的常客。姨妈高兴地获悉，很快又会有个曾外甥或曾外甥女来抚慰自己独居的痛苦，因为她得知安娜很想要孩子。

在这对年轻夫妇的视野中，唯一的阴影就是关于战争的流言。战争爆发的时候，她的丈夫应征前往军中法律部门服役。离别令人伤感，不过好在他身处战区之外，而且驻扎地很近，可以时常回家。他们每天都给对方写信，同时，在这个渴望保留现代文化遗产的城市里，患者的音乐生涯成就斐然。实际上，由于她的演奏技巧随着经验不断丰富，她的事业开始蒸蒸日上。她有姨妈，还有许多朋友做伴。除了和丈夫两地分居是一大憾事，总的来说，她忙得不亦乐乎。

就在她丈夫第一次准备回家探亲的时候，在敖德萨曾经折磨过她的呼吸困难重新发作了，而且还并发了胸部和腹部的剧痛。她完全丧失食欲，不得不放弃音乐。她通知丈夫说自己病倒了，而且意识到自己无法再给他带来幸福。然后她就搬回去跟姨妈住了，她的丈夫请了事假回去求她，但她不为所动。虽然她不会原谅自己对丈夫造成的伤害，但她还是恳求他把她忘掉。他一直试图让她回心转意，直到几个月前才同意正式分居。过去的四年里，安娜女士几乎一直过着离群索居的生活。她的姨妈带她看过很多医生，但没人能找出病因或改善症状。

这就是那个不幸的年轻女人告诉我的故事，对于查明其歇斯底里症的病因毫无启发。神经疾病的诱因诚然多种多样，尤其是她早年丧母，父亲又疏于关怀。但如果双亲中的一位早丧和另一位的处置不当是造成歇斯底里症的充分条件，那患者将数不胜数。在安娜女士这一病例中，对于其精神疾病的形成起决定性作用的隐性因素是什么呢？

在她的意识之中确实有个秘密，但那不是外来的异物。她既知晓，又不甚了了。而且从某种意义上说，她的内心正企图告诉我们出了什么问题，因为受到压制的意念会形成与其自身相似的象征符号。歇斯底里症患者的心理就像一个藏着秘密的孩子，这个秘密谁都不知道，谁都要去猜一猜。于是为了好猜一些，他必须散布线索。显然，安娜女士心里的那个孩子正要求我们关注她的乳房和卵巢，确切地说是左侧的乳房和卵巢。潜意识是个一板一眼甚至迂腐不堪的象征主义者。

好几个礼拜过去了，我已尽力，但收效甚微。这在一定程度上归咎于我们的工作环境。患者和医师冬天都穿着外套，系着围巾，还戴着手套，待在一间没有暖气的房间里。这样很难营造互相信任的气氛。① 精神分析的过程还经常被打断，总共

---

① 原注：战后用来取暖和发电的燃料供应极度短缺。

有好几天，因为病痛使她不堪忍受，被迫卧床。不过她的厌食症稍有缓解，我说服她食用固体食物——都是当时整个城市里能弄到的最有营养的食品。

导致进展缓慢的另一个更为关键的因素是她的强烈抵抗。这位年轻女士虽然不像我的许多患者那样过分拘谨，但讨论过程中一旦提出关于其性心理和性行为的问题，她就沉默寡言，几乎只字不提。一个很单纯的征询，比如童年时期的手淫问题（这几乎是个普遍现象），会遭到断然否认。她的态度暗示我像是在对圣母玛利亚提这个问题。我觉得我有充分的理由怀疑她所叙述的某些粗浅的记忆根本经不起深入推敲。她靠不住，而且闪烁其词，我恼她浪费我的时间。不过公平地说，我应该补充一点，我很快学会了分辨她哪些话是真的，哪些话是编的：如果她隐瞒了什么，她会摩挲脖颈处的十字架，似乎在请求上帝的原谅。因此，她心中存有讲真话的倾向，即便只是基于迷信。我这才得以继续帮她。① 我只能引诱她吐露真相，通常是提出一个激怒她的设想。她往往会中计，收回自己的谎话，或加以调整。

她收回的谎话之一，与她和 A 的恋情有关，就是她在圣彼得堡爱上的那个学生。迄今为止，她所告诉我的只是关于他

---

① 原注：有一天她告诉我，十字架是她母亲的遗物。于是子女的孝心加深了对宗教的敬畏。

的一些细枝末节，比如他学的是哲学，家庭富裕而且保守，比她大几岁，等等。她坚称两人之间的关系是"纯洁"的，我对这个形容词印象很深，便问她"纯洁"这个词让她联想到什么。她说脑海里浮现出游艇上的帆布。假定她想起的是父亲的游艇，这似乎很合理，但在进行精神分析时绝不能妄下判断：实际上她说自己想到的是在彼得堡度过的某个周末。当时，她和那个政治团体中的其他成员一道在芬兰湾遨游，其中当然包括 A。那是个完美的夏日，驾船出海稍作小憩，远离那些使她日渐烦闷甚至心存恐惧的"正经"讨论，对她来说不失为一种调剂。她从未觉得自己如此深爱着 A，他对她温柔体贴，而且像往常一样恭敬有礼。他们得同住一间舱房，但他从未试图碰她。两人问心无愧，纯洁如白帆，抑或像白夜①。

然而她在摩挲自己的十字架，一副悲伤的表情。我直截了当地指出，她没说实话，我知道他们之间发生过性关系。安娜女士承认，快要分手的时候和他睡过几次，是他苦苦哀求的，自己不胜其烦，终于"堕落"。她用了一个英语动词，而我们的谈话是用德语进行的。不过对她来说，时不时插进外语词并非异常之举。我已经学会留个心眼，看看是否别有深意。

就像俗话说的那样，我决定"碰碰运气"。"我很高兴你说

---

① 原注：指极北地带夏季的漫漫长夜，两天之间只隔着短暂的黄昏。

了实话。"我说,"没什么可害羞的。既然你说起了这件事,那你为什么不承认自己怀了他的孩子,但你从楼上摔下来,孩子没了?"

可怜的姑娘经过内心的情感挣扎,终于承认我说对了。不是从楼上摔下来,而是在舞蹈房里狠狠摔了一跤。除了 R 太太,谁都不知道这件事,甚至没人疑心。她很惊讶我怎么会发现这个秘密。她问我是怎么做到的。

我回答道:"因为你说由于身体发福而不得不放弃跳舞,一听就不是实话。我倒是猜到你大概发现自己任何时候都很难长胖,尽管这对你大有好处。显然这是在拐弯抹角地告诉我发生了什么事,因为你确实想让我知道。可能怀孕期间你一直在跳舞,而且很担心自己正开始发胖,然后在无中生有的猜测里胡思乱想自己该怎么办。"

年轻女人的沉默表明我一语中的,而且我很庆幸自己没有将这番诠释按其逻辑贯彻到底——亦即她持续不断地积极练舞,一直暗自希望发生这样的结果,甚至有可能确实促成了这一结果。年轻时的罪恶暴露于光天化日之下,这足以使她惶恐不安。

然而过了这个节骨眼,她就变得活泼些了,也更坦诚了,好像卸下完美的伪装,松了口气。不久以后她甚至展现出一丝狡黠的幽默感。当时她正向我描述一个反复出现的幻觉,内容是她从空中坠落而死。她眨了会儿眼睛,然后说:"我可不是在生孩子啊!"①

有一天她做了个梦,跑来告诉我。她通常睡得不好,而且很少做梦——这本身就是抗拒的表现。所以,一个完整的梦弥足珍贵。我费了老大功夫才理出头绪来,以下就是安娜女士讲述的梦境:

我乘火车去旅行,对面坐了一个男人在看书。他跟我搭讪,我觉得他过于殷勤了。火车在一个不知名的地方靠站,我决定下车,以便甩掉他。我很意外有那么多人要下车,因为这里只是个小地方,而且荒无人烟。不过站牌上写着"布达佩斯",这就明白了。我从检票员身边挤了过去,不想让他检票,因为我还没到站。走过一座桥,我来到一幢房子外面,门牌号是29。我试着用钥匙开门,惊讶地发现打不开。于是我继续走,来到34号。虽然钥匙转不动,但门开了。这是家小型的私人旅馆。厅里晾着一把银白色的雨伞,我想:"妈妈在这儿。"我走进一个白色的房间。梦的最后,一位老先生走了进来,说:"房子是

---

① 原注:原文中的"niederkommen"包含了一个文字游戏,兼有"坠落"和"生孩子"两种意思。

空的。"我从上衣口袋里掏出一份电报递给他。我替他感到难过,因为我知道电报的内容。他用一种可怕的声音说道:"我女儿死了。"他万分震惊,悲伤过度,我觉得他根本意识不到我的存在。

第一次听到这个梦的时候,我吃了一惊,因为它告诉我,做梦的人很有可能以轻生的方式结束自己的烦恼。乘火车旅行本身就是死亡之梦,在这例梦境中尤其如此,因为她在"到达目的地之前"下车,而且"到了一个不知名的地方"。避开看守显然暗指禁止自杀的法令,而那座桥又是另一个死亡象征。从某种角度看,安娜女士的梦再明白不过,但我确信其中还包含了很多更个人化的因素。因此,我让她把这个梦一点一点分解开来,告诉我在她心里浮现出哪些与之相关的联想。她已经接受过解读梦境的训练了,因为之前分析了几个无关紧要的梦例。此外,由于她很聪明,希望研读我以前的病例,我也加以鼓励。

"我想起一件事。"她说,"但不可能和这个梦有关,因为是很久以前发生的,而且在我的生活中无足轻重。"

"没关系。"我说,"说来听听!"

"好吧,我觉得火车上那个男人让我想起从敖德萨到彼得堡去谋生计的途中骚扰过我的人。是——哪一年来着?——十二年前。我都快忘了。那件事不算特别惊心动魄,因为周围有很多人。但他俯下身来跟我聊个没完，用意很明显。他问我到了彼得堡打算做什么，还想帮我找地方住。我被问得烦了，最后只好换去另一节车厢。"

我问她最近是不是发生了什么事，使她梦见这段经历。我还敦促她回忆一些细节，比如梦境中她的那位旅伴读了什么书。

"嗯，对了，其实我记得去彼得堡的火车上那个年轻男人真是个讨厌鬼。我想继续看书，他还说个没完。那是一部但丁的作品，我得专心致志地读才能理解，因为我的意大利语不太好。现在你提起这件事，我猜想是我哥哥进入了我的梦境。"

说到这里我要插一句，安娜女士最近经历了一桩烦心事。由于革命造成的混乱局面，她的哥哥决定带上妻子和两个孩子离开俄国，移居美国。他们在维也纳稍作停留，也就是说，来问候并向安娜和她姨妈道别。患者已经很多年没见过她哥哥了，而且很可能从此以后再也见不到。虽然——甚至恰恰是因为——他们之间从没亲近过，这次重逢反而使安娜女士越发沮丧。

"我们在车站道别时，哥哥为了掩饰尴尬，花了好长时间选购旅途读物。记得我当时想到但丁的《新生》[1]很合适，只是我哥哥对古典文学不感兴趣，他是个很实际的人。他买了几

---

[1] 但丁早期的代表作，记述了他对贝雅特丽齐的单恋以及后者芳魂早逝的悲剧。

本惊悚小说。想想看你在一个车站的书摊上能买到但丁的作品反倒挺荒谬的。"

我开始明白这个梦是怎么回事了。我提醒她注意房间的门牌号码，问其中有什么含义。

她苦苦思索，还是承认自己搞不明白。

"会不会是指你二十九岁？"我启发道，"而你哥哥——大你几岁来着？五岁？"

安娜女士表示同意，自己在梦中的数学逻辑令她吃惊。

"你先在自己家门前停了下来，钥匙应该是对的，但打不开。于是你才得以走进34号——你哥哥的住处，可以这么说吧。你在那里只是客人，所以你把它当成了私人旅馆。"我问她能不能认出走进房间的男人是谁，并提醒她那人说过"房子是空的"。

过了一会儿，她想到了其中的关联。她哥哥曾笨嘴笨舌地提到过，面对兄妹俩的离去，父亲是何等的苦闷。因为他已继承父业，结婚后搬了出去，虽然仍住在附近。安娜女士记得她当时十分痛苦地想，父亲如今也要在空荡荡的房子里感受孤独的滋味了。而当年，他除了例行公事般地对自己离家感到惋惜之外再没任何表示，也没有表达过想要再次见到她的热切愿望。

此时此刻，这个梦给我的印象已经确定无疑。她哥哥带着妻子举家迁徙，踏上新生之路①；而她觉得自己的人生走进了死胡同，更确切地说是在毫无目的地虚度光阴，相形见绌。她哥哥向来自信是父亲的宠儿，而且目标明确，不像安娜在少女时代就背井离乡，当时显然是孤注一掷要父亲对她的存在引起重视。而父亲却十分乐意让天真无邪的女儿面对身体和心理上的危险搏击——火车上那个死缠烂打的年轻男人就是预兆。

我指出，有两种幻想在她的梦里交织。如果她父亲收到一份报告女儿死讯的电报，最终还是会难过。与这个愿望并行不悖，甚而加深其悲剧性的是，她宁愿自己从未生在世上——从未以一个女孩，以安娜的身份生在世上。要是能取代她哥哥的位置该多好啊！那场中止的火车旅途就是她自己的命运，只为走进她哥哥那样的生活状态，而这是不可能做到的。在那家私人旅馆里，白色的房间代表她母亲的子宫，等待安娜父亲的到来，然后怀上一个男孩。晾在厅里的雨伞象征射精后的阴茎。她父亲带来了新生命，如果没有儿子，他的"房子（就）是空的"。安娜死了——死于自杀或避孕，无关紧要，他也不在乎。他的惊愕和悲痛反应是安娜自我满足的产物。连她的梦都知道：父亲"根本意识不到我的存在"。

梦境之凄惨使这个年轻女人悲不自胜。她不愿意对我的解

---

① 原文为法语。（编辑注）

读提出任何正面质疑——除了那桩她一直没有勇气说出来的伤心事,我也打算留到适当的时候再交代。不管怎样,这并不影响已经显而易见的整体意义。

讨论过程中,当我问及那个年轻男人在火车上跟她套近乎的用意时,她想起了一些遗漏的细节。她以为这个新素材无关紧要,不过根据我的经验,起先忘记而后来又想起的梦中细节往往很关键。在这个病例中也得到了证明,尽管其完整意义尚待在今后的分析中显现。

我对年轻男人说,我要去莫斯科拜访T夫妇。他回答道,他们没法替我安排住处,我只能睡在凉亭里。他还补充说,那里热得很,我得把衣服脱光。

她解释说,T夫妇是她母亲那边的远房亲戚,定居莫斯科。她母亲和姨妈年轻时趁着假期去T家住过。安娜的母亲结婚后,T夫妇还和她保持着密切的联系。安娜女士从没见过他们,不过据她姨妈说,那是一对热情好客的夫妻。其实安娜的姨妈前一天还提到过,她热切怀念在那里度过的假期,并希望能带安娜去见见他们,因为稍事休息一定对她的外甥女大有好处。但T夫妇已经老了,甚至可能历尽沧桑,早已不在人世。

我认为,上述细节旨在表达这个年轻女人渴望摆脱目前生活中种种可悲的羁绊，重新回到和她母亲共同生活却已然逝去的伊甸园——其实就是赤身露体地待在"凉亭"里或屋子里，无忧无虑地度过炎炎夏日。她并不否认这番解释，还觉得唤起这些关于陈年往事的记忆不仅有趣，而且令人感动。

安娜在敖德萨的家坐落于一片亚热带乔灌木丛中，占地数英亩[①]，树林一直延伸到海边，那里有一块小型私人海滩。凉亭在花园深处的小树林里，之前的业主们任其荒废，很少使用。那是一个酷热的下午，人们为暑气所迫，四散开去，躲进庭院或房舍。安娜的父亲大概在工作，她记得那天哥哥也和几个朋友出门去了。安娜百无聊赖地在海滩玩，又热又无聊。一旁的母亲正在画架前面，不愿被人打扰。安娜因为唠叨挨了骂，于是想去找姨妈和姨父。她信步穿过庭院，最后来到凉亭。她开心地看到姨父和姨妈在里面，但他们的举动让她不明所以。姨妈的肩膀裸露着，而那块地方平时是遮起来不见阳光的。姨父正抱着她。他们一直拥抱着，太过投入，以至于没注意到安娜穿过树林走了过来。于是她又溜走了。她回到海滩，想把这件奇怪的事告诉妈妈，但她母亲已经放下画架，躺在一块平坦的岩石上，看起来像是睡着了。小孩知道在两种情况下，她无论如何都不能打搅妈妈：她画画的时候和睡觉的时

---

① 1英亩等于0.004047平方千米。（编辑注）

候，尤其是后者。于是她又一次失望地走开了，回屋子里去喝柠檬水。

我该怎样理解这段记忆呢？这在很大程度上是成年人的视角，但它并不能证明我们所面对的只是幻象。我怀疑我们是否真的面对过来自童年的记忆，与童年有关的记忆或许只属于当下的我们。童年记忆向我们展现的孩提时代并非其本来面貌，而是这段记忆在日后被唤起时的状态。年轻女人回想起第一次窥见成人性行为，觉得很有趣。与此同时，在敖德萨过暑假的闲适气氛中，发现自己的姨妈和姨父如胶似漆也令她有所触动，尤其是在她姨妈觉得往事不堪回首的当下。

然而，我有必要提出这样的疑问，有没有可能她所目睹的比她想起来的还要多？如果是这样的话，她的记忆就无法再将她引向更深处了。一对已婚的年轻男女这样做实在不大可能，他们本可以回自己房间秘密行事，却要冒着被人看到的风险，一点不怕尴尬。不过这段记忆在安娜的梦中出现，似乎暗示着它很重要，与她的歇斯底里症有关也不无可能。因为那些被美杜莎石化的人之前就曾瞥见过她的脸，那时他们还不知道她的名字。

此后的一段时间里，没有取得多大进展。这或许应当归咎于医患双方。就安娜女士而言，她完全躲到了自己的防御机制背后，有时还以病情恶化为由不来见我。公平地说，我相信她觉得病痛不堪忍受。她恳求我安排手术，替她切除乳房和卵巢。就我而言，我被她的不合作态度惹恼了，也被她的冷漠无情感染了。有一次她说她在街上扔了块食物给一条狗，但它太瘦弱了，根本爬不过去。她觉得自己跟那条狗差不多。我发现有时候自己完全放弃了分析，只是力劝她不要轻生。我指出自杀不过是一种伪装的谋杀，它毫无意义，对意欲杀害之人无法产生任何作用。安娜女士说，只有难以形容的病痛才会使她想要结束这一切。在谈话过程中，她十分理智。要不是那些症状使她日益虚弱，没人会把她当成歇斯底里症患者。此外还有一些捉摸不透的问题令我更加恼怒。我考虑过以她刻意逃避为由结束治疗，但出于公平性的考虑，我不忍为之。因为不管怎样，她毕竟是一位勇敢、聪明、内心诚实的年轻女士。

随后发生了一桩不幸的事，可以成为终止治疗的绝佳理由：我的一个女儿猝死。[①]之前的几个星期里，我备受压抑的心情或许正是为此做准备。这样的事情不宜多想，尽管一个人如果倾向于神秘主义，大可问一问是造物主心中哪种隐秘的创伤转化成了人世间比比皆是的痛苦症候。但我没有这种倾向，所以别无他法，只好感叹一句"造化弄人"。当我回归本职工作时，收到了安娜女士寄来的一封信。除了对我痛失爱女表示

[①] 原注：弗洛伊德的次女、二十六岁的索菲于1920年1月25日在汉堡去世，留下了两个孩子，其中一个只有十二个月大。

哀悼外，她还告诉我，她和姨妈一起去巴德盖斯坦①度过了短暂的假期，她在信里提到几星期前做的一个梦。

梦中的预言成分一直令我痛苦不堪。我本来不会提这件事，但我确信它同样没有逃出您的记忆。

当时我半信半疑，觉得收到电报的那个人就是您（至少在某种程度上是），但我知道您对女儿们关爱备至，生怕给您增添无谓的烦恼。我早就疑心，除了其他病症，我还不幸生就所谓"天眼"。我曾预见两个朋友在战争中死去。这是我从母亲那里继承得来的，很显然，这是吉卜赛人的异禀。但它并不是带来快乐的天赋——事实恰恰相反。但愿这不会给您的悲痛之情火上浇油。

对安娜女士的"预言"，我不做评论，只想说不幸的消息都是（这并不奇怪）通过电报传达的。患者用灵敏的头脑辨识出我意识层面之下深植的忧虑：我在为一个女儿担忧，她带着年幼的孩子住在很远的地方，当时正值传染病流行。

安娜从盖斯坦回来后发生的事完全出乎意料，根本不合逻

---

① 原注：位于奥地利阿尔卑斯山脉的一个著名疗养胜地。

辑。真是一言难尽，假如我是个小说家而不是搞科学的，那我未必会描述下一阶段的治疗过程，以免冒犯读者诸君的艺术鉴赏力。

她比约定时间迟到了五分钟，一阵风似的飘然而至，神态无忧无虑，就好像只想跟我打声招呼便约上朋友去看戏或购物。她滔滔不绝，嗓音坚定铿锵，丝毫没有呼吸困难的迹象。她的体重增加了约二十磅，因而平添或者说恢复了成年女性的雍容气质，两颊红润充满生气，目光炯炯有神。她穿着一套款式引人注目的新连衣裙，发型也适合她的脸型。总而言之，眼前不是我预想中那个瘦骨嶙峋、饱受压抑的病篓子，而是一位妩媚动人、略显风骚的年轻女士，蹦蹦跳跳，充满生机与活力。毋庸赘言，她的病症已经消失了。

我经常去盖斯坦度假，但根据我的经验，那里的温泉从未如此神奇。我直言相告，还自嘲地补充道，我或许应该放下自己的营生，到那里去当旅馆老板。她哈哈大笑以示赞同，随即想起我甫丧爱女，便露出后悔的表情，因为自己不顾别人感受而瞎开心。我向她担保，她的好心情就是我的强心剂。然而没过多久我就明白，她还远没有摆脱歇斯底里症，只不过发病方式变了。① 之前，病症以剧痛耗损她的体力，而任其头脑保持

---

① 原注：实际上，我们已经从敌人手里夺回失地，现在看到的是歇斯底里症的垂死挣扎。

理智；现在解放了她的身体，却以其心志为代价。她毫无节制地喋喋不休，很快显示出理智失控的迹象。她的快乐是士兵们在战壕里开玩笑时表现出的绝望的幽默。她为了使讨论得以继续而付出的努力，渐渐转变成梦呓般的独白，恍恍惚惚几近催眠状态。以前的她，痛苦而理智尚存；现在的她，开心却精神错乱。她的言语中充满了想象的产物和幻觉，有时不像说话，像是在颂唱①，犹如歌剧里的宣叙调②，声音高亢，兼具抒情性与戏剧性。我得补充一句：自从加入一流歌剧团的交响乐队以来，她便潜心投身于这门艺术。③

她似乎没有觉察到自己身上发生的变化，始终喜气洋洋，以为已经痊愈。我不明白她所叙述的盖斯坦之行是怎么回事，于是建议她尽量凭印象写下来。此类建议先前获得过良好的反响，因为她爱好文学而且乐于写作，比如她写信成癖。然而安娜写出的全新的作品大大出乎我的意料，她第二天就来交稿了，犹犹豫豫地把一本软皮册子交到我手里。那是莫扎特的歌剧《唐璜》的乐谱，我发现她把自己对盖斯坦之行的"印象"写在五线谱之间，就像一部可以替代原文的剧本。她甚至

---

① 音乐术语，介乎于歌唱和说话之间的一种发声法。
② 歌剧等大型声乐中类似朗诵的曲调。
③ 原注："安娜女士"其实是一个歌剧演唱家，而不是乐器演奏者。弗洛伊德意欲掩饰其身份，故而权作变更。不过他总是后悔自己违背了事实，即便只是细枝末节。

试图押韵合辙，但写得马马虎虎，以至于读起来像蹩脚的打油诗。安娜女士改编的莫扎特歌剧无论在哪家剧院上演，经理一定会因为有伤风化而遭到起诉，因为内容不仅色情而且荒唐。很多措辞在贫民窟、军营和男性俱乐部里才听得到。我很惊讶她从哪儿听来这些词，因为据我所知，她从未出入过使用这些语汇的地方。

乍看之下，除了明确提到的几处幻觉以及对移情①的直言不讳以外，我几乎什么都没看出来。在她的幻想中，唐璜的角色被我儿子取代——不消说，她根本不认识我儿子。很显然她在表达一种愿景，希望可以通过联姻的方式取代我失去的女儿。当我直截了当向她提出这一推论时，安娜羞怯地说这是个玩笑，"为了让我高兴起来"。

我发现非理性的意象泛滥成灾，让人应接不暇，便请她回去以严谨审慎的态度把自己的分析写下来。她把我的要求视作非难，这也情有可原。于是我不得不让她相信我觉得这个"剧本"很有趣。过了几天，她交给我一本小孩子的练习簿，里面尽是她潦草的字迹。我粗略翻过几页，她气喘吁吁地等待着（确实如此，因为她的哮喘症状轻微复发了）。我发现她并没有

---

① 精神分析师在分析过程中必须追溯患者潜意识深处的隐秘症结，而这种特殊的治疗情境极易导致患者把自己的感情需要转移到医生身上，甚至爱上医生。

按照我的要求做解释，反倒选择将原先的幻想加以扩充，字里行间满是藻饰之词，以至于我不堪重负地读完这份连篇累牍、杂乱无章的文稿后一无所获。尽管从某种程度上说她已经调和了粗鄙的性描写，但挑逗情欲的文字一如洪水，毫无理性的淫秽辞藻依旧汹涌澎湃。波涛不似先前那样排山倒海，所席卷的疆域却远胜当时。我现在面对的是漫无边际的夸张想象，就像这几个月的货币——一手提箱的钞票买不了一个面包。我们白白浪费了一个小时，然后我答应她会在空闲时仔细阅读她的文稿。读的时候，我开始窥见纹饰下的真义。大段篇幅都是彻彻底底的意淫，要么招人反感，要么令人作呕。但偶尔也有以技巧和情感见长的段落：比如对"海洋"之类的自然描写，夹杂着性幻想。这不免使人想起那位诗人的句子：

疯子、情人和诗人，
都是幻想的产儿……①

当我放下这本小册子的时候，我确信它会告诉我们一切，只要能一一辨识出来。

有句玩笑话说："爱，是一种乡愁。"每当一个人梦见某个

---

① 见莎士比亚《仲夏夜之梦》（朱生豪译）。

地方或某个国家，并在梦中对自己说"这个地方很熟悉，我以前来过"，我们就可以把这个地方解释成他母亲的生殖器或身体。迄今为止，但凡有幸读过安娜女士日记的业内人士都有这样的感觉：他们能理解"白色旅馆"的含义，那是母亲的身体。那里没有罪恶，不需背负忏悔的包袱。因为患者告诉我们她在旅途中丢失了手提箱，而且连牙刷都没带。这家旅馆以鲜花、芳香和美味闻名。没必要像学生那样对文中的意象进行严格分类，比如断言前厅是口腔，楼梯是食道（或者根据另一些人的说法，是性交的动作），阳台是胸部，周围的冷杉林是阴毛，等等。更为切中肯綮的是对白色旅馆的整体感知，它全身心地投入口腔活动——吸、咬、吃、吞以及吸收，完整地包含了婴儿对乳房的自我陶醉。这就是孩子们早年如大海般汪洋恣肆的唯我状态，是自体性欲①的伊甸园，是人生第一个情爱国度的蓝图——伴随一名歇斯底里症患者的泰然漠视②被披露出来。

在我看来，这是安娜女士对母亲抱有强烈认同感的证据，

---

① 弗洛伊德认为，婴儿通过吮吸母乳，不但能获得必要的营养，还能获得极大的快感，并且对其他口唇、口腔活动也开始产生极大的兴趣。幼婴期性欲的主要表现是追求躯体方面所产生的快感，并无成人的性意识与交媾意愿，他称之为"自体性欲满足"。

② 具有转换症状（即无意识的冲突或焦虑本身变成躯体症状）的歇斯底里症患者对自己的躯体功能障碍会表现出漠不关心的态度。这种态度给人一种印象，似乎患者并不关注自身躯体功能的恢复，而是想保留症状，并从中获取某种利益。

进而发展成了俄狄浦斯情结。它在安娜的病例中表现得尤为强烈，除此之外我们不应大惊小怪。乳房是第一个爱欲对象，儿童吸吮母亲的乳房已成为每一种爱欲关系的原型。人们在青春期寻找爱欲对象其实就是重新寻找这种原型。安娜的母亲热情洋溢、追求享乐，遗传给孩子一种延续终生的自体性欲①，因此安娜在日记里表现出回到口欲主导期的渴求，那时候母亲和孩子的联系尚未断裂。所以在"白色旅馆"里，安娜和外部世界之间没有界线，笼而统之。新生的力比多压倒了所有潜在的危险，就像她笔下那只九死一生的黑猫。白色旅馆"美好"的一面在于殷勤好客，但潜伏的破坏性也不能须臾忘记，尤其是在最安逸的时刻。那位毫无保留的母亲还打算来这家在劫难逃的旅馆看看呢。

眼下我产生了一种滑稽的感觉，仿佛关于安娜女士的一切，该知道的我都已知道，除了她患上歇斯底里症的病因。第二个悖论也接踵而至：我越相信《盖斯坦日记》是一份勇气可嘉的记录，安娜就越为自己写出如此招人反感的作品而羞愧。她无法想象自己从哪里听来这些下流的措辞，又为何觉得用之

---

① 原注：还有迹象表明，她帮助自己的女儿度过了之后的几个阶段，使压抑最小化。日记中的某些段落暗示，安娜健康、适度地意识到生殖器是紧挨着泄殖腔的，实际上（引用露·安德烈亚斯-莎乐美的说法），"对女人来说，前者不过是从后者那里借来的"。

无伤大雅。她要我把稿子销毁,因为那只是"头脑风暴"遗留下来的邪恶的只言片语,是她又一次摆脱病痛后抒发欢愉的产物。我告诉她,我只对洞察真相感兴趣,而我相信真相就包含在这份不了起的记录里。我还补充说,我很高兴她避开了潜意识压抑力①,也就是她去白色旅馆途中遇到的乘警!

这位年轻女士勉为其难地答应跟我一起读完自己的记叙,每读到让她产生联想的地方就暂停一下。轻微复发的呼吸困难已经过去,她确信自己已经痊愈,不明白我为什么坚持要把治疗继续下去。幸好移情发挥了作用,让她同样不愿结束治疗。

"白色旅馆就是我们住的地方。"她开口道,"我喜欢待在山里,在维也纳经历了种种不幸之后不失为一种慰藉。但我还想要个湖,很大的那种,因为待在水边我觉得无拘无束。旅馆里有一个碧波荡漾的游泳池,于是我让它长成了一个湖!旅馆里大部分都是游客,三教九流,鱼龙混杂——我猜战争之后人们都想重拾往常的生活。比如曾经有一位身材挺拔、彬彬有礼的英国军官,在法国患上了炮弹休克症②。他写诗,还给我看

---

① 精神分析学认为,我们的心理会阻止意识产生对某些事物的渴望,它与自身的防御机制一同进行对希望和感情的抑制。潜意识压抑力一般是偶尔产生的,特别是在睡梦当中。

② 一种战争后遗症,最早出现在一战期间。很多经历了大型炮弹爆炸的士兵虽然没有受到实质性的身体伤害,却出现了抑郁、失眠乃至休克等严重的精神症状。

了一本诗集。虽然以我对英语的判断力,他写得并不算好,但我还是吃了一惊。他总是对我提起自己的侄子,说他不久就会过来陪他滑雪。不过我听人说他侄子已经死在战场上了。有一次这位少校召集大家开会,说我们面临受到进攻的威胁。当时我就想,我能据此编一出好戏,因为毕竟还有很多我们无法理解的东西,比如秋天的落叶和陨落的星星。"

我打断她,问她在童年时代是不是有什么事促使她把流星比作鲜花。

"您的意思是?"

"我记得你说水母看上去像水里的蓝色星星。"

"噢,没错!我以前经常一大早跑到沙滩上,头一件事就是看夜里有没有更多水母①游过来。嗯,当然啦,里头掺杂了很多过去的事。在敖德萨的时候,我们雇了一个日本女孩当清洁工,她经常一边打扫卫生一边念俳句给我听——那是一种短诗。不知怎么的,我觉得要是她能和住在盖斯坦的英国少校交个朋友倒是挺好的,因为他们都很孤独而且喜欢诗歌。少校显得很悲伤,总是叫别人跟他打斯诺克。这是往昔与现实的混合,就像我一样。比如那个俄国人——他是我在彼得堡的男友,我想象中的他现在就是这副样子。他升得很快,我在报上

---

① 原注:安娜女士使用的是俄语单词"medusa"。这是她间或插入外语词汇的又一例证,应当引起注意。

见过他的名字。"

我指出她对那个人的描写很讽刺。

"您知道,是他抛弃我的。更确切地说,是他自暴自弃。因为我们初次见面时他有很多优点,温柔、体贴,甚至害羞,所以我才会爱上他。"

安娜女士停下来喘了口气,又继续说:

"旅馆里自私的家伙多得吓人。就算旅馆烧光了,他们还是会兴高采烈地继续写明信片,只要他们自己没被烧到。"(这里是指她在日记中以明信片形式写出来的部分,都是外出度假的人写给朋友的陈词滥调。)"有一支吉卜赛乐队和一个脸色苍白的路德教牧师。还有一个善良的小个子男人,大伙经常笑话他,因为他只是个烤面包的,而且说话很粗俗。还有一家荷兰人,不过那个年纪大的荷兰人并不是植物学家,高山紫露草是给您准备的小礼物。"她飞红了脸,笑道:"我知道您很喜欢搜集稀有物种。我是在一本关于高山花卉的书里查到它的,似乎是最罕见的一种。"

"那么那个从良的妓女是怎么回事?"我问,"她也在旅馆里吗?"

"不在。也可以说在,就是我自己。"

"为什么?"

她顿了顿,说:"因为我有一些不太规矩的想法。"

我说，如果有不规矩的想法就算道德败坏，那我所有的患者——甚至维也纳所有值得尊敬的女士都和她一样是娼妓。我还补充道，我很敬重她，因为敞开心扉、直言不讳需要很大的勇气。

分析重新开始之后过了两三个礼拜，安娜女士的症状彻底复发了。这是一个沉重的打击，令她不堪忍受。我告诉她这在我意料之中，要她千万不能绝望。因为我曾经警告过她，症状缓解并不稀奇，多半还会卷土重来，除非我们能找到歇斯底里症的病根。尽管我并不是真的信心十足，但我还是向她保证，我们离隧道尽头的光亮越来越近了。

重读了一遍安娜的日记，性的产物所散发出的粗鄙、无耻的活力再次使我震惊。我问她，除了圣彼得堡的学生 A 和她的丈夫，她还跟谁发生过关系。她断然否认。这样看来，她的性生活仅限于十八岁时的短暂苟合以及结婚之初。我不禁感觉纳闷，如此奔放而富有激情的女人，不经历痛苦挣扎是无法成功克制性需求的。她企图压抑最强大的本能，以至于造成了严重的心理耗损。

是时候迎难而上、直捣黄龙了，目标就是日记中描绘的自恋式爱情。用她最喜欢的艺术形式打个比方：在她母亲体内的剧场里，其实只有两个关键角色在舞台上进行情歌二重唱，不论他们身后有多少配角。至少在我看来正是如此。

每当她说起已经分居的丈夫，言语之间总让我觉得她还爱他。她一点不为分居的事怪对方，他对她样样都好：忠诚、体贴、慷慨、温柔。关系决裂的责任全在于她，但她一直以来提供的理由却明显是种逃避：她最大的心愿就是给丈夫生个孩子，可后来她又坚信对自己而言有了孩子只会带来不幸。虽然她为自己引起丈夫的不快而感到自责，但剥夺他组成家庭的权利还要糟糕得多。她说，幸好在她的坚持下，两人采用了性交中断①的方法，这就意味着对方可以宣布婚姻无效，然后和另一个可以使他幸福的女人结婚。她不愿或不能再深入解释了，但毋庸赘言，我根本就不满意她的解释。

我相信日记中的自恋式幻想一定和安娜的婚礼有密切关系，于是有一天我问她觉得那对情侣代表什么。"不要再告诉我那个年轻男人是我儿子！"我补充道。

然而她的心理障碍依然存在。她坚持说那对情侣是根据一对在盖斯坦度蜜月的夫妻塑造的。他们在公共场合有失检点，以致臭名昭著。客房服务员经常抱怨，因为他们早上起得很迟。他们在远足途中行为放荡，而且就在安娜和她姨妈鼻子底下，但不可否认的是他们并没有日记里的情侣那么放荡。两人的行

---

① 性学术语，指在射精前从阴道里抽出阴茎。

为让她又惊又喜。同时,这对年轻夫妇也触动了她的心弦,因为卡珊德拉①式的天赋告诉她,年轻的新郎将不久于人世。

"那个年轻女人不会就是你的化身吧?"我语带嘲讽。

"当然是啦!我全都告诉过你。"

"另一个是你丈夫。"

"不完全是。我当时想的主要是那对度蜜月的夫妇。"她摩挲着自己的十字架。

"得了吧!你接下去还会告诉我,那对新婚夫妇和紧身胸衣裁缝勾搭上了,还邀她上了床!"

"不!当然不是!我觉得她一定是 R 太太。"

我倒不觉得意外,因为每当她提到彼得堡的那位良师益友时,总显得格外热切。我问她为什么要把 R 太太写成一个紧身胸衣裁缝。"因为她总是强调纪律,她说如果要在芭蕾舞方面有所成就,就必须严以律己到痛苦的程度。"

"所以白色旅馆——"

"您知道,这就是我的生活!"她有点激动地打断我,就好像和沙尔科②异口同声地说:"它不能阻止事实的存在。"③

---

① 卡珊德拉(Cassandra),希腊神话中的女预言家。
② 让-马丁·沙尔科(Jean-Martin Charcot),法国精神病学家和解剖病理学家,是弗洛伊德的老师。
③ 原注:这是弗洛伊德最喜欢引用的句子。沙尔科这句名言的原话是:"理论固然好,但它不能阻止事实的存在。"

"那么你的这位好友热衷于轻浮的出格行为？"我问道。

"绝对不是！她是皈依东正教的犹太人。而且要我说，没人比她更虔诚了！"安娜女士继续道。她一直惦记着这位好友的婚姻（希望他们在那些黑暗的日子里平安幸福）和《雅歌》里头那个神秘的比喻①。"他们是天生的一对。她有幸遇到这么一个英俊出众的男人和她结婚。当然，对方已经不年轻了，但有些男人越老越英俊。"她停了下来，显得很激动。我问她和R太太之间是否存在某种竞争。她否认这种说法，呼吸困难和嗓音嘶哑明显加剧。她的手不由自主地伸向胸部。我提醒她，他们之间的爱慕之情曾令她惊讶。"你从来没有设想过他的兴趣或许是指向你的吗，安娜女士？"她闭口不答，但一边摇头一边拼命喘气。"在你的日记里，你不是被这位女士推到一边了吗？"我追问，"你的床被一个情敌侵占了，不是吗？"

"那和这件事没关系！"她语带悲痛地答道。接着，就在心烦意乱的状态中，她无意间透露了一件让我吃惊的事。"如果您一定要知道，这是我和丈夫度蜜月的情况——您猜对了，至少对了一部分。那两个女人实际上是同一个人。要我说，只要我像那位好友一样历经磨难仍不改活泼乐观的天性，我就不会紧张到这种地步。"

---

① 《旧约·雅歌》讲述了一对恋爱男女之间的欢悦和相思，其中多次将"我的良人"比作羚羊和小鹿，可能在暗示男子的性能力。

"为什么会这样,安娜女士?"

"我怕自己辜负他的期望。"

"我明白。他自然相信你是处女,你怕他发现真相?"

"是的。"她又摸了一下自己的十字架。

我告诉她,她在浪费我的时间,我再也无法忍受她的谎话。除非她对我彻底坦白,否则根本没必要继续分析下去。最后,通过诸如此类的威胁,我终于迫使她吐露了关于其婚姻的真相。这桩婚姻在性的方面岂止令人失望,简直就是彻彻底底的灾难——一场噩梦,至少从她的角度看是这样。造成这种状况的是幻觉,幻觉使她的生活一刻不得安宁,在这段时间里一直对她纠缠不放。只要进行性交,这些幻觉就会在她眼前浮现。就是她在日记中描写的那种扰人的幻觉,仅在细节上有所出入。洪水和旅馆的火灾可以与她母亲的死联系起来。另两处幻觉,也就是从高处坠落和送葬者被山崩活埋,则令她费解。后者的出现频率最高,而且最可怕,因为她患有幽闭恐惧症。

她觉得丈夫并没有怀疑什么。一边看到那些景象在眼前浮现,一边还要装出飘飘欲仙的样子,她问我能否想象那有多痛苦,难道我不认为这样的婚姻要延续下去而不伤害她的丈夫是不可能的吗?

她为自己在早先的分析中没有坦白开脱,说不想让人觉得自己在责备丈夫。而且她坚称确实不存在一丁点责备。她丈夫温柔耐心、技巧娴熟,她很喜欢在性交之前被亲密地爱抚,或者说曾经如此,直到她明白幻觉将不可避免地使她产生恐惧,甚至害怕这些前戏。她说,况且这也无关紧要,因为她相信幻觉的浮现只是为了向她发出她曾跟我说过的那个警告:无论如何都不能怀上孩子。即使使用性交中断的方法也存在一定危险。

在盖斯坦时,她终于向断绝子嗣的要求妥协了,那就是她重获健康的原因。她本以为能升华①自己的欲望和需求,但到了乌烟瘴气的维也纳,它们又回过头来折磨她,所以症状复发了。

她挖苦似的总结道,我现在一定会同意日记里描述的那种快乐不可能指向她自己的婚姻。只有那些灾难才是"自传性的"。她还说,如果有人代表她丈夫,那就是被她称作"沃格尔"的德国律师。我表达了自己的惊讶,安娜女士说她也不知道为什么会把这个人描写得如此不堪,她愿意不惜一切收回那些话。她的丈夫及其家人确实含蓄地表达过排犹的观点,但跟大部分人相比,他们更少提起,而且更为温和。这一点从来没有在他们之间造成任何不快,原因很简单,就是她觉得没有必要把自己身世中无关紧要的部分告诉丈夫。②她为自己恶意丑化那个优秀的年轻男人感到不安。我只好安慰她说这完全可以

---

① 本意为物质运动形式的升级,这里指将心理活动(性欲)转化为社会活动。
② 原注:安娜的父亲完全排斥自己的犹太血统,这导致安娜本人不觉得自己和犹太人有任何关联。有一次她对我说,她是"中欧基督徒"。

理解，她是被迫中伤丈夫的，这给她自己带来了极大的痛苦。因为正是对方造成了她的痛苦，所以她才生他的气。

在她透露婚姻中遇到的性问题后不久，我又成功唤起了她往昔生活中另一段不快的记忆。我让她研读最近发表的一例病史[①]，她一直催我跟她讨论这位患者对肛交[②]的执迷（通常是和女佣，还有下层女性）。这似乎让她产生了极大的兴趣，当然也让我想起日记临近尾声时发生的某件事。关于这一点我指出，作为一种上流社会不常采用的性交方式，她居然亲身经历过，实在让人吃惊。患者随即露出痛苦的神情，觉得难以启齿。稍稍镇定下来后，她吐露了一件和 A 有关的事，也就是她在圣彼得堡时流产的那个孩子的父亲。

她向我提过，和 A 的交往给她留下了一段格外幸福的记忆，而此事就发生在那段时期：一个周末，他们正在游览芬兰湾。两人相识大约三个月，已经在热恋，但用安娜女士的话说，仍然是"纯洁"的关系。游艇上有十几个年轻人，周末时光在十分融洽的气氛中开始了。他们玩得很开心，一边讨论正事一边开怀畅饮 A 的阔佬父亲提供的烈酒。第二天，安娜和男友狠狠吵了一架。其实这和 R 太太有关，她喜欢邀请安娜和

---

① 原注：见《幼儿神经症病史之一例》("狼人"，1918）。安娜女士并不知道他们的出身经历有着惊人的相似之处，而且有一回，她肯定跟这位患者在楼梯上擦肩而过了，当时她刚和我谈了很久关于此人病史的方方面面。
② 原文为拉丁语。（编辑注）

其他几个学生去她家进行一些非正式的讨论和文化活动。A 指责安娜把灵魂出卖给了唯美主义。争吵加剧的原因是 A 和他的朋友们开始认同暴力在政治中的必要性，而 R 太太已故的丈夫就是被炸弹炸死的，那颗炸弹本来的目标是一名政客。安娜从她老师的悲痛和孤独中目睹了暴力活动的后果，便告诉 A 她要退出组织。

A 喝醉后恶言相向，完全不像她深深爱着的那个小伙子。原本愉快的游艇派对在她眼中也变得凶险起来，每个人都拿腔拿调，就像陀思妥耶夫斯基笔下的"群魔"①。她男友用雪茄烫她的头发，还打出其他挑衅的手势。她告诉男友，他们的关系到此为止，然后跑回自己的舱房哭，最后睡着了。过不了一会儿，她被吵醒，看到一幅又可怕又丢人的场景：A 正和另一个年轻女人在对面床铺埋头性交。② 他丝毫不为自己的行为感到羞耻，反而用粗鲁、嘲讽的脏话辱骂安娜，而且显然是故意把她吵醒的。安娜不等游艇旅行结束就跳进海里游上了岸，她从小就是游泳健将。

可悲的是几个星期后她就被说服了。A 说自己很后悔，而且仍然爱着她。他把责任推给自己喝的烈酒和当时过于紧张的

---

① 《群魔》是俄国作家陀思妥耶夫斯基的长篇小说，塑造了十九世纪四十年代的老一派自由主义知识分子和七十年代初社会激进青年的群像。"群魔"即书中的革命者。

② 原注：显然是在用我暗示过的那个体位。

气氛,还有禁欲生活。她又接受了他,还一度成为他的情妇。就像后来跟丈夫在一起时一样,她会出现痛苦的幻觉。她搬进了 A 的公寓,还怀了他的孩子。她发现 A 乘火车去了南方,游艇派对上那个年轻女人陪他一起去的。就在这糟糕透顶的时刻,R 太太的善举救了她的性命,因为安娜经常在涅瓦河①的桥上徘徊,盘算着要不要结束痛苦,一了百了。她相信,如果没有向她的老师倾诉衷肠然后被接到家里,那么流产后的她肯定已经走到这一步。

重新唤起那段生活的记忆对患者来说是一个痛苦的过程。我简直不忍心再追问她为什么几个月前要用热情洋溢的措辞描述那趟游艇之旅。当我最终问出口的时候,她佯装是我混淆了两个不同的周末。

她的症状仍然很严重,睡不好,本来增加的体重全掉了,因为她又给自己制定了橘子加水的食谱。有一回她说:"您说我的病可能和已经忘记的早年生活中的往事有关。可即便是这样,您也不可能用什么方法改变这些事。那您打算怎么帮我呢?"我回答道:"毫无疑问,命运比我更擅长缓解你的病痛。要是能把你的歇斯底里症成功转化为普通的心情不快,也算功劳一桩。"

---

① 俄罗斯西北部的一条河。

要破解这位年轻患者的怪病真是任重道远,就在这时,我开始把她的病痛跟我的死亡本能理论联系起来。在思考支配安娜女士命运的那种悲剧性悖论时,我尚未完成的论文《超越快乐原则》①里的一些模糊的观点几乎在不知不觉间成形了。她有一种渴望,想要去满足力比多的欲求;同时又有另一种专横的欲求,显示出不可思议的力量,那就是在快乐之井的源头下毒。她曾坦言自己有异常强烈的母性本能,然而一个我无从命名的独裁者下达了一道专制的敕令,那就是不准她生孩子。她明明喜欢食物,却不肯吃。

同样奇怪的是(尽管多年从事精神分析已使我见怪不怪),她内心强迫自己再现那个暴风雨之夜,当时她听说自己的母亲死于旅馆火灾。我曾说过,有时候安娜女士的表情会让我想起战争恐惧症患者的脸。我们至今仍不明白,那些可怜的战争受害者为什么要强迫自己在梦中反复再现当初受伤的情景。然而不仅是恐惧症患者,其实每个人都有一种非理性的、强迫自己不断反复的倾向。例如,我观察过我的长孙经常玩的把戏,他会反复进行某些只会令他不快的动作——这些动作都和母亲不在身边相关联。还有一些自残式的表现也能在某些人的生活中

---

① 原注:1920。

找到蛛丝马迹。我不再把安娜女士当成一个因为疾病而与众不同的女人，而是认为她罹患的歇斯底里症夸大并突出了生存本能与死亡本能之间的普遍对抗。

我们的生活中不都有一个使人反复无常的"恶魔"吗？它难道不是源于人类极端保守的本能吗？因此，有没有可能芸芸众生都在缅怀无机态，也就是他们偶然脱胎的那种原始状态？我在想，既然存在死亡，其他东西为什么还要存在呢？因为不能把死亡当成绝对的必然，尽管它植根于生命本质。死亡更像一种权宜之计。我一直在思考这个问题。

可以说，安娜女士只是刚好身处前线，她的日记就是最新战报。但如果我可以把健康人群称为普通民众，那么他们对于生存本能（或力比多）和死亡本能之间的持续对抗同样再熟悉不过了。无论儿童还是军队，建造砖塔的目的只是为了把它们推倒。完全正常的情侣也知道胜利的时刻就是溃败的时刻，因而把葬礼用的花圈和征服者的桂冠混为一谈，还把他们攻占的土地命名为"高潮一瞬①"。对于这场旷日持久的冲突，最熟悉的莫过于诗人：

　　　　唉，我已倦于浮生！

---

① 原文为法语"la petite mort"，字面意思是"渺小的死亡"，指性高潮。

管什么欢乐和苦痛?①

　　安娜女士的病情具有某种普遍意义,即厄洛斯②和塔那托斯③之间的斗争。当我正如是思考之时,却被她个人痛苦的纠葛绊倒了。直到现在我都无法确定,究竟是哪一件特别的事情能为解除她的歇斯底里症发挥作用。乳房和卵巢的疼痛大举发难的时候,她正忙得不亦乐乎,事业梅开二度,还热切盼望着丈夫第一次休假回家,并自信一切都会好起来。她想不出有哪件不愉快的往事和自己的病有关。某天晚上,她给丈夫写了一封情意绵绵的信,暗示自己想在对方回来休假时怀上孩子,然后就开开心心地上床睡觉了。当天晚上,她疼醒了。

---

① 原注:见歌德《浪游者的夜歌》。鉴于《安娜女士》的写作背景,这里引用的诗歌十分贴切。1930年,弗洛伊德荣获"歌德文学奖"。他的答谢词(由安娜·弗洛伊德在法兰克福代为宣读)文采斐然,给市议会留下了深刻印象,于是市议会邀请他写一篇精神分析学论文,准备收入一部精美的限量版文集里出版,以纪念1832年歌德逝世一百周年以及弗洛伊德和布洛伊尔合著的《歇斯底里症研究》出版四十周年。弗洛伊德接受了约稿,打算把安娜女士的病例写进去。筹委会起初乐于遵从他的意愿,把患者的作品当作研究附录一并付样。但当他们得知这份材料的性质,惊慌失措的反应可想而知。除了按惯例用星号替换粗鄙的字眼,弗洛伊德不允许进行任何删改。论文的发表故而延迟。随着国社党徒上台执政,出版计划被彻底取消。到1933年,弗洛伊德所有的著作都在柏林被烧毁。译者注:引自钱春绮译本。
② 厄洛斯(Eros),希腊神话中的小爱神。"eros"也指性本能。
③ 塔那托斯(Thanatos),希腊神话中的死神。"thanatos"也指自我毁灭的本能。

有一天，她如约前来见我，心情出奇地好。她说收到彼得堡的老朋友寄来的信，无比欣喜地获知夫妇俩安然无恙，尽管时局每况愈下，他们还有幸生了个儿子。虽然孩子已经三岁，对方还是提醒安娜女士，她曾许诺只要有此良机一定当孩子的教母。这是安娜近四年来头一回得知好友的消息，也是战争爆发以来第一次，因而不难理解她为何如此高兴。

但就在她表达喜得教子的欢愉时，原先不温不火的病痛骤然加剧。她痛得求我让她回家。我还没找出病情突然恶化的原因，不打算就这么让她回去。于是我问她，是不是嫉妒R太太的喜事。可怜的年轻女人痛得哭了起来，坚决否认自己有过这种卑鄙的念头。"这一点都不稀奇，也不可耻。"我说，"毕竟，如果你没有离开丈夫，你自己肯定也有这样的福气。"她一边抽泣一边继续否认自己有嫉妒之心，但摩挲十字架的动作等于坦白了真相。我觉得时机已经成熟，终于可以告诉她，我好几次都觉得她的十字架真是"天赐之物"。但还没等我解释原因，她就激动地说她想起了疼痛袭来时的详细情况。

在按照每晚的惯例回家给丈夫写信之前，她先和姨妈安安静静地吃了晚饭，下午还听了一场音乐会。她现在想起来，就是那一天，她得知了关于R太太的最新消息。消息来得很偶然。她丈夫写信说，他曾盘问过一个来自俄国首都的军官，在气氛较为轻松的时候，他们发现彼此的生活碰巧有着微妙的联系。这个军官认识安娜的好友，并报告说她健康状况良好，而且（他认为）她就要生孩子了。安娜女士和姨妈讨论过这个激动人心的消息。会是真的吗？中年怀孕有没有危险？假如情况许可，要送什么样的受洗贺礼？姨妈提议送十字架，和安娜不谋而合。关于那次谈话，她能记起来的就是这些。回到家里，她写下一封喜气洋洋、柔情似水的信，半夜醒来就觉得犯病了。

这个年轻女人叙述的时候一直抚摸十字架，她的痛楚在回忆往事的激动状态下有所缓解。于是我接着讲解无意间的举手投足对我来说是何等重要。这番解释导致她的剧痛去而复返，但也让她想起关于一连串原先遗忘的、关于那一晚的记忆，并由此解开了歇斯底里症的症结。毋庸赘言，这个过程对她而言充满了痛苦，而我则要不断消除其戒心。其故事梗概如下：

来自彼得堡的消息让她喜忧参半。她坦言，这是因为她知道假如让丈夫完成整个性交过程，她可能已经怀了孕。她谈起受洗贺礼的问题，借此摆脱轻微的不安情绪。她姨妈刚好提到自己的十字架就是在出生时收到的，第一次领圣餐后便戴在身上，须臾不离。说到这里，她自豪地摸了摸银色的十字架。她说它磨得很亮——不像安娜的那个。理由很简单，她补充说，因为安娜的母亲在结婚当天就把自己的十字架扯了下来，再也没戴过。那是对父母的敌意表示愤慨的一种姿态。实际上，从那天起她停止了一切宗教仪式。她的十字架一直闲置在首饰盒里，直到传给安娜。

她的姨妈随后略显生硬地评价自己姐姐的性格自私自利而且老于世故。然后她很快就后悔了，又改口称赞，还开心地说起遥远的往事。她很少提到过去，因为觉得不堪回首。安娜女士很乐意同她谈论自己几乎不熟悉的母亲。姨妈回想起姐姐的美貌；而在尚未人老珠黄、腿脚不便的时候，她自己也很美，因为两人长得很像，那是理所当然的。她取出相册来证明，还笑盈盈地回忆人们常说要分清她们俩只能看谁胸前戴十字架！看着这两个可爱的年轻女人，安娜也笑了，她也隐约记得人们这么说过。然后，一份完全遗忘的记忆在她脑海里霍然闪现：就是在凉亭里发生的那件事。据她当时的回忆——也就是她现在陈述的，此事与我先前听到的版本在某个方面有所不同。

那个孩子当时又热又无聊，母亲全神贯注地画画令她颇不耐烦。其他人吃过午饭就跑光了。安娜决定回到凉爽的室内去捉弄一下保姆。但她忘了保姆下午休假，于是喝了点柠檬水，一个人待在幼儿室里玩洋娃娃。再次出门时，已经没那么热了。她摸索着穿过小树林，撞上了凉亭里的那一幕。她惊讶地看到姨妈居然袒露着胸脯和肩膀，连忙退到灌木丛里。她走到海滩上，想问问母亲，为什么姨妈和姨父的举动如此怪异。但当时她母亲在一块岩石上打盹。她知道大人休息时绝对不能打扰，于是安娜又回到屋里玩洋娃娃去了。在内心深处，她很高兴看到妈妈在岩石上睡觉，因为实际上她当然知道躺在那儿的不是她妈妈。孩子能通过种种蛛丝马迹辨认出自己的母亲，除此之外，姨妈的高领毛衣和胸前闪烁的银光她可都没看走眼。相形之下，凉亭里那个女人却一丝不挂，叫人害臊。

可是，妈妈和乐滋滋的姨父一起在凉亭里干什么呢？这件事使她烦躁不安而且困惑不解，但小孩子玩着玩着就忘了。成年后的安娜懂得了更多大人的事情，那段记忆重新闪现，她立刻想到了最坏的可能，同时又觉得无法承受。她对于自我价值的认知十分脆弱，一直依靠母亲的完美形象来支撑。一旦出现瑕疵，完美的形象随即破裂，这个年轻女人自己也跟着精神分裂。如今，某天下午的一次拥抱变成了许多个夏天在许多个凉亭里的乱伦。甚至在她继续聆听姨妈追忆往事的时候，她还是会这样想：妈妈不戴十字架是因为她不配。接着她又想到——她自己也不配。她也应该把十字架从脖子上扯下来。①

但为什么呢？她一无所知。她遵循教义，过着无可挑剔的生活。简直太无可挑剔了！从某种程度上说，难道她嫉妒自己的母亲？她母亲或许不道德，但一定有过很多快乐，一有机会

---

① 原注：她的姨妈描述了姐姐的冲动行为，这使患者感到痛苦，于是她经常回想这件事情。

就冒险扑到那人怀里。有时候她会把安娜留给保姆,出去好几天才回来,当然一定是到他那儿去了。可悲的是自己一定缺了点什么,安娜心想。因为我无法想象自己会去长途跋涉——还要历经磨难!我这是怎么了?她身上的毒液显然还在我体内,但流动的方向是完完全全不同的。我甚至不能和另一个人分担自己的重负,而妈妈却可以。我完全是孤身一人。猛然间,这个年轻女人不曾知晓的真实自我在她心头点亮,犹如黑暗中的一道闪电:只要有可能,我也要长途跋涉去见我的好友,即刻就动身!但她现在怀了孩子,我是更孤单了!

终于真相大白。听完她激动的叙述,我对结论的信心更强了,和我之前就怀疑的某些事实毫无二致。但是,澄清事实会对这个可怜的姑娘产生毁灭性的作用。当我冷冰冰地将实情和盘托出,她连连跺脚,还哭出声来。"这样看来,你并不是想要一个孩子,你是想要 R 太太的孩子——只要老天爷成全。"她抱怨说自己从来没有痛得这么厉害,并拼命抵制我的解释:这不是真的,都是我诱使她说出那些话的,她永远无法原谅自己。她的意思只是自己的好友现在更不可能体谅她对于怀孕的那种不寻常的恐惧心理了。我把无可辩驳的事实摆到她面前。为什么她在进行良心许可的唯一一种性生活时会遭到幻觉的破坏?为什么她只能和一个女人保持长久而有益的人际关系?为什么她明明具有强烈的母性本能,到了关键时刻却对作为母亲必须维系的永久性的家庭纽带充满厌恶？为什么她在日记里赋予 R 太太（伪装成"科廷太太"）的性格要比年轻男人生动得多？和科廷太太相比，难道他不是可有可无的吗？所有这一切不是别有深意的吗？

可怜的年轻女人仍然拼命抵赖。有好一会儿，她的症状非常严重，痛苦和抵抗的强度始终没有减弱，直到我提出两点看法来安慰她——首先，我们不必对自己的感觉负责；其次，她在这种状况下突然病倒，这一事实足以证明她的道德品质。每一种恩赐必有其代价，而摆脱无法承受之事的代价就是歇斯底里症。那天晚上她回到家里，已经把自己是同性恋的事深埋心底，故而才能写下一封热情洋溢的信寄给丈夫。几小时以后，病痛发作。被拒之门外的美杜莎前来讨债。不过这种代价是值得付出的，因为另一种选择可能更糟。

我解释这些事的时候，她的抵触情绪减轻了，但没有完全消退。确切地说，她在接受这一解释的同时又把它打消了，急着把话题转移到母亲的操行上，那是一个不那么具有威胁的发现。将童年记忆一吐为快，这种轻松的心情可想而知。我们继续深入探讨时，她的状况大有改观。

我不禁钦佩她的良苦用心，以如此经济的方式使记忆无害化，就像用剪刀轻轻一剪，剩下的部分里没有比夫妻间的温柔拥抱更逾矩的了。但我还是不确定她到底看到了什么。如果上述解释并没有遮掩掉更具破坏性的发现，如果只是活泼的母亲和姨父抱在一起，迟早会被哪个碰巧路过的人看到，那么相对来说还无伤大雅。她认为这种解释是正确的——理论上是。但她仍然坚信母亲和姨父是通奸者，甚至在四五岁时就已有所觉察。她指出，他们有奸情的证据就是母亲每当妹夫即将来访时就会变得兴奋，而且对她百依百顺。她想起母亲在秋冬季总是心情忧郁，于是就去莫斯科旅行，还会带一大堆礼物回来——似乎是在安慰自己的良心。她根本不相信母亲去的是莫斯科，一定是去敖德萨和维也纳之间某个方便彼此往来的地方——或许是布达佩斯——和她的情人约会（因为他是语言教师，无疑有很多会议要参加……）。她想起母亲的遗体运回家安葬之前和之后，身边出现过令人尴尬的沉默。无论在当时还是事后，家人都不愿提起这个死去的女人。她还记得姨妈没去参加葬礼，而且再也没有上门，现在几乎对那段日子闭口不谈。我据理力争，说这一切还有一种顺理成章的解释，而且更合情理。这时她恼怒起来，就好像她必须给母亲定罪似的。更蹊跷的是，她突然想起十五岁时曾被几个水兵羞辱，他们用猥亵的话议论她的母亲，说人人都知道她母亲和情人在布达佩斯暴亡。他们还用了一个下流的字眼来描述两具烧焦的尸体无法分开的情形。

当然，她现在想竭力说明，姨父并不是在她母亲死后几个月于维也纳突发心脏病的，而是死在同一场旅馆大火里。她的父亲和姨妈共同编造了这个虚假的故事以杜绝流言。但此类事件难逃悠悠之口，敖德萨几乎无人不知无人不晓，除了安娜和她哥哥。我问她是不是应该向姨妈证实这些疑惑，她说她不愿意去揭旧伤疤。但我还是敦促她这么做，甚至可以去查阅报刊档案，因为我觉得她的幻想正变得越来越离奇。她如今好多了，开始在城里独自散步。后来有一天，她兴冲冲地跑来，在我面前挥舞两张照片。一张褐色，略有残破，上面是她母亲的坟墓。另一张新照片上是她姨父的坟墓，她说找了很久才找到他的长眠之所，因为姨妈从不去上坟。从照片上看，墓地已经杂草蔓延。令我吃惊的是，两座坟墓上刻的死亡日期依稀可辨，真的是同一天。我不得不坦承自己会铭记于心，而且有了这些决定性证据，事实想必正是如此，她所描述的事件也就值得相信了。她笑了，为自己大获全胜感到高兴。①

现在是时候了，可以总结一下我们所了解到的这个年轻女人的不幸个案。早年的生活环境使她背上了沉重的负罪感。每

---

① 原注：她的梦（第105页）似乎就是为揭开伤疤做准备的。她在一个站牌上标着"布达佩斯"的地方下了车，尽管那里"荒无人烟"。火车上那个男人警告她说，住在莫斯科的T一家没法给她安排住处，她只能光着身子睡在凉亭里。安娜女士在精神疏泄期间对此的解读是，她的母亲如果前往莫斯科绝对不可能住旅馆，几乎一定会住在好客的亲戚T家里。

个年轻女孩到了俄狄浦斯情结阶段就开始对自己的母亲抱有破坏性冲动。安娜也不例外，她希望母亲"死掉"，而且——就像擦了一下神灯——她母亲真的死了。多亏伊甸园的巨蛇（她姨父的阴茎），安娜才有了用武之地。她可以做每个女孩都想做的那件事，就是给父亲生个孩子。然而，母亲的死给她带来的不是快乐而是痛苦。她明白了死亡就是永远躺在冰冷的地下，并不只是暂别数日。弑母亦无法使她得到父爱作为报偿，父亲反而变得更加冷漠、更加疏远，显然是在惩罚安娜犯下的可怕罪行。安娜自作自受，被逐出了伊甸园。

尽管受到保姆和家庭教师两个代理母亲的保护，她还是遭到了惩罚——又是来自男性——那是一伙水兵的恐吓与辱骂。她从他们那里得知，自己的母亲也许该死，因为她是个坏女人。但就在此时，父亲对她的粗暴态度使她把母亲高度理想化了。水兵的评论令她忍无可忍，必须和关于凉亭的记忆一起埋葬在无意识中。就是在这个时候，她出现了呼吸困难和哮喘的症状——这或许是在大火中被呛到的记忆符号。与此同时，她最终证实父亲对她的前途漠不关心，于是将他逐出了自己的内心世界，决意开创自给自足的新生活。

她在首都遇人不淑，此君有虐待狂倾向，而且性格有点阴险。但她会选中这样的情人也属意料中的事，因为到了十七岁，她那种强制性的人际交往模式已经确立。同在意料之中的还有她和 A 之间的性行为以失败告终，却和一个女人结为朋友并被她"拯救"，尽管伤害已然加深，为时晚矣。在 R 太太家里，她恢复了自尊，这位寡妇如慈母般的关爱被纳入理想的母爱模式——这是名副其实的初恋。安娜女士确立了同性恋性质的情感，尽管她自己不愿承认，更不用说告诉 R 太太。所幸她重新进入了姨妈的生活，这才得以挺过好友再婚的打击。姨妈的母性情感曾遭毁伤，而且实际上她是安娜母亲惟妙惟肖的翻版。值得玩味的是，安娜在这时展现出了音乐上的天赋，尤其是在使用自选乐器时演奏出各种各样的音色，就好像恢复了对自我价值的认同后自然而然地"绽放"。

她想证明自己能够维系正常的性关系，在这种渴望的驱使下，她找了个丈夫。可以想见，这又是一场灾难，但她不愿认输。战争爆发把他们分开的时候，她一定暗自松了口气。然而，她必须患上一种严重的精神病才能采取行动终止婚姻，给出的理由（给她自己和其他人）就是她无法妥善应对生育过程。

关于 R 太太的某些消息以及姨妈无意间说出的话，可能使她费尽周折完成的一切毁于一旦。她的婚姻只是一种矫饰，她的音乐才是真实欲望的升华，至少部分是。这个水火不容的想法必须被压制下去，不惜一切代价，而代价就是歇斯底里症。其症状往往伴随无意识活动，其典型代表就是：因为无意识中对自己扭曲的女性气质怀有憎恶，导致乳房和卵巢疼痛；神经性厌食症则是由于彻底的自恶心理，希望从世界上消失。此外，曾在青春期困扰过她的呼吸困难、窒息等状况的再次出现，则是窥见母亲真实死状的结果。仍不清楚的是，为什么病痛总是侵袭她的左半身。只要基本的象征体系适用于歇斯底里症，那么它往往就和生理性的体质虚弱密切相关。也可能是患者的左侧乳房和卵巢有患病的潜在可能，日后即会显露。另一方面，左侧痛感或许源于从未进入意识表层的某段记忆。任何心理分析都不可能面面俱到，歇斯底里症的病因比树根还要繁密。因此，在精神分析的最后阶段，患者会对照镜子产生轻微的恐惧症，声称此举会引发神经性心悸。这种恐惧症从未获得令人满意的解释，所幸它转瞬即逝。

对于安娜女士的精神分析，较之大部分患者更不全面。因为她觉得自己确实康复了，急于重新开始音乐生涯。我们之间存在分歧，但从某种程度上说，这是我乐于见到的，因为这意味着她在重获独立。大部分分歧涉及我认为她暗恋 R 太太这一判断，有时她仍不愿公开承认其中包含同性恋情愫。我们都觉得讨论应该到此为止，于是就在友好的气氛中分别了。

我告诉她，我认为她的一切都已痊愈，除了生活——可以这么说。她没有对此提出异议，抱着得过且过的心理离开了。在那种生存状态下，毫无疑问她绝不会过得轻松自在，还有可能经常孤身一人。到最后她终于开口，说能够理解母亲何以在新婚激情逐渐消退之后渴望爱与新奇。她之所以能接受无法改变的过去，主要归功于盖斯坦的风和日丽以及她随后写下的"日记"，这个有趣的例证表明，无意识会为受压抑的想法最终释入意识层面做好心理准备。

我曾把这份日记比作歌剧舞台，但这个舞台有一个与众不同之处，就是剧中人物可以互相代换。因此，那个年轻男人不时变成（甚或同时扮演）安娜的父亲、哥哥、姨父①、情人A、丈夫，还有从敖德萨出发的火车上那个无足轻重的小伙子。安娜本人是（间或是）歌剧的演唱者，也是那个失去了一个乳房的妓女、苍白瘦弱还失去了子宫的病人、埋在公墓里的情妇。有时候，这些"声音"清晰可闻；但更多情况下，它们杂糅融合，化作彼此的声音："白色旅馆的风气同自私自利格格不入。"在精神分析师的适当帮助下，安娜女士逐渐接受了母亲的神秘人格，那部日记推动她向健康的心理迈进。紧身胸衣裁缝有一个象征，患者没有提及，那就是矫饰。她母亲表里不一，对自己不加约束。她是美杜莎，也是克瑞斯②。貌似深爱着孩子的时候，她的心思可能在别处。但远在意识层面之下，

---

① 原注：可以看出，在大部分情况下她的姨父就是那个厨子——他戴着白色水手帽，称自己为"大副"，称她的父亲为"船长"。而且他的好胃口也给她留下了深刻的印象。
② 克瑞斯（Ceres），罗马神话中的谷神（农业女神）。

患者正试图原谅母亲和她的缺点，并因此（深深地）原谅自己的缺点。①

我本来错误地以为主要人物会是"一个男人，一个女人；一个女人，一个男人"②。谁知道恰恰相反，在患者的私人剧场里，由父亲扮演的男性角色是次要的，我们面对的是两位"女主角"——患者和她母亲。安娜女士的文稿表达了重返避风港的渴望，也就是白色旅馆的原型——我们都曾待过的地方——母亲的子宫。③

大约一年后，我又遇到了安娜女士，完全出于偶然。那是一场令人愉快的巧合，重逢就发生在巴德盖斯坦，我正和家人

---

① 原注：弗洛伊德特别强调母亲的角色，这可能和他母亲刚在1930年12月12日去世有关。参见他写给琼斯的信："她在我心目中的地位是至高无上的……没有痛苦，没有悲伤，这或许可以归因于她本人的状况。她年事已高，而且这样一来我们不会再为她的无助感到遗憾。伴随而来的是一种解脱的自由感，我想我可以理解。只要她还在世，我就不能死，但现在可以了。不知怎的，生命的价值在深层发生了显著变化。"

② 原注：见G.冯·斯特拉斯堡《特里斯坦与伊索尔德》。

③ 原注：1931年的手稿于此下新增一段："在此情境下介绍这一病例似乎是合适的，其中的理智与想象可以视作寻求真理的搭档，正如它们同样存在于我们所敬仰的那些天才的头脑和心灵之中。虽然安娜女士的日记杂乱无章、感情丰沛，但我相信歌德本人从中读到的纯美一定多于粗鄙。他也不会惊诧于力比多的国土里最高尚的和最卑微的紧紧连在一起，某种程度上它们还彼此依存：'来自天堂，穿越尘世，进入地狱。'但愿诗歌和精神分析继续从各自不同的角度照亮人类最高贵与最悲戚的面容，直到永远。"

在那儿度假。我们外出散步，突然看到一张熟悉的面孔。原来安娜在一个小型巡回演出剧团的交响乐队里演奏。看到她气色不错我很高兴，其实她非但没瘦下去，反而长了很多肉。见到我，她也显得很高兴，还希望我们当晚能去看她演出。她正在去排练的路上。她即将表演的歌剧是一部冷门作品，我便以不懂欣赏当代音乐为由推辞了，还补充说，如果她演奏《唐璜》，我必定到场！她听出了言外之意，于是笑了。我问她对这出歌剧使用的语言是否熟悉（乐谱就在她手里），她回答说是，她已经掌握了捷克语。我的同伴对她能学会阅读这么多种文字表示钦佩。安娜凄然一笑，回答说，有时她也会想是从谁那里得到了这种天赋。这话其实是对我说的。或许她不可避免地会问自己，母亲死后，父亲待她那么冷漠是否因为怀疑女儿并非己出。

安娜女士说，她的病症仍会时不时地轻微复发，但不至于影响演奏。不过她担心自己起步太晚，又不断受挫，难以在这一行出类拔萃。在此，我很高兴地告诉大家，之后的若干年里我一直收到她的来信，她成了一个才华横溢的演奏家，在维也纳开创了成功的事业，而且仍在姨妈的陪伴下生活。

第四章 疗养胜地

1

1929年春天,伊丽莎白·厄尔德曼女士从维也纳乘火车前往米兰。她破例奢侈一回买了头等车厢的票,为的是到达目的地时仍能保持精力充沛。一路上,她多半时间一个人坐着欣赏风景,时不时看会儿杂志,或者闭上眼睛,轻声练习应邀演唱的角色。车厢几乎是空的,吃午饭时她发现宽敞舒适的餐车里只有她一个人。众多侍者的殷勤伺候让她很紧张,胡乱吃了一通就回自己的包厢去了。

火车停靠在蒂罗尔①的一个小村子里——车站只不过是个月台而已——厄尔德曼女士起初以为车上一定有位达官显贵,因为月台上人头攒动。但后来她意识到那些人都是旅客,因为

---

① 奥地利西南部的一个州。

他们几乎被沉甸甸的帆布背包和手提箱压垮了。看到那些人一窝蜂似的拥进车厢,她不禁烦闷起来。人实在太多了,二等车厢根本挤不下,他们就拥进头等车厢。五个背着背包的男女拼命挤到她的包厢里,她连忙把自己的行李放到行李架上。连走廊里都是人,全都靠着门窗,忙着摆好行李,背包和滑雪板就在厄尔德曼女士头顶的行李架上,她觉得自己被旅客们肥胖的身躯挤到了角落里。他们穿了好多衣服,看上去就像——甚至那三个男人也是——怀了孕一样。他们高声喧哗,还哈哈大笑,犹如一伙结伴出游的草莽弟兄,也因此显得拒人于千里之外。置身于团团肉山之中,厄尔德曼女士开始出现轻微的幽闭恐惧症,这个词,这种意象,向她袭来。她站起身,一边道歉一边跨过这伙人的腿,走向门口。

不巧的是,这时她又想去洗手间了。然而朝走廊两侧看去,她发现自己要穿过人山人海殊非易事,很多人高高地坐在自己的手提箱或背包上。走廊里几码[①]之外的一个年轻男人注意到她焦急的目光,于是彬彬有礼地打了个手势请她穿过去。但她苦笑着摇摇头,好像在说——这不值得,我可以等!他也报以微笑,表示明白她的意思,而且还被逗乐了。厄尔德曼女士看到他站的地方有一小块"空地",就在打开的窗户前面。

---

① 1码等于0.9144米。(编辑注)

于是她挤了过去,站到他边上。她把脑袋探出窗外,大口大口地吸进空气。

她感到轻松多了,于是背靠在包厢的玻璃窗上。年轻男人问介不介意他抽支烟,她说不打紧。那人从烟盒里抽出一支递给她,她谢绝了。他说,现在会抽烟的女士真是越来越多了,难道她从来不想试一试?她说是啊,年轻的时候她也喜欢抽烟,但已经戒了,怕伤到嗓子。说完,她立马后悔了,因为这会招致好奇的提问,而她的回答可能会让人觉得在炫耀才华。预料中的提问接踵而至,她坦言自己是职业歌唱家,正要去米兰,要在那里的一家歌剧院演唱。没错,那是一个相当重要的角色。

年轻男人吃了一惊。他打量着那张普普通通还有点皱纹的脸——不过她的眼睛和嘴唇颇具魅力——试图回想在报纸上有没有见过她的照片。他说自己是在维也纳大学修读地质学,对音乐所知甚少,但大家都听说过米兰的斯卡拉歌剧院[①]。她一定是个"大腕"。女人笑了起来,笑的时候还挺迷人,一个劲摇头。"恐怕没那回事!"她说,"只不过是替补演员而已。你大概听说过赛列勃利亚科娃吧?"(年轻男人摇摇头。)"呵呵,她可是个了不起的歌唱家。她一直唱这个角色,但不小心从台

[①] 意大利最大的歌剧院,也是世界上音响效果最佳的歌剧院之一,位于米兰市中心。

阶上摔下来，折断了胳膊。见习演员还不够水准，所以他们犯了难。你要知道，这出戏是俄语的，能用俄语演唱的女高音演员不多，而且能唱的几个月前就排满了档期。他们思来想去只有我啦！"她咯咯直笑，眼角的细纹都皱了起来。她对自己的谦虚感到满意，那是发自内心的，而且她也乐于避免给人造成自命不凡的错觉。

年轻男人嘟哝了一声，不以为然。于是她又强调说："是真的！我这才拿到这个角色。没什么好烦恼的，我觉得很幸运。反正我的事业也好不到哪里去了——快四十的人。能在斯卡拉歌剧院开唱，还是个不错的角色，已经很值得纪念啦！"她俏皮地耸了耸肩。

她把话题转向那个年轻男人。他说今年夏天要参加毕业考试了，希望在罗马谋一份教职，然后在那儿跟女友结婚。此行的目的就是去看她，之前他度过了期待已久的一周假期，在山里攀岩、滑雪，在星空下露宿。他觉得精神焕发。女人向他打听这段有趣的经历，却失望地发现，问起登山的心理感受时，他的舌头就像打了结似的无言以对。他说自己最大的心愿就是登上少女峰。不知道为什么，厄尔德曼女士觉得他的话有点可笑，但忍住了。听到他形容登顶有多难，她只是一本正经地点头。

穿过蒂罗尔明媚的湖泊和肥沃的山谷，火车隆隆地驶入一条隧道，他们停止了交谈。地下旅程长路漫漫，他们发现彼此并无共同语言，也就没有必要深入交流了。再次暴露于阳光下的时候，两人沉默不语，直到厄尔德曼女士说她最好还是踏上冒险的旅程去一趟洗手间。她费力挤出去的时候，跟年轻男人互道了再见和好运就擦肩而过了。回到自己狭小的座位上，她盯着窗户而不是透过窗往外看，因为迅疾的雨点开始鞭挞窗户。

幸好下一站进入意大利境内，火车又挂上了几节车厢。列车长走过来，要求二等车厢的乘客离开一等车厢。厄尔德曼女士松了口气，又伸伸懒腰。她觉得最好把整个乐谱过一遍——反正有的是时间。但第一首合唱歌曲讲的是一个疲惫的农民从田里收获归来，这令她昏昏欲睡，实在读不下去。火车来到米兰市郊的时候，她紧张起来，拼命沉住气。她站在镜子前梳头，补妆。她担心那些人会突然意识到她演年轻女孩会显得太老。她想象着那些人迎接她时突然沉下来的脸。

但是，即便欢迎团确有这种想法，他们也掩饰得很好。一个又高又驼的秃头男人走上前鞠了一躬，自我介绍说他是艺术总监方提尼先生。他的妻子又矮又胖、衣饰繁冗，行了屈膝礼。厄尔德曼女士同四五个人握了手，仓促之间记不住他们的名字。接着，她被闪光灯弄得头晕目眩，周围的记者乱成一团，连珠炮似的向她提问。他们手头的笔记本早已准备就绪。她是被方提尼先生和其他人生拉硬拽拖走的。由于下车时又慌乱又兴奋,她把一件行李落在了火车上,总监手下的跟班只好跑回去拿。最后,众人终于走出车站——有人替她打伞遮雨——她被迎入一部大型豪华轿车,飞驰而去。她将下榻的宾馆位于市中心,那里另有一众接待人员恭候大驾,还往她怀里塞了一束鲜花。不过方提尼先生唯恐这位替补明星劳累过度,替她清出一条通向电梯的路,还亲自护送她前往三楼套房。服务生和搬运工带着她的行李尾随而来。方提尼先生吻了她的手,她现在必须休息两个钟头,八点半时他会来接她去用晚餐。豪华套房里只剩她一人,她瘫倒在沙发上。客厅通风又宽敞,简直是为皇后准备的,到处都是花瓶和鲜花。她脱掉衣服,放水洗澡。躺在浴盆里的时候,她觉得自己受到了不同寻常的娇宠和纵容。她担心自己的表演当不起这样的待遇。

穿好参加晚宴的衣服,她坐在写字台前俯瞰繁忙的街道,然后给维也纳的姨妈写了一张明信片。"亲爱的姨妈,"她写道,"外面下着大雨,我的套房里摆满了鲜花。没错,是套房!我受宠若惊。不是指鲜花!我简直不敢去参加晚宴,更别提明天的彩排以及正式演出!我会从楼上摔下去折断腿的。爱你的,丽莎[①]。"

[①] 丽莎(Lisa),伊丽莎白(Elisabeth)的昵称。

宴会厅里，餐桌上摆满了鲜花、银制餐具和雕花玻璃杯，旁边站着气质不凡的赛列勃利亚科娃，她苗条、漂亮，而且优雅，尽管一只胳膊吊着绷带。她是世界上最伟大的女高音之一，刚刚三十出头。本来昨天就要回苏联了，但她还是决定留下来为接班人祝福。丽莎被这位大明星的好意深深打动了。赛列勃利亚科娃女士甚至宣称自己是厄尔德曼女士歌喉的狂热崇拜者，她曾在维也纳听过丽莎唱《茶花女》①。那是丽莎第一次出国演出，当时还名不见经传。

她的友善和好脾气使丽莎放松下来。她用调侃的口吻讲起自己如何从斯卡拉歌剧院的台阶上摔下来，然后试图继续演唱原来的角色。"就在观众开始哄笑的时候，"她冷冰冰地说，"我意识到一切都是徒劳的。"他们无法"接受"自己心目中那个年轻、浪漫的女主人公达吉雅娜②在整场歌剧中让绷带吊着一条胳膊，更何况这种状态在剧情里要延续好几年。当时有位重要的评论家赞扬了赛列勃利亚科娃的勇气，并对沙俄糟糕的外科手术水平表示担忧。

"于是我们试用了见习演员。"方提尼先生说着叹了口气，摊开双手，"太糟糕了。连着三个晚上，我们就对着空荡荡的

---

① 意大利歌剧作曲家威尔第根据小仲马的同名小说改编的三幕歌剧。
② 俄国作曲家柴可夫斯基根据普希金的诗体小说《叶甫盖尼·奥涅金》改编的三幕歌剧中的女主人公。

歌剧厅演唱。但明天晚上不会出现这种状况，我可以向您保证。您的到来万众瞩目。"

他在这一点上多费口舌可能会给人留下一种印象，就是赛列勃利亚科娃不过屈居次席，遴选委员会实际上一直想请厄尔德曼女士出场。对于这番恭维，丽莎并未照单全收，只是一笑了之。她忽然产生了一个十分怪异的想法，觉得自己唱达吉雅娜可以跟赛列勃利亚科娃唱得一样好。她也不再为自己的年龄担忧了，因为席间的第四位嘉宾看上去比她想象的还要老，那是一位她久仰大名而素未谋面的俄国男中音。饰演奥涅金的维克特·贝伦斯坦一头白发，显然年过半百，而且已经发福，气色也不好。他透过角质框架眼镜凝视着丽莎，善意地打量这位新来的女主角。丽莎也观察着他，心想幸好自己只是柴可夫斯基的音乐和普希金诗句的传输媒介。因为在现实生活里，她无法想象自己会爱上这样一个男人，尽管他友好而富有魅力。他最吸引人的地方——当然除了嗓音——是他的手。不知为什么，这双手比他身上的其他地方更为修长，不乏男子气概而又充满柔情。那又长又细的手指即使在切牛排时依然深情款款。

·和赛列勃利亚科娃一样，他也对丽莎的歌喉深表倾慕，而且很高兴她能在毫无准备的情况下接手这个角色。他曾在一张满是杂音的唱片上听到丽莎唱舒伯特的曲子。然而丽莎从未出过唱片，只得如实相告。他不知所措，窘得满脸通红，只好全神贯注地去对付一块坚韧的牛排。

他和赛列勃利亚科娃（人们执意要叫他俩维克特和薇拉[1]）都是基辅大剧院[2]旗下的，丽莎很快就把话题转向了那个美丽的城市，其实她自己就是在那儿出生的。她一提这件事，大家都来了兴致，因为她的简历里没有提及，这也使得维克特恢复了镇定。丽莎解释说，她一岁时就被带走了，所以对那个地方没有任何印象，除了几次短暂的假期游览。她很喜欢在那儿看到的一切。两个俄国同伴争先恐后地表达自己对这座城市的热情。当然，早先的状况犹如梦魇，不过一切都在慢慢好转。他们能来到米兰就是进步的迹象，从前只有严格监控的组团旅行。

"难道你从没想过回来吗？"薇拉问，"你不怀念家乡？"

丽莎摇摇头。"我根本不知道哪里是家乡。虽然出生在乌克兰，但我的母亲是波兰人。我甚至听说她有吉卜赛血统！如今我在维也纳住了将近二十年。所以你告诉我，哪里是我的家乡！"大伙点头表示理解，还说他们也无从分辨自己的家乡。薇拉来自列宁格勒，维克特来自格鲁吉亚，他们理所当然都是犹太人。"我指的是血统，不是宗教意义上的。"薇拉连忙补充。显然她认为方提尼先生可能觉得插不上话，于是就问，对

---

[1] 赛列勃利亚科娃的昵称。
[2] 位于乌克兰基辅市中心，是与莫斯科大剧院、马林斯基剧院并驾齐驱的苏联三大剧院之一，享有极高的声誉。

他来说家乡是哪里。"斯卡拉。"他说。众人哄堂大笑,然后维克特提议为主人的故乡——美丽的斯卡拉干杯。

打那以后,欢声笑语接连不断。薇拉有一种冷幽默,丽莎则把自己的机智发挥得淋漓尽致,包括她自己在内的所有人都吃了一惊。借着酒兴和亢奋的情绪,她讲了几个荒诞但真实的趣闻逸事,把大伙逗得乐不可支。厄尔德曼女士讲到某个故事的时候,维克特·贝伦斯坦被酒呛到了,咳了好一阵。

赛列勃利亚科娃警告他别喝太多,明早彩排他还得演唱,可不能宿醉。"他喝牛奶都会醉。"她向丽莎解释道。但维克特反驳说这完全是无稽之谈——他一辈子都没醉过。薇拉朝他翻白眼。"你说得对!"他叹了口气,把喝了一半的酒杯推到一边,赛列勃利亚科娃赞许地拍拍他的手。他握住她的手抚摸起来作为回应。两人相视一笑,温情脉脉。丽莎终于明白,他俩关系亲密,非同一般。起初她以为多半只是友情,两人在同一家歌剧院共事多年,如今又同在异乡,自然志同道合、意气相投。他们用俄语讨论哪个意大利语单词或词组更适合的时候,称对方为"你"而不是"您"也就不足为奇了。过了一会儿,维克特已经微醺,丽莎能看出来两人正在热恋。让她略感惊讶的是,赛列勃利亚科娃有一张白璧无瑕的鹅蛋脸,翠绿的眼睛顾盼生姿,还有一头金色长发(就像她的名字一样光可鉴人),她居然心甘情愿爱上一个比自己老得多而且无足可观的男人。

人们在审美这件事情上，真是各有所好。这个发现令她心烦意乱，她也不知道为什么。倒不是故作正经，尽管她知道赛列勃利亚科娃是结了婚的，种种迹象表明贝伦斯坦也已成家。也许是因为他俩表现得过于放肆。比如他们和方提尼先生道了晚安，走进电梯之后，薇拉就闭上眼睛，脑袋靠在维克特·贝伦斯坦的肩膀上。如果不是碍手碍脚的吊腕带，他们还会有更亲密的接触。维克特伸手搂着她，一边抚摸她的头发。他们在二楼迈出电梯，同丽莎道了晚安，那时他仍然搂着她。

走进寂静无声的套房，被毫无意义的鲜花簇拥着，丽莎觉得又寂寞又沮丧。准备上床睡觉的时候，她发现脸上又多了一条皱纹。她几乎没睡着，下楼吃早餐时，饭食还没开始供应。当她正喝到最后一杯咖啡，维克特和薇拉进来了——结伴而来。

方提尼先生来接丽莎去歌剧院，他指了指堆在前厅里的手提箱和帽盒。"那是首席女演员的。"他说，"你瞧，她一直轻装上阵！"薇拉准备搭正午的火车离开，彩排一结束就走，她恳求丽莎准许她到场。丽莎紧张不安，胸口起起伏伏，对她一本正经的措辞报以微笑。丽莎走出门，投入春意融融的阳光，登上那部豪华轿车，穿越两个街区往歌剧院进发。她不记得达吉雅娜的开场白怎么唱了，看了一眼乐谱才放心。

更衣室里摆的鲜花更多。她在众人催促之下直奔试衣间，接下去的一个小时里别人都在帮她试穿薇拉的衣服——这是她自己的感觉。她被前所未有的明星待遇弄得不知所措，听凭自己被人推来搡去、任意摆布，就像一只蜂王。那套戏服要改短，好些地方又得放长。接着，她被匆匆带进化妆间，抚平皱纹，变得像小姑娘一样细皮嫩肉。与此同时，一位女缝纫师飞快地改好了戏服。咖啡被灌进她的喉咙里，然后她又被塞到衣服里。他们不满意她又长又暗的头发，而且已经露出银丝。他们很不满意，打算找个假发把这一晚对付过去。女士们对她油腻的皮肤也颇有微词，因为她已大汗淋漓。她尴尬地承认自己是油性皮肤，而且容易出汗，尤其是在紧张的时候。

  接下来她就上台亮相了。交响乐队、合唱队成员、一群跟班，还有正厅里稀稀拉拉的几个人，对她报以掌声（赛列勃利亚科娃也在其中）。一个英俊的意大利青年扮演连斯基，他注定要在与奥涅金的决斗中再次倒下，然后亲吻丽莎的手。最后一幕里，溺爱她的老年丈夫也如法炮制，这位亲王由一个留着胡子的中年罗马尼亚人扮演。① 方提尼先生还把她介绍给了乐

---

① 在《叶甫盖尼·奥涅金》的故事里，身患忧郁症的贵族青年奥涅金在一处乡下庄园与年轻诗人连斯基及其未婚妻奥尔伽结为好友。奥尔伽的姐姐、拉琳娜夫人的另一个女儿——达吉雅娜，热烈地爱上了奥涅金却遭拒绝。一次家庭宴会中，感到一切都庸俗无聊的奥涅金故意向奥尔伽献殷勤，引起连斯基的愤怒并要求与他决斗。奥涅金在决斗中杀死了连斯基，追悔之余，离开庄园浪迹天涯。几年后在圣彼得堡的一个舞会上，奥涅金和已成为格列明亲王之妻的达吉雅娜重逢，发现自己深深爱上了她，但遭到达吉雅娜的回绝。

队指挥,一个如黄蜂般尖刻的男人,以不屈不挠的毅力和经久不衰的才华闻名于世,令丽莎望而生畏。虽然年过六旬,但他的言谈举止仿佛都在说:"他们为什么让跛子和老太婆来给我添乱?"他说一口断断续续的德语(出于某种原因只有他自己听得懂),言简意赅地提了些忠告。她走过去跟乐队的首席小提琴手握了握手。奥涅金朝她莞尔一笑。她点点头示意准备就绪,可以开始了。除了她的妹妹奥尔伽和拉琳娜夫人,所有人都匆匆离开舞台。乐队指挥举起了指挥棒。

过了一会儿,当他敲了敲乐谱架,要大家注意一处错误的时候,只是斥责了演奏木管乐器的乐师。对于丽莎,他含含糊糊地称赞了一句。前厅里的赛列勃利亚科娃已经点头夸她了,还竖起了大拇指。彩排进行得很顺利。她的表演还有些明显的不足,但通常情况下一经指出就能立刻改正。另外,她显然还得学着使自己的动作手势和其他演员协调配合。"很快就会习惯的。"上午的节目告一段落时,维克特对她说道,"谁都看得出来,你是天生的演员。你走动的时候就像个芭蕾舞者。噢,当然啦,可以说你本来就是芭蕾舞演员!事实如此。而且最重要的一点是——你会唱歌!感谢上帝,你能过来真是太好了!"薇拉冲到台上,用那条完好的胳膊和她热情拥抱。"好极了![①]"

---

① 原文为克罗地亚语。(编辑注)

她说,"太完美了!"她坦言书信场景①令她潸然泪下。"我从没听过别人唱得这么好听!"

她的溢美之词让丽莎深受感动,连感谢的话都忘说了。她还没有从临近尾声的情绪中缓过来,那是她自己潸然泪下的时刻。当时她不得不告诉后悔不已的奥涅金,她还爱他,但他的答复来得太晚了,她不能背弃婚姻的誓言。就在唱到"幸福是如此明了,如此切近!"这句台词时,她想起了彼得堡的一个学生,她就像达吉雅娜爱奥涅金那样全心全意地爱着他。而那个年轻男人也像奥涅金一样,对她的爱和慷慨馈赠弃如敝屣,还压抑住自己高贵的冲动,只为了梦想,为了自由的假象。甚至就在演唱的时候,她完全沉浸在这段不同寻常的回忆中。这些记忆几乎一度使她难以自持,险些唱不下去。她对自己很生气。大家都希望观众流泪,但演唱者必须保持冷静,没有眼泪。

然而,她又为自己成功扫除了巨大障碍而感到高兴。乐队指挥满意地冲她点点头,方提尼先生说:"太棒了!"尽管他装出一副阴郁的表情。首席小提琴手莫罗先生用琴弓敲了敲琴身,以示赞许。几个乐队成员简单地拍了拍手,然后大伙四散开去准备喝上一杯。下午还有一场彩排。薇拉和维克特邀她

---

① 歌剧《叶甫盖尼·奥涅金》第一幕第二场中达吉雅娜给奥涅金写情书的场景,是该剧的名段。

一道去他们最喜欢的小餐馆，就在一条小巷里。在那儿能享受到及时的服务和廉价的美食。薇拉说，她不打算搭正午的火车走了，既然已经听了丽莎的演唱，就算用野马拖也别想在今晚演出之前把她拖出米兰。她改变计划显然使维克特喜出望外，他当着舞台上全体工作人员的面紧紧地拥抱她，还亲吻她的嘴唇。

吃简餐的时候，丽莎向两人征求意见，他们提了几点建议，使她受益良多。其实她也纳闷自己怎么就没想到。

相谈正欢的时候，一个骨瘦如柴、衣衫褴褛的小顽童出现在餐桌边上，伸出手来要钱，顿时大煞风景。他的脸像是被某种有碍观瞻的疾病毁了容。侍者正要赶他出去，丽莎却坚持要把钱包里的零钱都给他。在所有的天灾人祸中，她最见不得孩子遭罪。她的新朋友黯然神伤地表示自己深有同感。维克特则说，那是苏联的希望所在。"不可能一蹴而就，极端的不平等现象依然存在。但我们最终的努力方向是正确的。"

薇拉表示同意，丽莎则侧耳倾听，被他们温和的热情所打动。他们继续谈音乐、谈政治，不过主要是音乐，一直谈到回去参加下午的彩排。薇拉请求告辞，说要回宾馆休息。奥涅金和前任达吉雅娜之间不免要亲热一番，这使丽莎颇觉尴尬，于是转头离开了。

第一晚演出的幕布升起时，她发觉紧张的情绪已无影无踪。唱到"幸福是如此明了，如此切近！"的时候，她没有被任何私人情感干扰，反而觉得自己越来越能本能而愉快地迎合贝伦斯坦戏剧性的嗓音和手势。谢幕时，掌声即使不算激动人心也称得上热情洋溢。回到后台，众人齐来道贺，但她最受用的赞扬是奥涅金的一个无声的手势。他的大拇指和中指微屈，弯成一个圆圈，好似在说："成功啦。一切都会好的。"她真心诚意地说他唱得有多好。彩排的时候她还不清楚自己有多喜欢他的嗓音，但在正式演出期间他的嗓音已经在她心底"扎根"。当然，他的嗓音已经在走下坡路，他自己肯定也知道。但生理上的衰老所造成的沙哑音色，似乎反而给人造成心理上的厚重感。他耸了耸肩表示对自己不满，对她的称赞也不以为然。"都过去了。"他说，"我再也唱不到最高音了。这就是我的天鹅之歌①。"但赛列勃利亚科娃抓住他的胳膊说："胡扯！"

他俯身对丽莎耳语道："我们的房间里安排了一场小型聚会，庆祝你首场演出成功，也为薇拉饯行。你一定要来。"我们的房间！这种厚颜无耻的说法使她猝不及防。她觉得此等风流韵事还是谨慎些为妙。她欣然接受了邀请，渐渐觉得（三小时后才感觉到，可谓晚矣）自己处于高度紧张的状态下，喝

---

① 古希腊神话中，因多才多艺而被奉为文艺保护神的太阳神阿波罗有一只天鹅，平素从不唱歌，只在死前引颈长鸣。由于这是它一生中唯一一次也是最后一次歌唱，故以"天鹅之歌"比喻艺术家最后的创作。

一杯酒有助于放松心情。于是一换完衣服他们就立刻钻进豪华轿车,飞一般地返回了宾馆。"他们"的房间位于二楼,更加宽敞、雅致,同样摆满了鲜花。屋子里很快人满为患、拥挤不堪,而且被香烟和嘈杂的人声搞得乌烟瘴气。侍者们托着红酒往来穿梭。

三杯两盏下肚,丽莎告诉维克特,她是多么担心自己演这个角色显得太老了。他哈哈大笑,说上一回在基辅同他合作的达吉雅娜简直应该坐巴斯轮椅①上台!不过他肯定是有史以来最老的奥涅金!"你才正当年呢。几岁来着?三十五还是三十六?嗯,三十九甚至还不到壮年,完全没到,而且你很容易被当成十八岁的姑娘呢!是的,没错,我是认真的!但是一个五十七岁的白发老头演一个二十八岁的年轻男人——那才真叫匪夷所思!好在意大利人都是在相信奇迹的教导下长大的!"他又大笑起来。

薇拉悄然而至,丽莎解释了方才的笑话。"不过你还真像是雏鸡似的,亲爱的丽莎!"薇拉说,"真的,你的嗓音比我在维也纳听到的还要好——那时我就很喜欢你的歌喉。你一定要到基辅来,对不对,维克特?我一到家就去跟总监说说你的事。他肯定听过你的大名,我相信他会迫不及待邀请你来演

---

① 一种有篷盖的轮椅,首见于英国西南部的巴斯。

唱。你得和我们住一块儿。我们一定会给你腾个屋子出来，虽说——"她绿色的眼眸中神采飞扬，"我已经怀了孩子！真的，不过这是个秘密。只有你和维克特知道，千万别说出去。所以我才要回家休息一下，尽管我不愿撇下维克特。照顾好他，好吗？我们都很高兴认识你。我甚至庆幸自己摔断了胳膊，虽然——"她的笑容顿时收敛了一下，"有可能很严重。要我说，反正我是没法唱完这一季的演出了！我本以为自己一刻都舍不得放弃事业，但现在我觉得不会了。我这一生从来没有这么开心过！等你来的时候我就要生小宝宝啦！"

她的欢乐感染了丽莎，维克特也羞怯地咧嘴笑了。丽莎觉得，其中的道德问题与她无关，她只知道他们对她友好而慷慨，两个人她都很喜欢。她捏着薇拉的手说，真替她高兴，而且很乐意去看他们，哪怕不能在歌剧院里演唱。但他俩确信没问题，人们会张开双臂欢迎她的到来。刚说到这里，丽莎就被方提尼先生匆匆拉走，把她引荐给两位富有的歌剧赞助者——两个老太太，浑身筋骨就像干枯的树叶一样瑟瑟作响，还跟她滔滔不绝地聊个没完，叫人尴尬至极。直到总监叫大家保持安静，她才得以脱身。吵闹声渐渐平息下来，总监开始含糊不清地发表演说，一来向优秀的厄尔德曼女士表示欢迎之意，二来向杰出的赛列勃利亚科娃表达惜别之情。众人纷纷举杯，一饮而尽。那个尖刻的乐队指挥让首席女演员临别献唱一曲。这个要求得到了众人的欢呼支持，当赛列勃利亚科娃被人拉向钢琴而她不断抵抗的时候，呼声更加强烈了。乐队指挥德洛伦茨早已在钢琴前坐定，等得不耐烦了（是那种三角钢琴，每间套房里都有，丽莎的房间里也有一架）。

最后，这位美丽的歌剧明星——她的白色吊腕带和全黑的真丝连衣裙倒是相映成趣——只好任由别人把自己推到房间另一头，微笑着穿过朋友和钦慕者的簇拥，然后同德洛伦茨说了几句。他弹奏起舒伯特《音乐颂》安详而熟悉的序曲，女高音随即引吭高歌。她只唱了一首很短的歌，众人哪肯善罢甘休。维克特拿出一份破烂不堪的乐谱给德洛伦茨，于是她又为大家献上一首激昂的乌克兰民谣。旋律环环相扣、循环往复而又变化多端，每一个乐句听来都如水晶玻璃般干净透明，充满了对祖国热土的眷恋之情，直叫听众们心醉神迷。当最后的乐句归于寂静时，它仍在每个人的心里绕梁不绝。大伙深受感动，以至忘了鼓掌。乐队指挥从凳子上站起来，踮起脚——他是一个很矮小的男人——在她的两侧脸颊都亲吻了一下。

丽莎觉得很难受。她觉得薇拉唱歌的时候自己简直没法待在屋子里，因为几乎喘不过气来。她以为自己快死了。薇拉唱完舒伯特的曲子之后，她曾无意间听到一个乐队成员对身边的人说"这才是真正的金嗓子"，但和这事毫无关系。她不是嫉妒，她自知比不上那样的嗓子，那是她一直渴望听到的近乎完美的声音，甚至比人间天籁还要动听。她不但敬重赛列勃利亚科娃，而且也很喜欢她，甚至可能有点爱上她了，就在短短一天之内。

有一部分原因当然是屋里的热气、烟雾和噪音，而且人挤人。但不仅如此，还与薇拉宣布自己要生孩子有关。当薇拉欣喜若狂地吐露自己的秘密，她就开始觉得喘不过气来。出于某种原因，这使她极为烦躁。这时候，薇拉一唱完那首民歌她就走上前去，上气不接下气地感谢她献上如此美妙的歌声，还安排了这样一个聚会。不过她现在得回去睡觉了，因为烟雾已经影响到她的嗓子。"你不等看过报纸吗？"薇拉失望地问。

安安稳稳地待在自己的房间里，地毯下隐约传来低沉的说话声。丽莎推开一扇窗，大口大口地吸进夜晚凉爽的空气。她慢慢缓了过来。或许我就像个怨天尤人的老处女，却不自知？她自忖，一边开始脱衣服。她还是睡得很不好，辗转反侧，难以入眠。黎明透过窗帘露出第一缕曙光的时候，她睡着了，还梦见自己站在一条很深的战壕边，里头摆满了棺材。她一眼看到薇拉在下面，透过玻璃棺盖能看到僵直而裸露的身体。她正在一队哭泣的送葬者行列里向薇拉致哀。这时头顶上方雷声隆隆，她知道山崩在即，自己将葬身于此。千钧一发之际，她被电话铃声吵醒了。是薇拉打来的——问她身体可好，因为她听上去气喘吁吁而且烦躁不安。丽莎解释说自己正在做噩梦时被叫醒了，真是感激不尽。

"好啦，忘了那个噩梦吧。我们刚让人把报纸送上来，剧评精彩极了！真的！你当之无愧。我们马上下楼吃早餐，我乘的火车一个小时后出发。快来一起吃吧。我们会把报纸带下去的。维克特想跟你打个招呼。"停顿了一会儿，丽莎听到维克特用浑厚的声音说道："你好！"然后他们就挂断了。丽莎觉得快活多了，她从床上一跃而起，跑进浴室，很快穿好了衣服。她几乎赶在两位朋友之前到了早餐厅。他们把报纸翻到评论专栏给她看。但她还没来得及读，薇拉就按住她的手说："你要记住这里的评论家特别愤世嫉俗。相信我，这些确实是好评——比评论我的好多了——没错吧，维克特？"维克特犹豫了一下，点点头。

在丽莎看来这些根本不是什么好评。"我们不得不遗憾地指出，哪怕是一条胳膊的赛列勃利亚科娃也比两条胳膊的厄尔德曼唱得好。"一位评论家如是说。另一位评论家则称其嗓音"生硬而且粗野"，还说她唱歌的时候矫揉造作甚于真情流露。诚然也有一些公允的评价："能够胜任"；"勇敢的尝试"；"达吉雅娜的书信场景做唱俱佳，感人至深"；"颇具表演潜质"。"相信我，出自米兰评论家之口，这已经是很高的评价了。"薇拉恳求道。她又拉住丽莎的手，紧紧握住以示强调，因为他们看到丽莎有点难过。

然而，让她感到难过的不是这些剧评，它们并不算十分糟糕。她之前就被告诫过要小心米兰的评论家，所以她知道薇拉的安慰确有几分真实性。她并不是为此而难过，她只是吃了一惊，而且很生自己的气，气自己如此愚蠢。一位评论家这样写道："贝伦斯坦-赛列勃利亚科娃组合在音乐和表演上的心心相印，显然主要归功于他们在基辅大剧院的长期合作，此外——不言而喻——也由于他们是夫妻的缘故。"丽莎这才想起最近在哪里看到过维克特的名字——是在一篇关于赛列勃利亚科娃的文章里。赛列勃利亚科娃当然只是她的艺名。这一点现在已经很清楚了。为什么她会得出错误的结论呢？后来她发现刚到米兰时方提尼先生给她的节目单上写得一清二楚，但不知怎么搞的，她却视而不见。

薇拉喝了一大口咖啡，一跃而起，俯身抱住丽莎吻了一下。她丈夫替她围了一条红色披肩，然后在脖子上系好扣子。她对丽莎说，希望明天能在基辅见到她。"不用来送我啦。安心吃早餐。祝你好运！保持联系！"

第一个休息日，她去米兰主教座堂望弥撒，但这栋庞大的建筑让她觉得压抑，于是她决定再也不去了。那种感觉太程式化。她宁愿成为处在边缘的少数派，这样更容易有信仰。即使在维也纳，天主教徒也嫌太多。但尽管如此，那里的教会也不会像这里一样无处不在。她难以笃信那些被普遍接受、确定无疑的事情。她去附近的一家修道院瞻仰,连莱昂纳多的《最后的晚餐》都会使她禁不住打冷战。它过于对称了。人们不是那样吃饭的。

或许,你越走近上帝就越难信仰他。那就是犹大出卖他的原因,也是公鸡为彼得鸣叫① 的原因。看完《最后的晚餐》返回途中,丽莎经过路边一个臭烘烘的锡桶,是供男人小便用的。虽然她急匆匆地走了过去而且目不斜视,但还是瞥见尿桶上方有两张饱经风霜的橄榄色面孔,两人谈得很投入。她忍不住萌生出一个亵渎神明的想法。她把这两个男人看作耶稣和犹大,他们撩起长袍,肩并着肩低声谈话。那时他们刚刚用完"最后的晚餐",犹大同耶稣挨得那么近,一定觉得很难把他看作上帝之子。或许对于天堂里在耶稣身边的玛利亚来说更加不易,没准连他自己也觉得不可思议。他在天上就像鲍里斯·戈都诺夫② 那样正襟危坐,一定对这种神圣的骗术深感苦恼。

---

① 《新约·马太福音》记载,耶稣在最后的晚餐上对彼得说:"今夜鸡叫以先,你要三次不认我。"耶稣被犹大出卖后,"彼得就发咒起誓地说:'我不认得那个人。'立时,鸡就叫了"。
② 俄国作曲家穆索尔斯基创作的同名歌剧的主人公。鲍里斯原来是沙皇伊凡雷帝的大臣,他谋杀了伊凡雷帝之子季米特里,强迫人民拥戴自己当皇帝。年轻的修道士、政治冒险家格里高利假冒季米特里的名字,逃到立陶宛向他兴兵讨伐。鲍里斯把继承权交给自己儿子的费奥多尔之后,在精神错乱中死去。

亵渎神明的一刻已经过去,可她还是觉得非常压抑。在提笔给姨妈写明信片之前,她仔细端详了上头的图片。那是一幅耶稣裹尸布的仿制品,图案模糊不清,实物保存在都灵。她已经不是第一次看到仿制品了,不由得怀疑它是否真的是耶稣裹尸布。但在这里它显得更有意义,因为裹尸布就在附近。她觉得自己如果去看一眼,兴许会再次产生更为圣洁的心灵感受。所以到了另一个休息日,她就乘火车去了都灵。

她是跟露西亚一道去的——她的替补演员。那是一个小姑娘,合唱团的成员,由于她的一败涂地,才有了发给丽莎的那封紧急电报。她是一个头发乌黑油亮的伦巴族人,朱唇饱满,纤长的睫毛下一对深色明眸。她之所以被选中,主要是由于容貌而非嗓音。众所周知,赛列勃利亚科娃强壮得像匹马,谁都没料到她居然无法上场。不过对于露西亚就是巧遇天赐良机了,只是她不幸失败。她被轰下台的那天晚上,曾以此为傲的母亲和六个兄弟姐妹全都在场。丽莎明白这个姑娘经历了何等沉重的打击,于是主动亲近她,设法消除那场失败给她的斗志带来的伤害。生怕给她造成屈尊下顾的感觉,丽莎一开始找了个轻松的专业话题,说自己愿意和她过几句咏叹调。可以想见,女孩矜持自守还略显愤恨。但她酷爱音乐,便在丽莎房间里一起研读乐谱、练习唱歌。她觉得那些午后不但有意思而且受益匪浅,因此消除了敌意。对丽莎而言,她也乐于帮助女孩剔除技术上的若干瑕疵。女孩的嗓音确实很有潜质，在丽莎的调教下也取得了进步。如果再替别人唱一次，她或许可以应对自如了。

此事对丽莎的意义非同一般，因为第一次遭遇呼吸困难的那个夜晚——所幸持续时间不长——使她面对这样一种可能，那就是某天晚上她自己也无法继续演唱了。因此，除了出于同情，她也有充分的理由为了工作帮助自己的替补演员。

如今她们已成莫逆之交。对露西亚来说，友谊混合了很大一部分仰慕；而对于丽莎，则或许混合了一种母爱——毕竟露西亚还不到二十岁。露西亚是个虔诚的教徒，而且对都灵很熟悉。所以丽莎问她愿不愿意陪自己共赴"朝圣之旅"时，她欣然答应了。

眼下她俩正跪在都灵主教座堂里，她们看到的不是真正的裹尸布——实物被锁了起来秘不示人——而是挂在陈列室墙上的同等大小的复制品。她们看到了钉痕、苔痕还有基督的五官面貌。这些痕迹并没有显现在瑟冈多·皮亚[①]拍摄的裹尸布照片上，却出现在底片上。一个修女盯着人像，眼泪顺着脸颊直往下淌，还不停地画十字，喃喃道："可怕！可怕！可怕！邪恶的家伙！真是些邪恶的家伙！"丽莎也深深为之感动。那是

---

① 瑟冈多·皮亚（Secondo Pia），意大利律师、业余摄影师。1898 年，他拍下了首张为世人所知的耶稣裹尸布照片。

形容枯槁、饱受摧残却不失尊严的容颜与身躯，他的双手刚好捂住私处。她抬头凝视摄影师拍下来的照片，终于坚信那真的是耶稣。

在主教座堂后方的忏悔室里，丽莎对神父说，看了耶稣裹尸布照片的复制品之后，她不再相信耶稣曾经复活。神父思忖了片刻说，她不应该根据一件真伪难辨的圣物就做出如此重大的判断。"我们并没有断言那是耶稣裹尸布。"他说，"只是说有可能是。即使你确信它是假的，也不能成为怀疑耶稣复活的理由。""但问题就在这里，神父。"她说，"我十分确定裹尸布是真的。"

神父的声音显得很困惑："那你为什么说自己失去了信仰？"

"因为我刚才抬头仰望的是个死人。他让我联想到碾碎的鲜花。"

神父建议她回家，在静室里祈祷。

丽莎的第二次忏悔是对露西亚做的，当时她们坐在河边的椅子上，一边享受薄薄的云层里射出的温暖阳光，一边吃着面包夹奶酪。这次是现世的忏悔。她向那个女孩诉说自己生活中的种种不幸：同父亲和兄长（后者倒不那么重要）缺少沟通；起初从事芭蕾舞行业却以失败告终，身体不好是次要原因，主要因为没有天赋；婚姻也被宣告无效，不过她仍然觉得婚姻应该从一而终。她羡慕露西亚有美满的大家庭，羡慕她正年轻，今后还会有幸福的婚姻。丽莎充其量只能成为好的歌唱家，因为她起步晚又长期患病——而露西亚至少有望在某一天成为伟大的歌唱家。

"那你怎么解决——？"女孩低下了头，为自己的口无遮拦飞红了脸。

"你的意思是没人做爱？噢，尽量不去想就是了。这可不容易。我并不是没有欲望，这我可以向你保证。不过只要投入工作埋头苦干就会好很多。"

"我绝不可能如此投入。"女孩叹了口气，偷偷看了眼手上的订婚戒指。

"你很明智，亲爱的。"丽莎说。

她们陷入了沉默。丽莎被一个愚蠢的想法搅得心神不宁，那就是如果基督的手并没有巧妙而颇有暗示意味地捂在那个地方，教会就不能展出他的人像了。

"好在罗马离得很远。"维克特说道，"如果我去了那儿，也会变成像你一样的无神论者！"他拒不承认自己是无神论者。一个在高加索长大、每天夜里仰望成千上万璀璨繁星的人是不可能没有一点宗教情感的。

他的话使丽莎无限向往山间的宁静。她可以去一趟科莫①,当天往返。她问维克特愿不愿意一起去。他的眼睛为之一亮,家乡格鲁吉亚的雪顶在那一瞬透过他的角质框架眼镜熠熠生辉。

六月的一天,天气晴朗,万里无云。他们在一家旅店的露台上喝茶,鸟瞰波光粼粼的湖面,群山清晰地倒映在水中。她觉得自己飘飘欲仙,掠过露台,飘过湖面,凉爽清新的微风向她吹送。维克特也很开心,因为看到了群山,早上还收到薇拉的来信。她精神很好,只是很想他。同一批邮件里,丽莎还收到了薇拉送的礼物,是列昂尼德·帕斯捷尔纳克②画的克里米亚半岛风光的印刷品。她曾对薇拉提过克里米亚半岛,那是珍藏在她记忆里的黑海海岸的一部分。真是一份考虑周到、让人感动的礼物。

他们啜着茶,维克特又把薇拉的信看了一遍,一边笑一边把某些段落念给丽莎听:"亲爱的,我买了一件孕妇穿的紧身内衣。等你回家的时候我就像母猪一样胖了。"他说自己真是喜出望外,可谓老来得子。他还说很想念薇拉,没有薇拉的陪伴,日子真不好过。他的第一个妻子和十岁的儿子都在内战中遇难。一颗偏离目标的炮弹落在他家屋顶上。直到现在他还是

---

① 意大利北部城市,因同名湖泊而闻名。科莫湖是伦巴第地区的一个史前高山湖,是意大利第三大湖泊。
② 列昂尼德·帕斯捷尔纳克(Leonid Pasternak, 1862—1945),俄罗斯画家。

不愿提及这段往事。遇到薇拉之前，他觉得这一辈子从此了无生趣。

他们坐着缆车往山上进发。维克特还在一个劲地谈论妻子和将要出生的孩子，间或停下来指点美景。丽莎以前从未发现他如此健谈。其实如果没有薇拉充当谈资，丽莎倒不会觉得跟他有话讲。他向来沉默寡言，除非喝醉了酒，而他妻子又严格限制他喝酒。不过今天置身群山之中，他倒是畅所欲言了，只不过思路像缆车轨道一样狭窄。丽莎也不善言谈，纵览美景的同时只是报以微笑和点头而已。

下山回到镇上的时候已近傍晚，两人都不愿急匆匆地赶回车站。维克特提议找两个房间住下，上次喝茶的那家旅店就不错，可以试试看。"反正明晚之前我们都不需要到场。"他怂恿道，"我们又没卖给方提尼，虽然他确实是这么认为的！还有德洛伦茨，那个自以为是的小矮子！我现在明白你对米兰的看法了。一个糟透了的地方！好啦，统统见鬼去吧，我们就在这儿过夜。"

丽莎起初吃了一惊，随即"心悦诚服"。"太棒啦！"说完他就冲进了旅店，出来的时候露出胜利的笑容。

"可我什么都没带！"丽莎突然想起来。

"你需要什么？"

她想了想："嗯，我想只要牙刷和牙膏就行了！"

"在这儿等我一下。"三分钟后维克特回来了,提着两个纸袋。"我们的行李有啦。"他笑道,"我还需要一些别的,比如刮胡子的玩意儿!"

乘电梯上楼的时候,侍应生和搬运工用猜疑的目光看着他们,两人都觉得很好玩。在各自房间安顿下来之后,他们愉快从容地共进晚餐。餐厅里人很多,但房子又高又大,足以保证人们在安静的环境里用餐或低声交谈。维克特不再滔滔不绝,但沉默的感觉很亲切,并不尴尬。他们透过落地窗凝视寂静的湖面在薄暮中渐起微澜。饭后,他们沿着湖岸散步。夜幕很快降临群山之间,只能在没有星星的地方"看见"山峰,因为开阔的天空中群星遍布。丽莎觉得耶稣裹尸布在她心里消失了,信仰又鲜活起来。尽管貌似老生常谈,但维克特的话是对的——抬头仰望如此星辰,不由得你不信冥冥中自有真宰。

到了丽莎房间门口,维克特狠狠地吻了一下她的嘴唇。她吃了一惊。"我已经等了好几个礼拜啦!"他咯咯直笑,"它们是如此的饱满,而且巧夺天工!薇拉会原谅我的!你不会介意吧?明早见。"

维克特从来没有对她的过去表示过好奇,只是吃早餐时她说了一句自己"也许是半个犹太人",激起了他的兴趣。乘火车回米兰的路上很安静,她自然而然跟他讲了很多秘而不宣的事情。维克特不是一个合格的倾诉者,却是一个优秀的倾听者。能向别人——某个志同道合但又不甚亲近的人——倾诉一番，令丽莎大感快慰。总的来说，科莫之行无异于一剂强心剂，使她精神焕发，得以从容应对还剩两个礼拜的演出季。

结束前一周，她在一个日场开始之前假装偏头痛发作，露西亚替她上场并成功顶住了严峻的考验。于是丽莎索性让偏头痛持续到晚上，露西亚又唱了一回。维克特、方提尼先生和德洛伦茨都对见习演员潜移默化的进步惊诧不已。

2

维克特在维也纳过了一夜，跟丽莎和她姨妈待在一起，然后再次踏上了前往基辅的漫漫旅程。他觉得老太太很讨人喜欢而且有教养。其实丽莎的姨妈年纪不大，只是恼人的风湿病徒增了老态。好在病症尚未侵袭双手，她还能娴熟而深情地弹奏钢琴。她哀叹自己身体欠佳，没法和外甥女一道去米兰，于是恳求他们让自己欣赏一回无缘得见的场面。在她刚强有力的伴奏声中，他们唱起了歌剧的最后一场，那种无拘无束的激情和浑然天成的状态是他们在舞台上从未企及的。可这一切来得太晚了！

回来后的数月中，丽莎几年来第一次觉得自己受到性饥渴的煎熬。一天夜里听完演唱会，姨妈一个朋友的儿子送她回家。那是一个颇具魅力但爱慕虚荣的小伙，只有二十出头。

他怂恿丽莎让出租车司机把二人送到自己的寓所,他想跟她喝杯酒。丽莎说自己身体"不适①",但他说只要丽莎不介意,那他也不在乎。其实丽莎很介意——她觉得这样丑陋而且不雅——但还是允许他跟自己做爱了。这最多只能说部分缓解了她的生理饥渴,而且之前出现过的副作用这次毫无征兆,无疑是因为完全没有怀孕的可能。

不过丽莎觉得自己很下贱,因为对那人来说她无足轻重。在如此状态下听任自己被人勾引,她不过就是一件战利品、一件好色之心的产物。足足一个月,她对他的百般殷勤视而不见,但最后还是去了他的寓所。完事以后,他开始追问丽莎有过几个情人,粗暴得不可原谅。她当然什么都没说,但回到家里看到姨妈身体无碍,她在心里默默回答了他的问题,为的是自我满足。威利当然要算上,那是她丈夫。还有彼得堡的那个学生阿列克塞,是她第一个或许也是唯一的挚爱。但其他几个人,她又如何辩白开脱呢?十七岁时,在敖德萨去彼得堡的火车上,有一个青年军官勾引过她。没错,这部分归咎于俄国火车的混合卧铺②;她自己也想放浪形骸,干一回出格的事情以示独立;还有坐在火车里风驰电掣般穿越黑夜的刺激感;以及她还喝不惯的香槟。尽管如此,终究是败

---

① 原文为"unwell",是"来月经"的隐晦说法。

② 指男女同室的卧铺。

德之行。丈夫参军不久，她和管弦乐队的一个乐师过了一夜，同样草草了事，毫无意义又充满肉欲，还不免使她添上通奸的污点。几年后她又在盖斯坦邂逅此人，不胜尴尬，羞于招呼。最后就是这个年轻的花花公子——毫无意义，自取其辱。包括她丈夫在内，一共五个男人！除了操皮肉生意的最底层，维也纳还有几个女人像她这样来者不拒？让她高兴的是自己不再觉得有必要去忏悔。没错，不管怎样，再也不会有这种事了。十五年来，她已经"升华"了自己的欲望——直到发生眼下这件丑事——而且祛除杂念、心无旁骛的过程也平静得多了，毋庸赘言，无关性爱。

在斯卡拉歌剧院初次登台并大获成功之后，丽莎发现找她参加演出和开独唱会的人比以前多了很多，于是她又一次投身到音乐事业之中。她经常收到薇拉和维克特的信，其中一封带来了振奋人心的消息。维克特说他已经答应明年在基辅演唱《鲍里斯·戈都诺夫》，他的男中音生涯就此结束——这将是他的天鹅之歌，而且他建议邀请丽莎饰演玛丽娜，即那位僭主①的波兰籍妻子，已获得热烈响应。她很快就会收到正式邀请函。他们急不可耐地想再次看到她。薇拉在"天鹅之歌"几个字后面画了一个星号，在底下草草写道："说得煞有介事！"后

---

① 指鲍里斯·戈都诺夫。

面还有一两句话，大意是说丽莎要来基辅实在太好了，还说她（薇拉）绷坏了所有的衣服。不过等丽莎来的时候她又会苗条起来，只不过添了个胖娃娃。

然而一个月后又来了一封信，措辞依旧亲密无间，字里行间却隐约透露出一个阴郁的消息。他们说《鲍里斯·戈都诺夫》的演出计划已搁置，因为该剧被认为过于沉闷，不适合观众的口味。他们对此深感遗憾，不过仍然很想见到她，只是最好再等等，等孩子大些，不需要薇拉全身心投入的时候。到那时，兴许剧团会再次决定上演《鲍里斯·戈都诺夫》。但就算如此，维克特也不会再演主角了，因为他已决定退休。

丽莎回信说自己能理解，而且她现在无论如何都不能撇下风湿病越来越重的姨妈。她还随信寄去一件自己织的蓝色婴儿外套。

两个礼拜后，噩耗传来，不啻当头一棒。薇拉在生孩子的时候死了，是在米兰摔跤造成的。维克特是这样认为的，但别人都不相信。男婴安然无恙。维克特的母亲当即从格鲁吉亚的家中赶来照顾他。他母亲年纪很大了，但身体强壮，有她在要好得多。大家都说那个孩子跟薇拉像是一个模子刻出来的。维克特简直无法相信自己深爱的妻子撒手人寰。他把她所有的唱片都扔了，因为无法在接受其死讯的同时再听到她的声音。维克特打开无线电收音机——薇拉正在给自己的孩子唱勃拉姆斯①的摇篮曲。

收到这封信的第二天,维也纳的报纸刊登了赛列勃利亚科娃的讣告,就像在证实她的死讯。

丽莎哭了好多天。她觉得,自己如此悲痛地哀悼和思念一个茫茫人海中认识了才一天的朋友,似乎有点不可思议。不过事实如此。对于维克特,她真不知道能说些什么。哀悼与同情之辞听起来惺惺作态,正如她写下的那样,尽管是发自内心的。

此番打击过后许久,她又要继续哀悼了。同年冬天,她收到了来自列宁格勒的消息:她的朋友,同时也是她在马林斯基剧院②时的芭蕾舞老师卢德米拉·克卓娃去世了。只要政治状况允许,多年来她们一直保持密切的通信往来,而且丽莎从未忘记教子的生日。卢德米拉只有五十岁——死于癌症。这两个朋友的死对丽莎的打击很大,更何况她们还有亟需照料的孩子。

她自己也病了一阵。胸部和骨盆多年没有复发的疼痛再次发作。她觉得完全是悲伤引起的。此外,还有一层困惑加重了她的悲伤感,那就是薇拉的死对她造成的影响何以超过了卢德米拉的逝世。她怀疑自己多少有点自伤。她把薇拉同自己一生中唯一被当成大人物对待的一天联系了起来,不管那是多

---

① 约翰内斯·勃拉姆斯(Johannes Brahms,1833—1897),德国作曲家。
② 位于俄罗斯圣彼得堡,是一家历史悠久的歌剧、芭蕾舞剧院。

么荒唐可笑、名不副实。从那以后，她得到了比从前任何时候都要多的演唱邀约，但没有一场是特别重要的，而且现在她已经不那么受欢迎了。有一天，她醒过来发现自己四十岁了。别人早就意识到这一点。她是一个未臻化境的歌剧演唱家，没有几个导演会热衷于请这样的人参加演出。当然了，如果你是帕蒂①、加利-库尔奇②或梅尔巴③，那你尚未开始；如果你只是稍有天赋，你就已经死了。至少她是这么想的，而且依稀觉得自己确实唱得不那么出色。她知道这种担忧是病态的，并将其归因于自己三十出头才过上像样的日子，因此对光阴飞逝格外留意。不知是喉咙有恙还是纯粹因为信心不再，她的嗓音如今已不那么清亮。还有她的牙齿也无可奈何地出现严重的问题。牙医用填充金粉的方法保住了几颗，但还是不得不拔掉四颗。镶上的假牙伤害了她的虚荣心和嗓音。她觉得一边唱《爱之死》④一边惦记着假牙实在很滑稽。

有一件发生在远方、同她个人没有关系的事，却比悲痛之

---

① 阿德利娜·帕蒂（Adelina Patti, 1843—1919），意裔美籍女高音歌唱家，尤擅花腔。
② 阿梅利塔·加利-库尔奇（Amelita Galli-Curci, 1882—1963），意裔美籍女高音歌唱家，被誉为帕蒂唯一的后继之人。
③ 奈丽·梅尔巴（Nellie Melba, 1861—1931），澳大利亚第一位获得国际声誉的女高音歌唱家，也是当时世界上最著名的歌剧演员之一。
④ 瓦格纳的歌剧《特里斯坦与伊索尔德》的最后一幕里，伊索尔德在爱人特里斯坦身旁唱尽一曲《爱之死》后，悄然逝去。

情更折磨人。一个身负多桩命案的男人,在杜塞尔多夫[①]受审并被判处死刑。这件案子的许多方面都显得耸人听闻,当即被报界抓住不放,甚至在维也纳也是如此。这名死囚曾不分青红皂白地杀死男人、女人以及孩子,不过主要是女人和小女孩。他使杜塞尔多夫陷入一片恐慌。而今他已被捕,民众大声疾呼,要求启用早已生锈的断头台——德国已多年没有执行死刑了。奥地利的报纸也加入了关于死刑判决的激烈辩论,有的严肃认真,有的哗众取宠。对于这样的话题,自然人人都热衷讨论并且自以为是。

虽然丽莎一想到孩子的死就觉得揪心,但她仍有一种热切而本能的信念——反对剥夺他人生命。有很多朋友同意她的看法。还有许多人出于"义愤",要求将杀人惯犯库尔腾当成害了狂犬病的疯狗宰掉。争论十分激烈。丽莎有个叫艾米的朋友,是一位教师,平素最为善良仁慈。她在咖啡馆里和大伙争得面红耳赤,最后愤然离去。临走前,她把那张骇人的报纸掷到朋友膝头,报上登着此案最为可怖的细节。丽莎忍住阵阵恶心,强迫自己读完了文章。

当然,这名罪犯有着糟糕透顶的童年:十个孩子和父母共处一室;靠吃狗肉和鼠肉维生;被姐姐强奸;父亲是个嗜酒如

---

① 德国莱茵河沿岸的重要城市。

命的精神病患者。库尔腾受到的教育就是如何虐待动物、帮动物手淫。这一切使得丽莎坚信,他所犯下的罪行不能归咎于他本人。文章的其余部分令丽莎怀疑他还有没有必要苟延残喘,即使是从为他着想的角度考虑。他滥杀无辜是为了饮用鲜血。有天晚上他找不到杀害对象,因而备受煎熬,只好将一只在湖面上睡觉的天鹅的脑袋砍下,并喝干了它的血。据报道,他已表明心愿,希望铡刀落下之时他能保持足够长的存活状态,以听到自己鲜血喷涌的声音。

还有一些骇人听闻的细节,比如他曾把很久以前被自己杀害的人的尸体挖出来,和他们性交。更令人不寒而栗的是,他始终若无其事地跟自己的妻子生活在一起,妻子对他的秘密活动和嗜好却浑然不觉。但天鹅的形象以及那个男人对于听到自己鲜血喷涌的渴望,却像挥之不去的白日噩梦,纠缠着丽莎不放。她会突然在路上站定,脑袋里天旋地转,不断浮现沉睡的天鹅和落下的铡刀。

她又想到,幸亏上帝开恩抑或全凭运气,她才生为维也纳的伊丽莎白·厄尔德曼,而非杜塞尔多夫的玛丽亚·哈恩[1]!某天早上醒来,生活充满甜蜜,心里打着小算盘,准备买些新的化妆品或者去跳舞……遇到一个和蔼可亲、富有魅力的男

---

[1] 安娜·玛丽亚·哈恩(Anna Maria Hahn, 1909—1938),出生于德国的女性连环杀手,后被送上电椅处死。

人，跟他一起在小树林里散步，然后……就全完了。但是，如果她生为彼得·库尔腾，那就更加可怕得难以想象了……生命只有一次，却要作为库尔腾度过一生中的每一刻……不过话说回来，想到已经有人不得不成为玛丽亚·哈恩和彼得·库尔腾，那么身为丽莎·厄尔德曼也就毫无乐趣可言了……

死刑执行后她在艾米给的报纸上读到，这个杀人犯逍遥法外期间，整个德国已有近百万人被当成杀人恶魔举报给警方并受到讯问。但库尔腾却不在其中，因为连公诉人都说他是个"相当好的男人"。在牢里的时候，他曾收到成千上万封女人写给他的信，大约一半以酷刑恐吓他，剩下的则是情书。读到这里丽莎哭了，晚些时候，她在和姨妈安静地待在一块儿时又哭了一回。姨妈以为她还在为死去的朋友难过，于是斥责她总活在过去。

可那不是过去，恰恰是眼下的事情。因为杀人犯虽然死了（丽莎暗自祈祷，希望他死后无论进入何种状态都不再是原来那个彼得·库尔腾了），但在某个地方——此时此刻——某个人仍在对另一个人施以最残酷的折磨。

过了好几个礼拜她才缓过神来，剧烈的痛楚渐渐好转，变成间歇性疼痛。此案早已在头版头条消失，犹如昙花一现。但她脑海中仍时常浮现出一个小男孩的脸：他躺在床垫上，屋里还有另外十一个人；还有一个羞涩、友善、戴着眼镜的男人，深受同事喜爱和孩子的爱戴；还有一只在湖畔筑巢的白天鹅，沉沉睡去，再也不会醒来。

但是，玛格达姨妈需要别人帮她穿衣洗澡；还有东西要买；《爱之死》还得唱；牙医还得看；有位朋友住院了，得去探望；新的角色要排练一下；要叫水管工来修理爆裂的水管；还要写圣诞贺卡，买礼物，寄给远在美国、连容貌都已记不清的哥哥一家；紧接着还要准备更多的贺卡和礼物，送给身边的朋友；再买一件新的外套；还要写几封信表达谢意。

她和维克特·贝伦斯坦保持着频繁的书信往来，竭尽所能地回答他所提出的有关生死大事的形而上问题，以及如今他在深入思考的永生问题。对于这些问题，她自己也感到前所未有的迷惘，并如实告诉了他。不过在暗无天日的岁月里，他似乎在和丽莎的友情里觅得了慰藉。不仅是个人的生活暗无天日，他无意中也暗示整个大环境都日趋恶劣。

死亡横行、疾病肆虐的阴郁日子里，有人却从逝去的往昔中活了过来，不是别人，正是西格蒙德·弗洛伊德。丽莎意外地收到了他的信，说他饶有兴致且颇感快意地读到丽莎在米兰斯卡拉大剧院登台亮相的报道，希望她的事业蒸蒸日上，希望她本人身体健康。弗洛伊德自己经过多次口腔手术，"健康每况愈下，早晚要痛苦地"走向死亡。义齿不得不戴，犹如洪水猛兽。尽管步履维艰，但他仍在工作，最近完成了一份关于丽莎的病例研究报告，将和她写的东西一起在法兰克福发表。这就是他此番跟她联系的目的，希望丽莎读一读附上的论文以及她自己作品的打印稿（也许她已经不记得自己写了什么），并告知其中可有不妥之处。当然，弗洛伊德掩盖了她的真实身份，但仍需其首肯方能出版。这会带来一笔数目不大的版税，他保证会给丽莎一半，以酬谢她的重要贡献。

丽莎当时正因为新镶上的牙齿而饱受折磨，得知教授的痛苦远甚于己，充满了悔恨。她引以为戒，不再抱怨。她能够想象他不抽雪茄的痛苦，他在信中轻描淡写地提到此项禁忌，好像这就是罹患癌症且被迫佩戴义齿的最令人痛苦的后果。

把早餐碟烘干之后，丽莎立即就把这个厚厚的包裹拿进了卧室。直到晚上演出前，她只出来过一次为姨妈做午餐。玛格达姨妈的目光依旧犀利，看出来丽莎哭过而且几乎什么都没吃。她猜想这跟弗洛伊德教授寄来的信和包裹脱不了干系，于是明智地决定不发表意见。构思回信花了丽莎不少精力，以致当晚面对观众时已然心余力拙，她的演出正如评论家说的那样"乏善可陈"。

亲爱的弗洛伊德教授：

您的来信让我十分意外，喜忧参半。喜的是终于获知恩人的消息，我实在对您亏欠良多。忧的是往事死灰复燃，不得不一一重历。但我不后悔这么做，因为对我有所裨益。

获悉您贵体有恙，我深感不安。但相信您的医生所采取的措施会使您完全康复。这个世界太需要您了，不容许您的"健康每况愈下"，更不用说让您经受痛苦。承蒙您问及我和姨妈的健康状况。玛格达姨妈饱受风湿病的煎熬，但依旧心情愉快，反应敏捷。我的身体也还不错。不幸的是，过去的一年其他方面并不尽如人意。我在彼得堡的朋友克卓娃太太（R太太）去年冬天撇下了丈夫和十四岁的儿子（那是我素未谋面的教子），撒手西去。我的另一个好友在分娩时死了。我牵挂那两个失去母亲的孩子。读您写的《安娜夫人》使我想到您家庭中的悲剧。我希望您的孙子、孙女身体健康。他们一定都长大了。我当时就有一种可怕的感觉，唯恐其中一个活不过他母亲的岁数。请告诉我事实并非如此，好让我安心。我相信这只是我当时病态和臆想的产物。请代我向尊夫人和安娜致意，同时问候您的小姨子。我在盖斯坦遇见您时曾和她有一面之缘，当时我就觉得如果有机会加深对彼此的了解，我们会成为好朋友。

读了您文笔优美、颇有见地的病例研究论文，我的感激之情无以言表。但我觉得没必要说出来。我就像在读一个已经死去的妹妹的生平——在她身上我能看到一家人的相似之处，但也有巨大差异：她的性格特征和所作所为与我毫不相干。我这样说并不是想吹毛求疵，您看到了我让您看的那个人，不——远不止如此，您洞察了我的内心世界，其深度是任何人都不曾企及的。当时我似乎无法说出实情或面对真相，这并不是您的错。之所以我现在能做到，还是多亏了您。

　　对于您的要求，我可以直截了当地答复：对于您出版这部病例研究，我当然不会持有异议。我应该感到十分荣幸才对。至于那些可耻的——或说是无耻的？——涂鸦……好吧，您真觉得有发表的必要？重新读了一遍，我脸都红了。以前我一直以为并且希望它们早就被销毁了。想必不能发表吧？但我猜，把它们收录进去是为了使这份病例研究更容易理解吧？如此淫秽不堪的长篇大论——我是怎么写出来的？我没有告诉您，在盖斯坦时我处于极度的生理饥渴状态，没错，尽管我病了——抑或多半就是生病的缘故。一个年轻莽撞的侍者在楼梯上经过我身边时，偷偷摸了我一把，然后摆出厚颜无耻的样子冷冷地看了我一眼，就好像什么都没发生。他的相貌使我想起了您的儿子（照片上那个）。反正待在那儿的其余日子里，最令我想入非非的就是那个年轻侍者。我不明白他和我的同性恋倾向有何关联，不过您知道我是从不接受这个观点的。

我必须承认，写下这些诗句的时候——正如您所说的，全是"打油诗"——我确实在盖斯坦。当时的天气糟糕透了，因为暴风雪的缘故我整整三天足不出户。什么都干不了，除了吃饭（勉强为之）、看书、观察同行的客人，就是幻想那个年轻男人。英国少校出了个主意叫我写诗。有一天他给我看了一首刚写好的诗，写的是他的学生时代。暑假期间，他和自己的心上人（性别不详）在一个英式花园里，躺在一棵李子树下。此诗矫揉造作、佶屈聱牙。我想我自己写的都会比他好，而且对于写诗我向来跃跃欲试。当然我从未成功。我想写得惊世骇俗，更确切地说是想如实表达我对性的复杂感受，同时也想让姨妈了解我究竟是怎样一个人。我把诗稿摊在那里，于是她看了。您可以想见她是何等惊恐。

言归正传，当时您建议我写点什么，我想用那几首诗来考考您。所以我把它们抄在《唐璜》的乐谱上。我也说不清为什么要这么做，这说明我几近疯狂。当您让我给出一个解释的时候，我想我应该把它转成第三人称，看看能否把意思表达得更清楚。但事与愿违。这件事情还得您亲自出马。我以为难能可贵的是，您对这些诗句的理解随着岁月迁流日益加深。我觉得您的分析（母亲的子宫等）鞭辟入里，不过您还是对个中粗鄙之处太过宽容。

紧身胸衣象征矫饰——没错！同时也代表对礼仪、传统、道德和艺术的束缚。在那些不体面的自我披露中，我觉得自己好像没穿紧身胸衣站在您面前，脸都红了。

很抱歉我没告诉您其实我早就写好了"《唐璜》"。我想这并不重要。但还有一些欺瞒，我决定向您和盘托出，因为您可能会认为这篇病例研究论文需要改动——甚至全部推翻。如果您因为我的谎言和半真半假的陈述而恨我，我是不会怪您的。

您说得没错，我对于凉亭的记忆在为某些事做掩护（尽管凉亭事件确有其事）。小时候，有一次我在大人们料想不到的情况下朝父亲的游艇信步走去，看到我的母亲和我的姨妈、姨父全都赤身裸体待在那里。我吃了一惊，以为自己看到了母亲（抑或是姨妈）映在镜子里的脸，但事实并非如此，她们俩都在那儿。我以为母亲（抑或是姨妈）正跪着祈祷，姨父跪在她身后。很显然这是后入式的性交体位。您可以想见，我不可能停下来问个究竟……发生那件事的时候我好像只有三岁。

直到五年前，我和姨妈进行了一次激烈的讨论，这件事才又浮现在眼前。我收到哥哥尤里（他在底特律）的信，说父亲死了。在此之前他不免失去了生意和房子，在一间小屋里过着无依无靠的生活。对于父亲的死，我一点都不悲痛，但这个噩耗还是影响了我的情绪。我决心从姨妈那里把这件事打听清楚。可怜的她，心中满是悔恨。她显然真心诚意想把自己生平唯一干过的丑事原原本本地说出来。她承认在敖德萨时，曾和我的母亲有两三次一起跟姨父上床。据她解释，之所以容许这样的事发生，只是因为做妻子的总会想尽办法取悦丈夫。这也情有可原。看来我父母的婚姻早已徒有其表。我姨父说服玛格达姨妈相信，这么干不仅无害反而有益……唉，总之事情发生了。她对此痛心疾首。无意间被我撞见之后，她就有充分的理由拒绝再这么干了。他们都希望我还小，不懂这种事情。

从那以后，姨妈以为大家都恢复了理智。她去做了忏悔（我猜想），并希望那些丢脸的事都已成为过去。万万没料到他俩还在继续见面，一到冬天的那几个月就不远万里前去相会。这肯定不只是生理上的吸引，而是真心相爱。直到警察上门来想找死者的子女，她才恍然大悟，因为根据布达佩斯那家旅馆的住宿登记，母亲和姨父都死了……顺便插一句，我猜得没错，弗朗茨姨父当时正在参加一个教育学会议！……尸体已经烧得面目全非。直到他们把属于死去的那个女人的珠宝首饰拿给姨妈过目，她才认出那是她姐姐的东西。于是她只好给我的父亲发了封电报。您可以想象得出来……如果说当时我还没有原谅姨妈在我家做的苟且之事,那么当我了解到她经历了怎样一场噩梦之后,我只好原谅她了。另一个折磨她的念头就是"三人行"有可能并不是事情的开始,或许他俩一直在嘲笑她。那是我们永远不得而知的事了。

我姨妈坚信自己会因为在这场悲剧中扮演的角色而下地狱,尽管我竭尽所能地劝她说,我们谁都做过糟糕透顶的错事,但都是可以得到宽恕的。当然,我父亲死了,一切都已水落石出,她也不免为三人用那种方式合伙欺骗**那个男人**感到万分内疚。我自己也要对父亲做一番"弥补"。在精神分析的过程中,我对他多有不公。如果说我们之间关系不好,那么大部分都是我的错。您瞧,我甚至在那个时候就已经知道(别问我为什么知道),母亲的死和我在游艇上撞见的那一幕脱不了干系,而且我相信——用小孩子不合逻辑的方式推理——我怪他当时不**在**场。我怪他害死了母亲。在某种程度上确实如此,只要他多跟我们在一起,这些事全都不会发生。顺便说一句,这并不只是因为生意忙,他还参加了同盟,就是犹太人组成的民主政党。

我还得向您认罪,我诽谤了阿列克塞(A)。我们乘坐游艇在芬兰湾度过的那个周末——除了有人谈到暴力之外，确实是个美好的周末。我们头一回睡在一起，至少对我而言那种感觉棒极了。我稍稍产生了一些幻觉——那场"大火"——但和心爱的男人合为一体的愉悦感是无可比拟的。我所描述的事件并没有发生。碰到涉及性的问题，阿列克塞总是循规蹈矩，甚至清心寡欲。他擅长开枪杀人、搞爆炸，而且显然已经做过多次，但他不会当着我的面和别的女孩做爱。他唯恐感情妨碍到事业。其实坦白说，要是依了我，我们早就成为情侣了。我相信，如果我抛弃他会让他不好受，但他把婚姻和孩子看成会使人生使命毁于一旦的威胁。我觉得，和他一起离开彼得堡的那个年轻女人更像是他的同志，而非其他。她可能更适合当他的革命伙伴。我太感情用事，也太婆婆妈妈。

回到在游艇上度过的那个周末……做完爱以后，我应该是在半夜里自己醒过来的（不过舱房里仍然很亮堂），我在穿衣镜里看到了自己的脸。那时我应该是想起了童年时看到姨父和那对孪生姐妹在一起的画面。也许您会问后入式①性交一事，我记得当时想起了这件事，然后把两艘游艇上发生的事混为一谈了。我只能这样解释，或者说是为自己粗制滥造的谎言找借口。我甚至不确定当时自己在

---

① 原文为拉丁语。（编辑注）

撒谎。我在生阿列克塞的气，因为他抛弃了我们拥有的一切。我想给他安上一个污名。很抱歉。就像我所说的，我觉得当时的自己无法说出真相。我可以轻而易举地听任自己胡思乱想。我想我很喜欢自己游泳离开游艇的说法。

他甚至也没有用雪茄烫我的头发。我看到您划火柴时的亮光在我肩头闪过，我想起自己的头发唑唑作响，不过不是和阿列克塞待在游艇上的事，而是早些时候在敖德萨被水手们"捕获"时发生的。实情比我告诉您的更糟糕，更可怕。我记得跟您说的是"波特金"号上的水手，其实并非如此，他们来自一艘为我父亲运送谷物的商船。他们在街上认出我是他女儿，于是强迫我跟他们一起回到船上。他们一直在放火、抢劫、酗酒，全都处于狂暴状态。我以为他们会杀了我。隔着海水，我能在甲板上看到燃烧的海滨（我想那就是燃烧的旅馆）。对于我母亲的放荡行为，他们只字未提——诚如您的睿智猜测，那是我编的。他们并没有那么说，只不过骂我是犹太人。在那之前，我根本没意识到做犹太人有什么**不好**。那时的俄国，排犹思潮同革命情绪一样高涨。甚至还有一个恶心的组织，主张把犹太一族赶尽杀绝。我父亲拿了本宣传册给我看，想"教"我知道自己是受迫害民族的一员。但直到在船上初次经历之后，我才明白这些事情。那些水手把我父亲视作卑鄙的剥削者（或许我确实是），却不知道他在政治上和他们站在一边。他们朝我吐口水，还威胁说要用香烟烫我的乳房，他们操用的污言秽语我闻所未闻。他们逼我帮他们口交，说我这个肮脏的犹太女人只配——您一定猜得出来他们会说出什么话。

最后他们放我走了。但从那时起，我再也不愿承认自己有犹太血统。我想方设法隐瞒这一点。我想这同我后来闪烁其词、撒谎成性有关——那是早些年的毛病了，尤其是和您待在一块儿的时候，教授。因为我当然知道您是犹太人，我若以犹太人为耻就显得太丢人了。我想，这是我想向您隐瞒的最重要的事。我曾试图在"日记"中给您暗示。

出了这件事之后，父亲待我很好。不过在我眼里，他还是有错，错在他是个犹太人。这令我心烦意乱，难以忍受，而且我始终无法理解的是——或许您能帮我一把——每当我回想起这些可怕的事情，我总觉得它们使我情欲勃发。您说我对于一切和手淫有关的问题所做出的反应，就好像自己是圣母玛利亚一样。没错，您怀疑我没说实话真是对极了。我当然不可能做到像圣母玛利亚一样，至少是在船上那件事发生之后——老实说，再早些的情形我也记不得了。我会躺在床上，对自己反复念叨他们使用的字眼,在脑海里不断操演他们逼我做的事情。我被信奉波兰天主教的保姆灌输过肉体有罪的教导,对于我这样一个"纯洁"的女孩,我的反应比事件本身更加可怕。也许这就是我不久之后罹患"哮喘病"的原因。记得在您的某部病史里读到过,诸如咽喉感染之类的症状是源自对此类行为的负罪感。

我把自己复杂的情感和幻想——甚至就在当时!——倾注到拙劣不堪的诗句和私人日记中去。有一天,我撞见家里的日本女佣在读我的日记。说不上我俩谁更尴尬。实际上,此事促使我们躺到床上去接吻。啊!你一定会想,跟我说的一样吧!她承认了!但青春期不就是试验阶段吗?一切都很单纯。而且再也没发生过,不论是和她还是和别人。我们都很孤独,并渴望关爱。我也认为——在您教导我的基础上——我是在试图通过某个媒介接近我的父亲。您瞧,事情很清楚(实际上她自己也承认了),她的职责之一就是时不时地满足我父亲的生理需要。就此而言,她并非孤身一人。我想,女管家以下几乎每个女人都受到过父亲的"召见"。他富有魅力、英俊潇洒,而且显然大权在握。我的家庭教师索尼娅曾在十分可疑的状况下离开过一阵,我觉得是父亲安排她堕胎去了。不过那阵子,漂亮的日本女孩是他的最爱(我起程前往彼得堡后不久她就回国了）。那仅有的一次，通过让她和我接吻，我一定是在无意识中"触碰"了父亲，同时就他对我的忽视施加了报复。

我意识到自己似乎又要绕回到之前已经说过的事了。他的确想尽办法要和我沟通，不仅出手阔绰，还小心翼翼地避免偏爱我哥哥。但我总觉得，这对他而言是勉为其难的事，是一种义务。也许他害怕女人，更乐于接受露水姻缘。他一定有过激情，否则不会力排众议娶了我的母亲。但我猜，他慢慢开始后悔自己屈从于感情。自从我记事起，他就显得冷漠而精明，全身心投入自己的生意，还以极隐秘的方式为"同盟"进行政治密谋。我想，在船上的事发生以后，他就意识到他要"失去"我了，于是竭力讨好我。他甚至带我去高加索滑雪度假。那简直是一场灾难。因为我觉得他一直在为工作时间里流走的分分秒秒感到惋惜。不知怎的，我从那时起就开始因为他身为犹太人这一重大罪行而责怪他。回到家里，我们俩都觉得如释重负。

现在我要谈谈我的丈夫。他和他全家都极端排犹，比我告诉您的要强烈得多。其实在这个问题上，我倒不觉得他有什么与众不同之处——反正所有的事都是犹太人的错。在其他方面，他和蔼可亲、仁慈善良，我对他情有独钟。

在这件事上我没有撒谎。可是你瞧,我就生活在谎言里。他说他爱我,不过要是他知道我有犹太血统,他会恨我。每当他说"我爱你"的时候,我就理解成"我恨你"。尽管我们在很多方面十分般配,而且我也想安顿下来生儿育女,但这样的婚姻不可能继续下去,我感到惶惶不可终日。

我被带回到那个晚上,当时我想起了凉亭事件,或许还想起了其他事情。有好一阵,我心里一直充满喜悦!您能理解吗?我相信父亲并非我的生父,我不是犹太人,所以我可以问心无愧地和丈夫一起生活,并怀上孩子!可一想到母亲通奸,而且很可能暗度陈仓,使我成为父亲的孩子,我就高兴不起来。那真是难以启齿的卑鄙下流。我怎么可能为这样的事高兴!正如您所知道的那样,我把它"埋"起来了。

顺便告诉您,我们确实得到了婚姻无效的判决。听说他再婚了,战后搬去了慕尼黑。

现在您该明白了,我之所以和丈夫分居,跟性的问题没有多大关系。我向来难以把自己的快乐建立在别人的痛苦之上,而别人的痛苦又始终存在。我无法解释自己的幻觉,但我确实能以某种奇特的方式感知到它们与快感(我一直能感受到)截然不同。和阿列克塞在一起时同样如此。我得承认,丈夫参军后不久,我和歌剧院交响乐队的一个乐师"试过",和他在一起我也有这样的感觉(尽管快感微乎其微,还连带着负罪感)。当时我说那些幻觉和害怕怀孩子有关,那并不是扯谎。如果没猜错,可以说现在已经无所顾忌了,因为我已开始怀念月经——确实早了点……但无论如何,我再也不可能拿它赌上一赌了。

我同样无法解释自己的病痛(时不时会复发)。我仍然觉得那是特殊的器质性疾病。每次看医生,我都会期待他说,我的乳房和卵巢在过去的十五年里一直有某种古怪的疾病!我十五岁时患上的"哮喘病"可能属于歇斯底里症,我同意您的这个看法;但其余并不是。让我们试着重新审视一番。我五岁时失去了母亲,当然是可怕的经历;但就像您说的,孤儿到处都有。她死得极不光彩,而且很痛苦。确实如此,但我还是挺了过来。谁家没点见不得人的事呢?老实说,我不愿意总是谈过去,我更感兴趣的是当时发生了什么,以及后来可能会发生什么。您以某种方式使我对母亲的罪孽着了迷,我永远都会感激您给予我深入探究此事的机会。但我从不相信**那**和我疼得无法走路有任何关系。它令我不快,却不会使我生病。最后,我的性格中可能确实有微弱的双性恋倾向,但没有明确的性成分,至少没有我无法轻松掌控的因素。总的来说,我觉得自己的生活由于亲近女性而变得更加容易承受。

令我困惑的是人生究竟是善还是恶。我经常想起误入父亲游艇的那一幕。我以为正在祈祷的女人面目狰狞，而她的"倒影"却在安详地微笑。微笑的女人（我觉得一定是姨妈）把手放在我母亲胸前（就像在宽慰她，说这样做没关系，她不介意）。但那两张面孔——至少对现在的我来说——是水火不容的。她们心里一定也充满矛盾：面容扭曲的女人是快乐的，笑容可掬的女人却是悲伤的。诚如您所说，就像美杜莎和克瑞斯！听来或许疯狂，但我觉得乱伦的念头不只是一件真实发生的事，它更像一个符号，深深地困扰着我。善与恶难分难解，构成整个世界。不，原谅我，离题远矣。以上不过是一个孤苦伶仃的老女人的疯话！

这就是我一度患上恐惧症的原因。当时我在读"狼人"的病例，看到他对肛交[①]有强迫性的执迷（我们不是和动物相去不远吗？）。顺便说一句，我认识他。确切地说，我在敖德萨时听到过他家族的大名。从蛛丝马迹中可以看出来。那就是为什么——我是否可以提个要求？——我宁愿您不要把敖德萨称作"M镇"。这瞒不过寥寥无几的知情者。把我说成大提琴手（！）倒是足以蒙蔽跟我不熟的人，有这样的掩饰真得感谢您。

---

① 原文为拉丁语。（编辑注）

"狼人"的故事多年来令我难以忘怀,他是我们这个时代基督式的人物。

至少现在我已对您开诚布公,我只能为当时不够坦率表示由衷的歉意。您在一个不知好歹的病人身上花费了那么多时间和精力。当我获悉您为一个可怜兮兮、意志薄弱又惯于扯谎的年轻女人投入了大量心力、忍耐和友善时,我深受感动,难以言表。请您相信,我不会让您的努力付之东流。如今我多少对自己有了一点了解,这完全归功于您。

如果您仍然决定出版这部病例研究论文,那么我祝您一切顺利。希望您在洽谈过程中隐去我的真名。倘若有一笔稿酬归我所有,请捐赠给慈善事业。

您真诚的丽莎·厄尔德曼

1931年3月29日

于利奥波德街4号3室

她把相关的事情全都说了出来,如释重负。她本来还想告诉他,从敖德萨去彼得堡的火车上,她和那个"无关紧要"的男人睡了一觉。那是她第一次性交,也是第一次产生幻觉。不过她惊讶地发现这封信已经写得太长了,而且都是对谎言的更正。再添一段难免更显累赘。更何况这真的不重要,她认为这件事从未给她带来精神负担。

真的,一吐为快的感觉棒极了。她焦虑不安地等待回信。几天过去了,几个礼拜过去了,仍不见教授的信,焦虑变成了恐惧。她把他彻底惹毛了。他勃然大怒。还会怎样?是她自己活该。她又觉得呼吸困难了。(当然不是因为口交)。因为身体欠佳,她被迫取消了三场演出。一天早上,她从厨房去姨妈卧室途中打碎了一托盘的早餐碟,因为她觉得自己听到了弗洛伊德正用雷鸣般的嗓音咒骂她。

她经常做噩梦,有一次她在梦中大声呻吟,招来了姨妈。她姨妈拄了拐杖,蹒跚着步入卧室,脸色就像身上的睡衣一样苍白。她梦见一个男人爬上楼梯,走向她的房间。男人摘下呢帽,自称"狼人",要带她去见弗洛伊德。她很害怕,不过对方和颜悦色,说弗洛伊德只是想复核一下手稿中的地名,用真实名称代替缩写。于是她跟去了,但那个男人没有朝弗洛伊德家的方向走,而是把她带到一片小树林里。他需要她的帮助,男人说。他给她看了几张色情照片,上面有个女孩正跪在地上擦地板,裙子掀到了屁股上。盯着这些照片看是男人唯一能得到慰藉的方式。她和男人严肃地讨论这个问题,对于她的帮助,对方显得很感激。他们站在湖边,她正在欣赏天鹅。当她转过头去,男人真的变成了狼,脑袋夹在帽子和破烂的黑色长外套之间。男人嚎叫起来,她赶紧逃跑。男人紧追不舍,想一口咬掉她的头颅。即使在拼命奔逃的过程中,她还是觉得自己罪有应得,因为她居然写了那样一封信给弗洛伊德。就在此时,她被玛格达姨妈摇醒了,看到她穿着一身白色的睡衣,脸色惊恐,就像《小红帽》里的老奶奶。

回信终于来了,丽莎等了好几个小时才鼓起勇气拆开看。展开信纸的时候,她的手在颤抖。她一边读一边觉得揪心(不过主要是因为写到他孙子的那一段)。弗洛伊德提到她有一处笔误,她不禁飞红了脸,苦苦思索信的内容,可完全记不起来了。但总的来看,信的内容还是既往不咎、宽大为怀的。

亲爱的厄尔德曼女士:

感谢您3月29日的来信。我觉得其中最有意思的莫过于一处笔误,您把"或许他(我的父亲)确实是"写成了"或许我确实是"。不过毕竟不及某个用英文写信的人犯的错误来的有趣,他写信来对我"麻烦的下巴"表示同情,却写成了"麻烦的犹太人"。① 其实这就是我未能及时回信的原因。我的意思是,我的下颌又动了一次手术,恐怕这封信回得太迟了。

---

① 英语中,"下巴"(jaw)和"犹太人"(Jew)只相差一个字母。

欣闻您和您的姨妈身体安康,承蒙您问起我的小孙子海因茨,他在四岁的时候死了。我的情感生命同他一样归于终结。

言归正传。我还是想原封不动地发表这篇病例研究论文,尽管还有诸多瑕疵。若您首肯,我愿补上一篇后记,陈述您后来的保留意见并加以讨论。我觉得有必要强调一下,医生必须信任患者,就好像患者必须信任医生一样。

我想起赫拉克利特[①]说过的一句话:"人的灵魂是一个遥远的国度,无法接近,亦无从探访。"我觉得这句话不完全对,只要仰仗悬崖上开出的良港,就可能成功抵达。

您诚挚的西格蒙德·弗洛伊德

1931 年 5 月 18 日

于维也纳伯格街 19 号

丽莎回了一封短信,感谢他如此宽宏大量,还表达了对自己一语成谶的悲痛。她坦言感到懊悔,就好像自己的预言该为孩子的死负责。她不需要回信,甚至特意请求他不必为了回信劳神。然而几天之后,信还是来了,正是来自伯格街的寓所:

---

① 赫拉克利特(Heraclitus,约公元前 540—前 480),古希腊哲学家。

亲爱的厄尔德曼女士：

您不必为我孙子的死苦恼，那是很久以前的事了。他肯定在母亲过世时就已落下致命顽疾的病根。精神分析的经验令我相信心灵感应的存在。若能重度此生，我要潜心研究这一现象。您显然特别敏感，万勿因此过度悲伤。

其实在给您做精神分析时，您提到的一个梦使我确信您拥有这种能力。您大概已经忘了。我根据记录将其整理出来：您梦见一对中年男女在布达佩斯的一所教堂举行婚礼。仪式进行到一半时，人群里一个男人站起来，从口袋里掏出手枪把自己打死了。新娘尖叫起来——那是她的前夫——随即晕倒在地。当您复述这个梦时，我很清楚它指的是那年（1919年）早些时候发生在布达佩斯的一桩惨案。我有一位杰出的同事在那个城市创业，他和一个追求了十八年的女人结了婚。之前她不愿同丈夫离婚，因为女儿们尚未出嫁。[①] 就在我同事和她结婚当天，她的前夫自杀身亡。我相信您是从我的头脑中感知此事的，又混到您母亲的经历里去了。我至今仍确信无疑，这就是您的病根。

---

① 见第4页。

在这个梦里,您作为"身份不明"的人物出场,安慰那个几近昏厥的女人,还意识到新郎也需要您的安慰,超乎寻常的安慰。事实上,我的同事和她娶的那位女士的女儿有过一段十分暧昧的关系。其实那个年轻女人也一度成为我的病人。

我还要补充一句,除了我本人和一两个关系密切的同事之外,维也纳没人知道搅乱我朋友婚礼的那场悲剧,而您当然也无从得知此事。我本想把这个梦收入研究报告,但这显然涉及我在布达佩斯的那位同事的经历,因而只好作罢。况且他健康状况欠佳,又笃信心灵感应力量的存在。

我向您告知此事,只是想证明您的天赋完全是无意识的。您对此无能为力。您无法改变它,正如您无法使自己的美妙歌声变成乌鸦的鸣叫。所以,请不要勉强为之。

祝您万事如意。

您诚挚的西格蒙德·弗洛伊德

丽莎的姨妈发现她看上去开心多了,也活泼多了,不禁怀疑她是不是快有男友了。不管原因是什么,总算松了口气,因为她一直担心外甥女再度精神崩溃。

实际上,丽莎觉得自己和弗洛伊德心心相印,甚至比每天看到他的时候还要贴心。正是最近那封信的语气使她产生了这样的感觉——出乎意料的温暖,对她的嗓音和心灵天赋给予称赞。程度更深的褒扬则是与她分享的那个秘密,即他同事的故事。整件事有点古怪。并不是说她觉得事情是假的,弗洛伊德不善欺骗。她记得这个梦——全都记得,除了弗洛伊德截取出来、仿佛刻意强调的那个部分。她根本不记得婚礼悲剧发生时自己也在场,还作为一个"身份不明"的人物给别人安慰。

是不是年老体弱的弗洛伊德在以他的方式向她寻求帮助和支持?她想起了弗洛伊德透露过的私事,那几乎是唯一一次,他暗示——仅此而已——四十岁时,自己的婚姻在肉体层面已走到尽头。那不是出现在他提到的梦里了吗?弗洛伊德就是那个中年丈夫,青春年华早已逝去。因此,他需要从照顾晕倒新娘的年轻女人那里得到"超乎寻常"的安慰……没错,表面上看就是安娜·弗洛伊德①,还有她的母亲。但在病例研究论文里,丽莎就是"安娜"……"一段十分暧昧的关系"……"其实那个年轻女人也一度成为我的病人"……

他在恳求得到她的友情,可又担心如果公然表示会让她觉得不妥。兴许他恳求得到的还不止友情。倘若如此,她必须毫不退缩地设法安慰他。丽莎不知道怎样回应他的请求,把自己

---

① 安娜·弗洛伊德(Anna Freud,1895—1982),弗洛伊德最小的女儿。

搞得高度紧张。她最终做了决断，认为最好的方法就是索性以轻松友好的笔调加以回应，真诚地提起病史中的相关事件——然后拭目以待。

亲爱的弗洛伊德教授：

您友善而大方的来信令我感激不尽。您对我嗓音的褒奖也使我感动——据我回忆，您还没听过我唱歌呢！否则您就不会夸我声音好听了，确实一天比一天像乌鸦叫。

我最近没干别的，就是反反复复回想"歇斯底里症"发作的那一晚。我想起了更多细节，或许对您撰写研究附录有所帮助。首先，想到自己可能不是犹太人，我很高兴（就像我说过的那样）。即使"可能不是"，也足以使我心甘情愿、问心无愧地把自己交给丈夫；如蒙圣恩，再怀上他的孩子。此前，我始终因为他就要回家休假而惶惑不安（您说得没错）。当时只有不到一个月的时间了。他一直在信里向我施压，要我跟他"干完那事儿"。我不能怪他，那是再自然不过的。我只是很反感那种想法。但如今由于父亲身份不明，我觉得可以答应他了，于是从姨妈家里回来后就给他写了一封热情洋溢的信。

可是，入睡之后我做了可怕的噩梦。您瞧，还有一些事让我开始不快。威利有一项任务是起诉逃兵，他刚打赢一场官司，那就意味着可怜的士兵要被枪毙。他写信告诉我，自己如何能言善辩，获得了法庭的信任——他显然自鸣得意。我却觉得恶心。我无法把记忆中那个谦谦君子和这个人"合二为一"。所以，我当晚的病痛难道不是感情错乱的结果吗？难道不是和受到压抑的认知毫无关系吗？（我很擅长压抑令人不快的认知。有一次，我在报上看到饰演男女主角的演员是夫妻——后者病倒了，由我替补出场——一小时后我就"忘"了他们是夫妻。因为我编织了一个白日梦，在梦里我和那个男演员有一段美好的恋情！）

当您帮我"挖掘出"母亲的私情时，我不是觉得好多了吗？因为解开谜团的方式令我兴奋。一语澄清！豁然发现①！我刚刚参与了一出名为《俄狄浦斯王》的新编清唱剧②。您知道故事情节吗？！我特别喜欢"澄清"这个概念。"多一点光明吧！多一点光明吧！"多一点光明，也多一点爱吧。

您意下如何？只是一些模糊的想法，我还没彻底搞明白。

---

① "发现"是亚里士多德在《诗学》中提出的重要概念，指人物从不知到知的醒悟，它是构成悲剧情节的主要成分之一。
② 也译作"神剧"，发源于意大利，是神灵赞戏剧化后产生的一种大型音乐作品。

与您同事有关的那桩惨事，我定当严加保密。除此之外，您的信读起来倒是稍显活泼了，但愿这表明您的健康状况有所改善。我很好，玛格达姨妈也很开心，因为哥哥要从美国回来度假了。她的生活已无多乐趣，不过也算不上形单影只——我们养了一只调皮的卷毛小猫。不幸的是它使姨妈出了一身皮疹，我只好替她另觅去处（我指的是猫！）。有时候，我会渴望一个更令人兴奋的伙伴。若能再进行一次我们从前的讨论，我将不惜代价。姨妈正等我去玩双人通关游戏呢，这样一来我就无法不加节制地炮制长篇大论了。

祝您万事如意

丽莎

信寄出后，她经历了一段惨痛却不陌生的体验，她想起了（或者惊恐于自己还记得）那部分可疑的梦境。好在她没有写得很露骨。反正她也不指望回信，而且他也没回。

丽莎和姨妈觉得她们接待的是两位头发花白的美国游客——乔治·莫里斯和娜塔莉·莫里斯。乔治在底特律的一家汽车公司担任要职，成就斐然。娜塔莉甚至买了一件貂皮大衣。

她给维克特写信道：

我不知道他们来这儿干吗，总觉得他们随时可能掏出几面小小的美国国旗，在街上一边走一边挥舞。我有一个从纽约来的朋友见过他们，对两人浓重的美国口音大为反感。他们怀念自家街边小店的奶昔，不明白我们在如此逼仄、肮脏的陋室里是怎么凑合生活的（自从战后他们带孩子来到这里，房子一直都是这么小！），他们担心染上痢疾。娜塔莉找不到烫发和染发的地方。乔治浏览国际新闻，想找到棒球比赛的结果，却徒劳无功。他和我毫无共通之处，更不可能有共同的记忆。我们似乎生活在不同的世界。我们怎么可能出自同一个子宫呢？在车站上，我无法勉强自己亲吻他胡子拉碴的脸颊，所以我们握了握手。这就是我的哥哥！① 我在读《地狱》②，好让自己振作起来。玛格达姨妈当然欢喜。对她而言，他仍是自己的小外甥尤里，又多了一个陪她说话的人。

地狱之行持续两个礼拜之后，丽莎终于摸清了他们此行的

---

① 原文为德语。（编辑注）
② 但丁《神曲》的第一部分。

目的。乔治的孩子都已离家自力更生，不惑之年的他觉得空虚寂寞、无依无靠。他希望丽莎和姨妈跟他们一起回美国。他已经替两人办好了准许入境的手续。丽莎可以教音乐，机会多得很。一天晚上吃饭的时候，乔治提出了这个建议，娜塔莉也在一旁敲边鼓。丽莎本来想把父母从莫斯科接出来，但已经不可能了。

丽莎断然回绝。不过玛格达姨妈对这项提议动了心，答应考虑一下。跟外甥女眼泪汪汪地谈了好多次，她最终同意了。离开丽莎和维也纳确实非常痛苦，但后者对于那时的她来说已经可望而不可即，她只能透过窗口看看风景，因为没法爬楼梯。她的朋友圈里大都是寡妇和老处女，"有些已经不在人世，有些去了更遥远的地方……"其中包括她亲密的朋友——丽莎的声乐老师，她正是跟孩子移民去了美国。她在信中热情称道当地人的友善。

乔治和娜塔莉可以在底楼替姨妈安排一个舒适的房间，还可以开车载她出去兜风。他们负担得起最好的医疗服务，如果需要还可以请人来家里看护。姨妈说，如果她走了，对于丽莎也是件好事。她日益成为丽莎的负担（尽管丽莎予以否认，但事实如此）。丽莎不能指望高收入的生活还能持续很多年，她们将来怎么办？如果一个人生活，丽莎可以在维也纳音乐学院教书养活自己。

其实玛格达姨妈和她的外甥女都已别无选择，只能哭成一团。"看着哥哥的脸，我真觉得好笑。"丽莎又给维克特写了封信，"我相信这就是他想要的结果。他们不喜欢我，就像我不喜欢他们。不过他们可以把玛格达姨妈看作家里的宠物，一个古怪的欧洲老太太，可以带出去向朋友展示。他们甚至承诺要给她买一架三角钢琴，这样一来就可以举办维也纳式的晚会了。再说，亲爱的乔治也想给自己找个妈妈。"

丽莎看着姨妈被小心地搀上火车，就像是莫里斯夫妇度假期间得到的一件珍贵的工艺品①。丽莎和她姨妈不敢四目相对，因为她们知道此生再无相见之日。房间仿佛蜕去了一层皮，忽然显得又大又空。丽莎在家里待的时间也越来越多了，因为她的演出合约持续减少。她去了音乐学院打听能否招几个学生。自从在米兰和露西亚度过了那些午后时光，她一直觉得自己热爱教学，甚至可能有点天赋，但无所事事的几年时光就这么虚度过去了。

到1934年春天，维克特从基辅写信来说情况好多了。粮食不再歉收，人们已能填饱肚子。他应邀执导《鲍里斯·戈都诺夫》，而且只要他同意，就会邀请丽莎演唱玛丽娜的角色。他渴望再次见到她。实际上，他既然能无所顾忌地邀请她，也想借机向她求婚。这并不是一时冲动，他已经过深思熟虑。在

---

① 原文为法语。（编辑注）

米兰的那几个礼拜,他觉得跟丽莎在一起比跟其他女人在一起更加无拘无束,除了薇拉和他的第一任妻子。他认为这一定也是薇拉的心愿,她不是请丽莎替她照顾他吗?小柯利亚越来越顽皮了,亟需找个称职的母亲。维克特的母亲已经尽力,但她毕竟上了岁数,而且想回老家安度余生,那个村庄是生她养她的地方。她思乡情切,就像小孩和老人通常表现的那样。不过维克特不希望丽莎认为他是出于现实的考虑才提出求婚的。他觉得多年往来通信已使彼此近在咫尺。他已不再年轻,况且人生短暂,岂赖鸿雁传情……倘若丽莎愿意委身于一个渐渐老去的男人,他必将喜出望外。

丽莎在一天之内经历了所有曾经折磨过她的精神症状和幻觉。她梦游般地到处走动,拿着一个本来要带到厨房去的水壶,却走进了卧室;把牛奶倒进了筛子,还以为是平底锅。她不知所措,没人能替她拿主意,没人让她觉得亲近到可以倾诉这些事。没有理由拒绝他。她喜欢维克特,而且崇拜他。对于那个失去母亲的小男孩,她的内心也充满了爱意和同情。虽然有很多熟人,也有一些不是特别亲密的朋友,但她的生活正日渐孤独。

此外,城里还发生了暴力事件。几天来,她一直听到隆隆的炮声,想象自己回到了本世纪初的敖德萨。方方面面传来的政治消息都很糟糕,似乎局势即将急转直下。

一连三天晚上她都梦见了孩子,并视之为某种征兆,预示她将要去做薇拉儿子的母亲。但是,她知道怎么做母亲吗?她对维克特的爱够深吗?她爱他显然不及爱阿列克塞,甚至不及爱她丈夫。不过当她一遍又一遍地读那封信的时候,她对维克特的爱又加深了一点,她的心也开始颤抖。

一天接着一天,一个礼拜接着一个礼拜,她一直拖着不回信。她被自己的优柔寡断折腾得病倒了,白天每时每刻都在折腾,夜里大部分时候也是。然后她的脑袋卡住了,完全无法思考。有一天,她整个下午都坐在教堂里,但还是一无所获。剧痛卷土重来,她几乎无法呼吸。她什么都不吃。她有一个疯狂的想法,就是跑到伯格街,敲开弗洛伊德家的门,拜倒在他脚下。她会问一个毫不相干的问题,然后根据他的回答,不管"是"还是"否",以此来决定对维克特的答复。

一天早上,她从破旧不堪的琴凳中取出《叶甫盖尼·奥涅金》的乐谱,弹了几段。然后,因为她有的是时间,就开始按照达吉雅娜给奥涅金写信的格式写回信。她告诉自己,要让韵律引导自己做出正确的决定。写写删删忙了一整天,午夜过后终于写成这样的诗篇:

我像个孩子似的战战兢兢,
手里的笔抖个不停。

达吉雅娜能够流露真情,

而我的想法——连自己都搞不清。

我跟鲁莽的达吉雅娜,

只有一个相似之处——在我们的胸膛里啊,

熊熊火起,最难将息。

我知道你正后悔莫及,

一时冲动,下笔成章,

那些话儿叫我日思夜想,

日思夜想!

你为何打破我的平静?

本已心灰意冷,唯留余烬。

许久以前,我就摆脱了束缚,

远离情欲羞辱。

虽然差强人意,我已心满意足,

但愿长此以往,直到死亡。

我的心已百孔千疮,

错过了达吉雅娜的大好时光,

再难梅开二度,做你的新娘。

一切都太迟了!

那是年事已高的保姆,不是坦尼娅①,

她坐下来,聆听鸟儿夜话——

善良、迟钝、无知无识的老妈妈②。

爱情是个陌生的说法,

早已远在天涯。

但也并不尽然。我的爱意,

与其说留在了无果的记忆里,

倒不如说已被我轻轻松松地忘记。

我不知道为什么害怕,

不敢去采摘渴望已久的鲜花,

就好像自己的身体是一座墓塔。

尽管恐惧消退了,

只因我已度过卢比肯河③。

确实太早了点……你会明白的,

我的意思是……为什么?

你何不找个年轻的妻子呢?

刚好能做柯利亚的妈妈,

---

① "达吉雅娜"的昵称。
② 原文为斯瓦希里语。(编辑注)
③ 意大利中部的一条小河。恺撒大帝曾立下"骰子业已掷出"的誓言,随后渡过卢比肯河,发动了罗马内战。

再生个孩子陪他，
做他的妹妹或者弟弟。
他孤身一人，难免顽皮。

如你所愿，我会好好爱他，
倘若你就在身边该多好啊，
但有所求，无不从命。
因为我对你并非无义无情。
那一晚，你吻了我——当时我就心知肚明，
你可以让冻结的流水奔流不停。
你究竟是谁？是天使的拯救，
还是险恶的引诱？
我又是谁？单纯依旧，
年轻的少女，皮肤起皱。
只有在成婚之日，你才会发现悲痛的理由，
这样的命运比孤独更叫人发愁。

就这样吧！我已矢志不移。
我不会去扮演波兰籍的沙皇之妻①。
我的嗓子就像身体的其他部分，

---

① 指鲍里斯·戈都诺夫的妻子。

早已不复当年……虽然还有人对我阿谀奉承，

　　但要扮成僭主的新娘，

　　实在太过荒唐。

　　曾经甜美的嗓音已然沙哑，

　　既然无力回天，那就开心地笑啊！

　　放弃吧，

　　放弃吧！粗鄙的乌鸦，

　　差一点成了夜莺。

　　去找个年轻的妻子吧。我相信，

　　你会觉得我怯懦又无情。

　　现在我该收尾了。至于其他事宜，

　　要我说……如果你打定了主意，

　　那好吧，我答应，尽管不是去一展歌喉，

　　就算是，也是在幕后。

想了一下，她又草草写下几行朴实无华的普希金的诗句：

　　……也许这一切全然是空想，一个未经世事的灵魂的幻梦！命定的却是另一种情况……试想一下吧：我孤零零一个人，谁也不能理解我的心……①

---

① 见普希金《叶甫盖尼·奥涅金》（冯春译）。

她等了一会儿，让墨水晾干。她就像十九世纪二十年代那个得了相思病的女孩①，愚蠢又鲁莽，向一个无情无义、玩世不恭的家伙坦露心事。不过，跟达吉雅娜不一样的是，丽莎署上自己的名字之后，毫不犹豫地用舌头一舔，封上了信封。没有老保姆可以差遣，她只好穿上外套匆匆下楼，然后走进漆黑的夜色，在街角把信寄了出去。

3

收拾行李十分无聊，互道珍重又颇为伤感，挨过了犹疑不定的几个礼拜，到达基辅的第一个礼拜真是令人欣喜若狂。她看到维克特在站台上咧嘴大笑；在家里见了柯利亚和他的老奶奶；参加了维克特的追随者在基辅大剧院举办的欢迎派对——那是一群快乐的年轻人；她步行或乘车，唤醒了对这座城市的短暂记忆；他们的住处坐落于市中心的克雷斯查迪克大街，到处都是高档商店、剧场和影院，真让人欣喜（只是她觉察到了别人的特殊关照，心里有点不自在）。紧接着，简单举行过仪

---

① 指《叶甫盖尼·奥涅金》的女主角达吉雅娜。这部长篇诗体小说创作于 1823—1831 年间。

式后就是婚宴，比欢迎派对还要疯狂；她答应教学生唱歌——只要柯利亚不会太拖累她；她帮维克特的母亲收拾好行李，其间上门讨喜酒喝的人络绎不绝。她根本没时间思考，除了意识到自己做出了正确的决定。

她提议坐长途火车把婆婆送回第比利斯①，然后取道黑海返回。他们可以在格鲁吉亚的小港口波季港②搭货船去敖德萨，再从那里坐火车回基辅。这是一趟短暂的蜜月旅行，对小柯利亚来说也会是一次愉快的经历。丽莎认为，海上航行的兴奋感可以抚慰与奶奶告别带来的悲伤，还能恰如其分地营造出自在祥和的气氛，让孩子和新妈妈互相了解。

维克特的母亲是一个瘦小、驼背、灰眼睛、秃头、精力旺盛的八旬老妇。她比谁都高兴，因为就要回老家安度余生了。儿子再婚完全没有给她带来困扰，反倒使她松了口气。她很疼爱自己的孙子，要离他而去不免老泪纵横，但是，对于一个老太太来说，要照顾好他实在力不从心。

到了第比利斯，她被托付给一群亲戚和邻居，他们围着她恸哭，仿佛迎来的是一具尸体。丽莎发现，丈夫陷于回首往昔中不能自拔，而这只是为了再一次告别。他还特地与母亲拥

---

① 格鲁吉亚首都。
② 位于格鲁吉亚西部沿海的里奥尼河口南岸，濒临黑海东南侧。

抱，这可能是最后一次了。无休止的告别只会徒增悲伤，好在翻山越岭驶向海岸的接驳列车往来迅速。他们很快登上了陡峭的山坡——火车由两个车头带动，就像两头卖力的大象——一路上景色壮丽，但丽莎和维克特各怀心事，无心观赏。黑海随即映入眼帘，他们正朝它俯冲过去。两人毫不费力地在波季港找到一艘搭客的货船，丽莎又回到了童年的大海。

维克特第一次把她介绍给四岁的孩子时，说的是："向这位女士问好，她要做你妈妈了。"柯利亚伸出手同她握了握，郑重其事地说："你好，丽莎。"两人哈哈大笑，打破了僵局。她把孩子抱了起来，又抱又亲。她信誓旦旦地说，跟他妈妈简直是一个模子刻出来的：一样的金色直发，一样的绿眼睛，还有一样调皮的笑容。亲他的时候，他笑了——看来航海旅行真的可有可无，因为他已经喜欢上她了。他还是叫她丽莎。其实这样也好，等他想叫妈妈的时候再叫吧，什么时候都行——她不介意。"他真乖啊，维克特！"孩子安然入睡后，丽莎在他们的舱房里惊讶地说，"我觉得他根本不会惹麻烦。"维克特咯咯直笑，说这只是暴风雨前的平静。

但她不相信会有什么暴风雨。来几阵大风在所难免，不过她相信自己可以应付。当然，她老得可以当他奶奶了。可对他来说，比起一直照顾他的、秃了头的老太太，她还算年轻。她要想法子给他多找些玩伴。

他是个喜欢冒险的小男孩，很快就找到了驾驶台，还委任自己做大副。整个上午他都在"掌舵"，后来老大不情愿地被一个乘务员带下来吃午饭。不过看到自己的爸爸和新来的那位女士，他又高兴了起来。他抱住她的膝盖，说："你好，丽莎！"她带他上甲板溜达，还看到了海豚。她告诉他，冬天的大海是怎样结满冰块的。后来，丽莎帮他脱衣服让他睡觉的时候，又给他讲了一个大鲸鱼的故事。那条鲸鱼有一个滑稽的名字，叫波菲力①。很久很久以前，他游进了大海，因为他也喜欢冒险。坏心眼的水手们想要抓住他，可他身手敏捷、聪明过人，怎么都抓不到。小男孩吮吸着自己的大拇指，瞪圆了眼睛盯着丽莎。

孩子入睡后，他俩跟高级船员和几个乘客共进晚餐。即使对音乐一窍不通的人也隐约听说过维克特·贝伦斯坦，这令他们颇为动容。那些人恳请维克特和着老钢琴声音细弱的伴奏唱上一曲。他笑着推辞说属于他的歌唱时代已经过去，还说他们应该叫丽莎唱，因为她也是著名的歌唱家。最后这对幸福的新婚夫妇只好来了一段二重唱。回到舱房，他责备她不该说自己嗓音不济，回家后他应该让她来排练《鲍里斯·戈都诺夫》，而不是列宁格勒的新秀波布琳斯卡娅！她对他的恭维一笑置

---

① 地理学名词，意为"斑岩"。

之。柯利亚动了一下,于是她坐到床边,轻柔地哼了一支摇篮曲。他很快又沉沉睡去。

即使在黑暗里,宽衣解带仍觉尴尬,因为这是他们第一次共处一室。基辅的住所只有两间卧室,起初丽莎和维克特的母亲合住一间。如果结婚当晚换房睡,用意太明显,令人难堪,况且只要再凑合几晚就行了。现在,他局促不安地爬到狭窄的床上,在她身边躺下。不过一抱在一起就立刻轻松自在、心情舒畅了。那并不是年轻人狂野的激情,他们也不可能那么做,因为小柯利亚就睡在边上。他们不得不轻手轻脚,兴许这样反而好。他们不用强迫自己像人们通常认为的那样,情侣俩必得颠鸾倒凤,曲尽其趣……不过两人确实心存此念。

他们小心翼翼、悄无声息地蠕动,只听到木头船身吱吱作响,海里的浪花沙沙一片。她没有看到任何不愉快的影像,只有那熟悉却已忘怀的灯塔在舷窗闪烁。做爱的时候,她聆听着孩子静静的呼吸,就好像是躺在胸口的另一个孩子的呼吸声。闪烁的灯塔照亮了丈夫的白发。

此番出海,达到的效果与她之前的期望相比,有过之而无不及。他们在敖德萨靠岸时正是一个凉爽的暮夏早晨,她觉得他们已经成了一家人。在度假的照片里有一张是同行的乘客拍的,昭示着和睦相处的良好开端:高大魁梧、斜靠救生艇的是维克特,他身穿羔皮大衣,头戴皮帽,肉嘟嘟、笑呵呵的脸朝向妻子，面带得意；丽莎的衣领翻了起来，头发被微风吹乱，正低下头自豪地注视着站在中间跟他们手牵手的小男孩。孩子朝镜头微笑，眼睛闭着——因为他不该在这时眨眼睛。

丽莎认不出这个城市了，这个城市也认不出她。当他们步行或乘车游览各处风景名胜的时候，她觉得死气沉沉，而且如梦似幻，就好像她从来没在这里生活过一样。实际上还是有人认出她了。一个人老珠黄的中年妇女在人行道上犹豫不决地停下脚步，直勾勾地盯着她的眼睛，说："是丽莎·莫罗佐娃？"但丽莎摇摇头，擦肩而过，拉着柯利亚去追他爸爸。这个女人曾是她的好友，芭蕾舞班的同学。

维克特误解了她忧郁的表情，同情地挽起她的胳膊。他们到了码头区，他以为是萧条的景象使她难过。"别担心，都是过去的事了。"他低声道。他开始跟她解释，为什么大部分码头沿岸的商铺都已停业，几近废弃。其中一家曾有这样的标识："莫罗佐夫：谷物出口"。如今大门上挂了一块政府的招牌，但漆色已褪，窗子也破了。

柯利亚想透过破了的窗子往里看，于是他父亲把他举过窗台。可是里面什么都没有，除了一片漆黑和一些碎玻璃。

他们赶上一班往东边去的巴士，沿着海岸一直开到她老家。格局凌乱的白色房屋变成了一处疗养胜地。虽然其间的设施通常不对往来度假者开放,但维克特身为苏联的顶尖艺术家,还是买到了午餐券。舒适的餐室里坐满了人,绝大部分像是来自罗斯托夫①的工厂职工。没有一件家具陈设或装饰画是从前房东那里传下来的,只有落地窗外的小树林依然如故。有一个年纪很大的女服务员给他们端来卷心菜汤,她正是昔日的洗碗工。她上菜的时候态度粗鲁,显然没有认出丽莎。丽莎也无意表露身份,尽管过去她们也曾友好地交谈过。

吃完午饭,他们在庭院里散步。如今多了一条混凝土小径,通向小海湾和海滩,但后者没有任何改变。只不过现在有很多陌生人在水里嬉戏,不再是孩提时代的那几个家人。她帮柯利亚脱掉衣服,自己也除去鞋袜(连衣裙塞进灯笼裤)。连她丈夫都卷起裤腿踩水去了。丽莎在海里寻找水母,但一无所获。然后他们躺了下来,在阳光底下晒干双腿。阳光很暖,但不像她记忆中的那样灼热,或许是时值暮夏的缘故。

宽敞的庭院里,那些花草树木也不是记忆中的亚热带植物。衰退的记忆令她惊讶。或许她把自己家的花园跟他们驾快艇游览过的、更靠南边的某个地方搞混了。维克特留在海滩上晒日光浴,她带着孩子四处探索。花园深处的密林一成未变,唯有当时就已逐渐破败的凉亭现在了无踪迹,只留下一片朽木

---

① 位于俄罗斯西南部顿河下游的一个州,濒临亚速海。

乱石，长出了丛生的灌木和荆棘。

她有一种感觉，好像自己不过是个幽灵。她本身就是不真实的，这个小男孩也是不真实的存在。她的过去被斩断了，因此不可能活在当下。但是，当她站在一棵松树边，吸进浓烈刺鼻的气味时，童年的记忆豁然开朗，就像刮来一阵海风，吹散了迷雾。那不是来自过去的记忆，而是过去本身，栩栩如生，真真切切。她明白了，她和四十年前的那个孩子是同一个人。

意识到这一点，顿时使她沉浸在幸福中。紧接着她又觉察到另一件事，使她开心得不能自已。因为当她透过那个豁然开朗的地方审视自己的童年时，竟然畅通无阻、无限开阔，就像一条康庄大道，而身处其间的她仍是她自己，是丽莎。万物肇始以来，她就一直站在那里。当她往反方向看的时候，穿过不可知的未来，穿过死亡，穿过超越死亡的无限空间，她仍然站在那里。这一切，都源自这棵松树的气味。

那天剩下的时间转瞬即逝。她在母亲坟头摆上鲜花，在此之前丈夫帮她除去了野草；她前往火葬场，在纪念册上找到了父亲的名字；她写了贺卡寄给玛格达姨妈、乔治哥哥、一个维也纳的朋友，还有她的教子（马上就要见到他了）；他们带柯利亚去了公园里的游乐场，还给他买了一件昂贵的礼物，因为他耐心又乖巧。他们赶上了去基辅的夜车，指望等柯利亚睡着之后（他一定累得筋疲力尽了）安安静静地吃一顿晚饭。谁知道他几乎整晚没睡,还不许他们睡。他又哭又闹,很不开心,吵着要奶奶,还咬丽莎的手指。哭喊声搅得其他乘客不得安宁。到了早上,他们颤颤巍巍地下了车,维克特和丽莎显得憔悴不堪,以至于来接他们的朋友——那些人有权有势,开的是私家车——口出秽言。柯利亚这会儿像个小天使一样,在父亲的臂弯里昏昏欲睡。

亲爱的玛格达姨妈:

简直不敢相信已经快到圣诞节了,但愿您喜欢这份礼物。和以往一样,我很乐意收到您的信。得知您卧床不起,我很难过。您是如此活泼好动的人。不过,多亏乔治和娜塔莉把您的卧室装饰了一番,还给了您一台收音机。如您所言,得到如此无微不至的照顾实属幸事。请代我问候他们。乔治升迁真是喜从天降,但一定是他应得的。另请代我祝贺托妮获得博士学位。莫里斯博士!听起来真不错。她的父母应该感到自豪,肯定很自豪。她长得也漂亮!穿着博士袍、戴着博士帽,看上去美极了。她肯定有很多爱慕者。简直不敢相信她就是那个在维也纳跟我们住在一起的小女孩,真想现在就见到她。她一定觉得我(如果她还记得)仍是个皮包骨头的女人,而且压抑得厉害,不跟任何人打交道。很遗憾我们没法互相了解。当然我也很想认识保罗，很高兴他能在商学院名列前茅。

过去几个礼拜我们忙得不亦乐乎。柯利亚开始上学了，头几天有点不好受，后来就很喜欢去了。不过他真是个异想天开的孩子！有一天不到中午就溜回家了——他以为到了开饭时间，其实只是上午的课间休息！还是一个人穿过大街小巷走回来的！他像蕨类植物一样猛长个儿，营养要跟得上真不容易。衣服当然很贵，而且不大好买。不过我们还是应付过来了，真是很幸运。维克特时不时抱怨自己老了，我叫他别胡说，因为他身体好得很，而且心理很年轻。他编了一部新歌剧，关于建造水坝的。其实并不像听上去那么糟，有几首曲子很美。他们担心戏服无法及时备妥，所以我连着两礼拜一直在帮忙赶制，缝缝补补，略尽绵力。争分夺秒地赶工，能和女孩们说说笑笑，倒也不乏乐趣。我有两个很不错的学生，每周到我家来三次。所以，时间过得很快。

就在新戏上演之前两个礼拜，我们收到了维克特母亲过世的消息，只好马不停蹄地赶去第比利斯参加葬礼。当然算不上出人意料，她已经一把岁数了，又久病缠身，但真的发生了仍然是个打击。好在繁忙的工作使维克特无暇多想。几个朋友帮忙照看柯利亚，我们只去了几天，但还是很想他。我觉得他看到我们回来也很高兴。

很遗憾您的身体状况不容许长途跋涉探望汉娜,她也没法去看您,不过她真好,在您生日那天给您打电话祝寿(我很高兴我们的礼物及时抵达了)。电话真是个好东西。我一直想给她写信,哪怕只是告诉她我多么感激她精湛的指导,因为如今我也有了自己的学生!您给她写信时务请转达我的问候。

真的,要是我们能一块儿喝喝茶该多好。我会一直惦记您的,但愿这种黄金疗法对您有效。老天保佑,您的眼睛总算看得清楚些了。希望您喜欢我绣的手帕——带点乌克兰风情。已经开始下雪了,今年冬天的第一场雪,我得穿上外套、戴好帽子去接柯利亚放学了。祝您和家人圣诞快乐!

爱您的丽莎、维克特和柯利亚

1936年11月4日

于苏联基辅克雷斯查迪克大街118号5单元

第五章　卧铺车厢

他醒了，这一夜大概已是第十次，意识到天还没亮，于是嘟哝了一声。他听着墙里传来沙沙声。再也不会听到这种声音了。他兴奋得口渴，真想命令太阳快快升起，好让他们上路。第一次"搬家"的时候，只不过是从城市那一头搬到这一头。而且一个天一个地，这里简直脏乱不堪。不过，今天他们将跨过边境，穿过沙漠，翻山越岭——一往无前。明天夜里他就要在火车上睡觉啦！他开始迫不及待。一定是天快亮了，马上就会听到妈妈来叫他起床。

他们要在火车上玩纸牌，帕维尔和他两个人。可惜的是其他人都不来，四个人玩会更刺激。有帕维尔在当然好，不过就他一个人也不好玩。他会想念其余的玩伴。有几件事他也会念念不忘，比如在附近翻翻垃圾，看能捞到点什么而不被逮个正着；还有那些不用上学的日子。对了，又要上学去啦，真是糟糕，不过妈妈一定很乐意。他妈妈并不是没空督促他学习，只是过不了几个小时就累了，便会放他出去玩。会不会怀念自己的房间呢？会的，会有一点，尽管脏乱不堪，可毕竟是他的家。但事情应接不暇，足以使他很快忘记。

不过他会想念舒拉。舒拉真的是他最要好的朋友，尽管他怀疑舒拉可能更喜欢帕维尔。他不会承认这一点，可还是有点嫉妒。他妈妈说，或许其他孩子以后也可以跟来。他会怀念在舒拉家度过的时光，因为那里总是有东西吃。他喜欢舒拉的妈妈，年轻又活泼。要是自己的妈妈没那么老就好了。让一个老女人做自己的妈妈，真叫人难为情。而且她咳得很厉害，还咳个不停，但愿她不会咳死。现在听见她的咳嗽声了，在帘子另一头。太好了，这表明差不多该起床了。

睡觉的时候，最奇怪的就是你没有时间概念。有时可以瞧瞧窗外猜个大概，可是他床前拉着帘子，根本看不到窗户。屋里一片漆黑。他产生了一个可怕的念头：说不定现在只是午夜！绝不可能！不知道为什么，总觉得已经是下半夜了。而且他知道，天亮之前他们就得早早起床。

他在床上翻了个身，想象要去的地方是什么样的，好消磨时间。唯一有助于想象的是妈妈时不时给他讲的《圣经》的故事，不过帮助也不太大。那些故事都很枯燥，还不如集中精力想想这趟旅行。他喜欢火车。妈妈说,他头一回坐火车时很难受,闹腾得不得了——那会儿他还小,已经不记得了。他去过最远的地方是列宁格勒,睡的房间曾是真正的皇宫。那会儿他才五六岁,不过他记得很多那次度假发生的事。有一个老头和一个年纪稍轻的男人。在窗台上俯瞰的时候,他惊讶地看到一片汪洋。他还记得自己坐过船,但印象很模糊。记忆真的很古怪,因为他明明记得自己第一次生日聚会的事。他记得被奶奶抱在怀里,吹灭了蛋糕上的蜡烛。可那要比父母带他坐船早得多。或许他只是自以为记得一岁生日的情景,因为相册里有一张当时的照片。奶奶抱着他吹灭蜡烛,爸爸在微笑。

他想象滚滚车轮把他们送到列宁格勒,然后再送回来。火车隆隆作响,还夹杂着墙壁里的蟑螂窸窸窣窣的声音,合在一起形成一种古怪的曲调。他喜欢听不同的声音,尤其喜欢在夜里聆听寂静中发出的声响,或者回忆各种声音。他的音乐成绩在班里几乎垫底,他还告诉父母自己讨厌音乐,这令他们很失望。从某种程度上说,确实如此。他讨厌被迫去学音乐,尽是些枯燥的音符。不过(这是个天大的秘密),他打算长大后当个作曲家。假如他妈妈能活到那个时候,肯定会大吃一惊。他不安地挪动了一下。

他爸爸也老了,但只要能回来就好。他回想起最后一次见到爸爸的情景——那时他睡眼惺忪,被爸爸又吻又抱,还告诉他要做个好孩子,照顾好妈妈。那是他生命中最糟糕的记忆,正如在列宁格勒度过的假日时光是最美好的记忆。不仅那天晚上,之后的几个礼拜,其他孩子都在欺负他,骂他,说他爸爸是叛徒。那是他们中一些人的爸爸被投入监狱前的事了。后来情况更糟了。他遭人痛打,那时候他们不得不搬家了。不过他坚信自己的爸爸不是叛徒,妈妈也坚信这一点。他不明白,爸爸坐牢的原因居然是多年前去过国外,抑或是他表演过一出关于残暴沙皇的歌剧。不管监狱在哪里,肯定很快就会被占领,爸爸一回来就会来找他们,可他们已经不在这里了!他突然觉得,离开这里似乎不是个好主意。他想象爸爸敲了敲门,然后一脸悲伤转身离去的模样。

他听到妈妈又在咳嗽,她显然已经完全醒了。她马上就会起床生火,然后做早饭。现在他蜷缩着享受床的温暖。她不再咳了,周围归于寂静,就好像她正下定决心起床。他等待着那些熟悉的声音:床的咯吱声、地板的吱嘎声、叹息声,还有她穿衣服时窸窸窣窣的声音,以及她的鞋子发出的摩擦声。可什么声音都没有,只有妈妈偶尔的咳嗽声。渐渐地,他又陷入半睡半醒的状态,还梦见爸爸回来了,一家三口驾着雪橇穿过积雪的街道。

老妇人心里盘算着还有很多事要干。于是她爬了起来,哆哆嗦嗦的,因为正值寒冷的秋天早晨,天还黑着。起这么早,他们一准能在火车上占到座位。她留神楼上的动静，史恰登科一家还没起来。她慢吞吞地穿好衣服，觉得暖和些了，不过还是在发抖。她知道主要是心里没底，觉得害怕，倒不是因为寒冷的夜晚。因为她早就准备好了保暖衣物，用来应付眼下这等突发状况。她同样也给柯利亚准备了保暖内衣，就放在他床边的椅子上。他们要在火车上待一到两个晚上，可能真的会很冷。她穿着长筒袜来回走动，不想让鞋子踩出的脚步声吵醒柯利亚。她想让他尽量多睡会儿，长途旅行开始后他会很累。

她把留着圣诞节用的蜡烛点亮了，用剩下的最后一点刨花在炉子里生起火。借着炉火和蜡烛发出的光亮，她看得出来自己还不算老太婆——兴许还不到五十岁，只是头发花白，行动迟缓。但是在柯利亚眼里她已经老了，而且——大多数时候——她自己也觉得老了。炉火烧旺之后，她迅速穿好鞋子，把外套搭在肩上，轻轻拔去门闩，摸到院子里。她拉开了厕所的门。蹲在粪坑上的时候，她竭力使自己不吸进臭气。她忽然听到身后传来一阵细碎的声响，一个长条形的灰影从她脚边一闪而过，窜出门去。为了让它自己出去，她已学会要虚掩房门。她浑身发抖，脚踝上仍有被老鼠轻轻擦过的感觉，于是撕下一张《乌克兰言论报》迅速擦拭干净，站起来，放下连衣裙。重新回到院子的时候，她深深地吸了口气。那也不是什么新鲜空气,因为整个波多利地区①终年弥漫着垃圾堆散发出的变质油脂和腐烂物质的气味。不过她习惯了,况且和厕所的气味相比,这已是纯净而芬芳的空气了。

她尽量不发出声响,穿好外套,解开连衣裙的扣子,然后把桶里的水倒一些在碗里,还得保证剩下的够用。水是很宝贵的,每天都得有一个人去第聂伯河打水。她从肩膀那里把连衣裙往上提了提,洗漱一番。现在,她听到史恰登科一家在楼上走动了,传来一阵嘈杂的脚步声。有柳芭做伴真是令人欣慰。她把剩下的土豆皮放进平底锅。这种薄饼让柯利亚吃了可以暖一暖胃再上路。土豆皮炸得嗞嗞作响,香味令她胃口大开。

是时候把儿子叫醒了。不久前,她还得在他耳边轻声细语,然后胳肢他,把他弄醒。但最近柯利亚变得羞怯而孤僻了。于是她拉起一条旧帘子把房间隔开,让他有机会体验一点独立的滋味。所以,她只是站在帘子开口处叫柯利亚的名字。他含含糊糊应了一声,她告诉他早饭快好了。"我们有薄饼吃噢!"她引诱道。尽管柯利亚又"嗯"了一声然后转过身去,但她知道过不了多久他就会跳下床来。这次出门令他兴奋不已。

她在准备早餐的时候,儿子出来了,穿着长裤和背心。他

---

① 基辅市内一个历史悠久的社区。

美美地吸了一口薄饼的香味，坐到桌前。她叫他先去洗漱——但之前还得先上一下厕所，因为水不多了，不够他洗两次。生活在如此污秽的环境里，她相信过去的三年里他们之所以能保持健康，唯一的原因就是非常注意卫生。他一边嘟哝说现在还不想上厕所，一边在背心外面披上夹克，撞开了大门。

当他们坐下来吃薄饼的时候，他又问了一次妈妈觉得他们要去的地方是什么样的。她只好用自己在童年时代学到的零星片段来搪塞他——芬芳的橘子林、黎巴嫩的雪松……耶稣在水面上行走……"我是沙仑的玫瑰花"①……地理知识和《圣经》故事在她脑海里混为一谈，难以描绘出一幅真实可信的图景。她觉得自己无知到不可救药的程度。地理从来不是她的强项。天渐渐亮了，她往外瞥了一眼堆满垃圾、死气沉沉的院子，以及另几间陋室的后墙。"跟这儿比起来，那里可是天堂啊，柯利亚。"她说，"等着瞧吧。咱们会在那儿过上好日子的。"

但柯利亚显得将信将疑。他很难过，因为他最要好的两个朋友——舒拉和伯比克都是犹太人，所以他们不能跟来。她知道，儿子还担心爸爸会找不到他们。

"别担心。"她说，"他会找到我们的。会有一张移民清单。他从基辅回来的时候，可以明确知道我们在哪儿，然后直接来

---

① 见《旧约·雅歌》。沙仑这一地名来源于古希伯来语，此地区牧草丰盛、土地肥沃。

找我们。"她尽量使自己的嗓音和表情显得煞有介事，同时摸了摸脖子上的十字架。似乎一直没有合适的机会告诉他，爸爸再也回不来了。等他们远走高飞，在安全的地方安顿下来，可以开始一段新生活了，那时她就会告诉他。

吃完饭，她用最后一点水洗了洗碟子，擦干之后把它们装进破破烂烂的行李箱。虽然为了维持生计，他们大部分的家当都已变卖或者抵押，但还剩不少东西要塞进箱子。柯利亚往上头一坐，她才啪的一声把锁合上。她用细绳把箱子捆了起来，确保它不会中途散架。好在它还经得起磕磕碰碰。这箱子买的时候很贵，钱是父亲在她十七岁生日时给的。她的思绪回到了三十多年前离开敖德萨的情形，而此刻的心情一如当时那般惴惴不安。她心里空荡荡的，可又像灌了铅似的往下坠。

除了箱子，还有一个用细绳扎起来的纸包，里面有一瓶水、一些洋葱和土豆。这些吃的是柯利亚几天前偷来的，当时爆发了一场哄抢。想到他冒险干这种事，她不禁胆战心惊，不过还是决定把这些食物留下来。要证明几棵蔬菜被偷了并不容易，再说把它们送回去也危险得很。她把纸包交给柯利亚保管，叫他一定要拿好，别掉在地上。

他们穿上外套，站在那里面面相觑。她知道自己决不能露出内心的恐惧。"向蟑螂们说再见吧！"她开玩笑道。柯利亚看上去要哭了，这使她意识到，尽管他已有一些成人的表现，但毕竟只是个孩子。她抱了抱他，说一切都会好起来的，而且很高兴有他在身边照顾她。

他们把行李放在门厅，然后爬上楼梯去看史恰登科一家有没有准备好。柳芭和孩子们横冲直撞，乱成一团。她有三个孩子和一个婆婆，那是一个完全没有自理能力的老太太，甚至在漫长的一天开始前，柳芭就已经显得筋疲力尽。衣服扔了一地，她正费力地给最小的孩子娜蒂亚穿衣服。帕维尔和奥尔伽袖手旁观，就和往常一样；老太太在角落里叽叽歪歪；娜蒂亚开始号啕大哭，因为她这才弄明白那只叫瓦思佳的猫得留下来。她妈妈一个劲地向她保证瓦思佳会好好的，后院里的残羹剩饭足够吃了。可娜蒂亚一点都听不进去。"要我帮忙吗？"丽莎说。柳芭摇摇头，叫他们最好先走，设法在火车上占一个空包厢，她和孩子们随后就到。她不知道怎样才能把婆婆弄到车站，不过总会有办法的。对他们来说，这样的状况是家常便饭。

丽莎的目光落在一只木箱边的修鞋工具上。她疑惑不解地看着柳芭。她的这位朋友飞红了脸，低下头。丽莎知道多说无益，哪怕万尼亚有朝一日获得释放，他和家人再次团聚的可能性也微乎其微，但她非要随身带着丈夫的工具。丽莎觉得很内疚，因为维克特留下的东西几乎一点没剩，全都变卖出去以求糊口了。不过她当时寄出的包裹和书信被退了回来，这意味着他已凶多吉少。而她朋友的丈夫据说还活在某个地方。他被捕获刑，是因为跟一个顾客抱怨说自己干活用的材料都是次品。

她们可以听到背对院子的几家住户也有了动静。"你们快走吧。"柳芭说，"但愿现在人还不多。"柯利亚不耐烦地往门口蹭去，但丽莎仍然犹豫不决。不过这似乎是最好的方案了，他们应该早点过去占位子。两个头发花白的女人互相拥抱，柳芭还流了好些眼泪。她多愁善感。她在抹眼泪的时候，柯利亚从口袋里掏出一副很旧的纸牌，向帕维尔表明他没有落下这些东西。然后他妈妈跟他一块下楼，他们拎起箱子和纸包走出门，转过小巷走向大街。天已经亮了，但光线还很微弱。

走到街上的时候，他们大惊失色。整个波多利区都在搬家。他们根本走不快，只能推推搡搡地挤在跟街道等宽的队列里，极其缓慢地移动。这就像有一回丽莎被卷进一大群人里，朝基辅足球场徐徐前进。不过那次绝大部分是男人，而且他们都空着手。这次的人潮在格鲁波契察大街缓慢涌动，可以说都带着全部家当：旧的夹板箱、藤篮、木匠的工具箱……而且没有身强力壮的男人，他们早已随军撤退，只剩下老弱妇孺。老人和卧床的病人，只好抬着床走。有些老太太在脖子上挂了一串串洋葱，就像硕大的项链。走在丽莎母子前面的是个结实的小伙子，背着一个年纪很大的老太太。还有一些家庭显然已经拉帮结伙，他们雇了马匹和推车，用来运送老人和行李。只有最最穷苦的人家才会住到波多利区，但他们的家当还是多得拿不下。前面密密麻麻，人山人海，丽莎知道能在火车上为他们自己弄到两个位子已经很幸运了，要给柳芭和她的孩子留一个空包厢简直毫无可能。

行李箱很沉——柯利亚都提不动了，于是他礼貌地提出两人换着提——前面的人群似乎裹足不前了，她起初还很高兴有这么长的停顿时间，可以把箱子放在地上了。这个箱子比其他人拿的箱子要好得多，她有点不好意思。当队伍又一次不由自主地停下来，可怕的事情发生了：一个扎着脏头巾的老太婆从院子里冲出来，一把抢过丽莎的箱子，又奔了回去。丽莎和柯利亚冲她大喊大叫，连忙推开人群，追到院子门口。但是，两个孔武有力的男人从围墙后面闪了出来，堵住入口。他们身后的物件堆积如山。丽莎声泪俱下，苦苦哀求，但两人不为所动。人群开始缓慢地向前移动，大家都扭过脸不看他们。丽莎周围没有警察或士兵可以求助，她转身离开院门，泪流满面。柯利亚怯生生地拉住她的手，他们被人群裹挟着继续前行。她擦干眼泪，不再哭了，但一想到那些不可替代的珍贵物件——那些昨晚仔细整理好的衣服、信件、相册，还有列昂尼德·帕斯捷尔纳克的画作，以及其他宝贵的东西，她就觉得悲从中来。

房子的窗口挤满了各式各样的面孔，俯瞰着密集的移民队列。有些人看上去很难过，但有些人哈哈大笑，还出言讥讽。士兵们懒洋洋地靠在门口，兴致勃勃地打量路过的人群。其中有一伙人冲着柯利亚前面的年轻女人喊道："快来，小妞儿！"他们指着身后的院子，好像在说："这儿需要打扫一下。"那个女孩朝他们的方向转过头去，无意间看到了丽莎，但没有露出认识她的表情。丽莎立刻就想起来她是谁了：基辅大剧院首席大提琴手的女儿。她喊出了女孩的名字——索尼娅——女孩又转过头来，一边盯着这个老妇人一边在记忆里搜索。最后她终于想起来了，尽管丽莎的样子改变了很多。丽莎生怕自己会吃闭门羹，如果她真那么做也不能怪她。维克特为了保全自己的家人，出卖了歌剧院好几位音乐家的自由甚至生命，其中就包括这个女孩的父亲，这件事已经确凿无疑。不过索尼娅遇到自己认识的人还是显得很高兴，不论关系如何疏远。她停下脚步等他们赶上来。

她问丽莎知不知道火车什么时候开，担心他们会被撇下。人群几乎又停止前进了，年轻女人踩着高跟鞋踮起脚，企图越过人群观望远处。除了一大片黑压压的脑袋和堆满破铜烂铁的推车，什么都看不到。她恼火地叹了口气。她的行李箱很沉，有些累了。"还是你们更明智，轻装上阵。"她一边说，一边冲着柯利亚的包裹点点头。

丽莎向她倾诉了箱子被偷的惨痛经历，自己一无所有了。

"好啦，别担心。"年轻女人说道，"我听说他们会把行李单独运输到巴勒斯坦，然后平分。"

传闻——

昨天，柯利亚和帕维尔冲进来，叫嚷说篱笆上贴了告示，一大群人正围在那里看，从那以后到处都能听到传闻。当时正一块儿做针线活的丽莎和柳芭跑了出去，挤过激昂的人群一窥究竟。与往常一样，告示用俄文、乌克兰文和德文写在廉价的灰色包装纸上，命令所有住在基辅及市郊的犹太佬，于1941年9月29日礼拜一早上八点，到迈尔尼科夫斯基大街和多克图若夫大街的街角处（靠近公墓）报到。他们必须随身携带证件、钱、贵重物品，以及保暖外套、内衣等。拒不执行该项指示的犹太佬，一经发现，立即枪毙。

奇怪的是，那些普普通通、司空见惯的字眼（"保暖外套、内衣等"）比那个冷酷、轻蔑的词——"犹太佬"更叫人不寒而栗。人们低声议论这项法令，好似没有看懂。"犹太聚居区，犹太聚居区。"有人低声念叨。还有一个老太太开始嘀嘀咕咕。一个白胡子老头说："他们在为火灾的事怪罪我们。"他身边的人本能地往城市中心看了一眼，那里的空气弥漫着焦味，因为还有东西在燃烧。

一个礼拜前，德国人以解放俄国的胜利者姿态开进了这座城市，并受到人们的热烈欢迎。乌克兰和犹太理发师给平易近人的德国军官剪了头发。没有人对德国军官进驻克雷斯查迪克大街的豪华公寓感到痛心疾首——那里原先住着共产党的领袖人物，以及享受特权的演员和音乐家。新的居住者舒舒服服地安顿下来，欣赏绘画，弹奏钢琴。就在这时，克雷斯查迪克大街烧成了一片火海。德国人和乌克兰人全被炸得粉身碎骨。和其他人一样，丽莎也去看了这座历史名城的市中心被熊熊大火燃烧的过程。她也在那里住过。

该为这场爆炸负责的显然是红军，而他们却指责纳粹野蛮残暴，就好像后者是自己把自己炸上天的！几个士兵留下来引爆了炸弹，此后的传闻却说应归咎于犹太人。这就是下达该项法令的原因：德国人怪罪犹太人，打算把他们送到犹太聚居区去，兴许就是波兰。可就算犹太人应该负责，那为什么要为几个人犯的事惩罚所有人呢？

那两个女人站在灰色包装纸跟前，柳芭·史恰登科做出了圣徒般的奉献。她拉着丽莎走出人群，低声说道："你不用去，你不是犹太人。我可以替你照顾柯利亚，再多一个也没多大区别。"丽莎大为光火：柳芭居然以为她会打发儿子独自一人去犹太聚居区！不过她立即就被朋友的慷慨仗义打动了，不禁热泪盈眶。她欠这个女人的已经不少了。维克特被抓走后，她和柯利亚不得不搬出自己的住所，是柳芭·史恰登科这个给企业做针线活的寡妇挺身而出，在自己狭小破败的房子里腾出一间屋子给她。对她来说，丽莎几乎是一个不认识的女人啊！她说，因为在怀着娜蒂亚、没人养家糊口的时候，维克特给过她工作，她是知恩图报罢了。不过她的报答不只是提供免费住所，她一直给丽莎揽针线活，以免他们挨饿。如今她又做出这样的奉献！她岂止是圣徒，简直就是天使。丽莎紧紧握住她的手说："不能这样，不过还是谢谢你！我们一道去。"

谢天谢地，好消息终于来了。确实要把他们送到犹太聚居区。德国不正是通情达理的文明之邦吗？丽莎对此深有体会，她听着亲切友好的德国人的声音生活了半辈子。战争爆发前的那几年，就连共产党员都对德国人赞不绝口。为什么呢？因为当克雷斯查迪克大街发生爆炸的时候，德国人冒着生命危险派了一小队人在城里巡逻，警告人们不要离开家！他们救出了老人、小孩和病人，现在又打算送这些人去犹太聚居区！不，他们只是被疏散到大后方，到安全的地方去。但为什么要先疏散犹太人呢？有人这样问。答案来得很快，而且充满自信："因为犹太人和德国人有血缘关系。"

然而，怎么解释布告上冷酷而野蛮的语气呢？"所有的犹太佬……所有的犹太佬……"但这种说法只有犹太人自己听起来会觉得野蛮。对德国人来说，不过是中性的描述，就像"保暖外套、内衣等"一样。而且你看——一个年轻女人一语道破——他们写的是迈尔尼科夫斯基大街和多克图若夫大街，这两条街根本不存在；他们指的是迈尔尼科夫大街和德格特亚内夫大街。可见这项命令经过一个拙劣的译者之手。他，或者她，赋予其令人不快的语气。

丽莎辨认出德文版本的语气毫无二致，但没作声。她不知道该如何理解。她天生的直觉就像骨头上的肉一样，已经荡然无存。她只能希望并祈祷先知们的末世预言是错的。紧接着，一个小时后，当他们开始收拾行李时，好消息如闪电一般传遍了整个波多利区：他们就要被送到巴勒斯坦去了。

几个钟头过去了，仍然看不到尽头。前方的拥堵不知怎么回事，始终不见缓解，而他们却被身后的一大帮人往前推。这对于带着小孩的母亲来说是很可怕的，丽莎开始担心柳芭·史恰登科要如何应付。她和柯利亚应该再等等，帮他们一把。她觉得很内疚，不过当时出发去占座似乎也合情合理。丽莎给身边的一个疲惫不堪的女人帮了个忙，她有四个孩子要忙活，最大的那个也不过十来岁，最小的那个差不多十八个月大。丽莎把最小的孩子从她妈妈怀里抱了过来，让她歇歇手。那是个小女孩。这孩子一直在哭号，丽莎试着跟她说儿语，但无济于事，于是又哼了一支曲子，终于让她由哭号转为抽泣。这孩子长得真丑，兔唇使她破了相，而且身上有臭味。该换尿布了。

可在这样的人群里,如何给一个婴儿换尿布呢?兴许她妈妈根本没注意到,因为波多利区的人已经习惯了臭味和各式各样的寄生虫。置身其间的丽莎总觉得不自在。除了柳芭,她跟那些人少有往来。她怀里的孩子又开始号啕大哭,妈妈想把她抱回去。丽莎如释重负地把她交了回去。但让可怜的小孩和老人遭这种罪真叫她恼火,准是由于某些人的低效无能。

柯利亚烦躁不安。谁会去怪他呢?丽莎打算想些拼字游戏跟他一起玩,可他没兴趣。他们在同一个地方站了至少有二十分钟,于是丽莎鼓励他表演牌技给索尼娅看。他很不情愿地答应了,权且用那个年轻女人的行李箱当桌子。索尼娅看着牌技表演,开心地笑了,还不时越过前面人的脑袋往远处瞟。

她告诉丽莎自己很难过,因为不得不把父亲的大提琴丢下。在暗无天日的岁月里,那是她唯一的伴侣。丽莎避开了她的目光。她想跟她说对不起,却不知道怎么开口。

他们向前挪了两分钟,然后又停了五分钟。他们到达犹太公墓的长墙时,炎炎烈日已高悬头顶。丽莎还裹着被虫蛀过的冬衣,她生怕一脱下来就被人抢走。他让柯利亚脱下外套,并叮嘱他要紧紧地拿在手里,还答应一上火车就给他水喝。卢奇亚诺夫卡货场紧挨着公墓,所以他们不用再走多远的路了。人群一定很快就会前进了吧?他们本该好好安排一下。

他们确实往前拥了一小段路。现在能真真切切地看到带刺的铁丝栅栏,街道每一侧都有德国士兵和乌克兰警察。就像所有的火车站一样,人声鼎沸,乱作一团。因为除了要上路的人,还有许许多多俄罗斯人和乌克兰人。他们是来给亲戚朋友或街坊邻居送行的,还帮着搬运行李,搀扶病人。其中一些人想从人群里往回挤,还有一些同样执着地往前挤,要看着亲人安全上车。甚至还有夫妻在互相道别,怪不得移动几码要花上半天。

柯利亚愤恨地长叹了口气,母亲挠挠他的头发以示安抚。很快就不能这么做了,因为他差不多已经跟她一样高了,而且还在拔穗似的一个劲儿长个。大提琴手的女儿索尼娅从前面往后传话,说一辆满载的列车刚刚发出,另一辆就要从侧线上开过来了。据说车厢的过道里摩肩接踵,拥挤不堪。对他们来说,这准是一次非常不愉快的旅行。

为了让一辆出租马车通过,他们不得不挤到公墓的围墙边。车夫粗暴地挥舞鞭子为自己开道。他刚把一车人送到车站栅栏边,又急着去招揽更多乘客。透过人群中临时打开的缺口,他们可以看到所有的行李正被堆成一堆放在左边。看来索尼娅说的似乎没错:他们的行李会用另一辆车单独运输,等他们到达目的地时再平均分配。除非他们打算贴上姓名牌?丽莎已经不用担心这个问题了,但周围许多人惊慌失措。有些人从包袱里拿出一截截细绳和撕下的纸片,制作起临时标签。

已经太迟了，因为人群忽然向前涌动。负责堆放行李这一艰巨任务的，是一个高大英俊、留着长黑胡子的哥萨克男人，身手敏捷，干活麻利。人们不禁要赞美他出众的外貌和威严的神态，也不禁对那些士兵和警察产生了些许同情，他们正竭力控制着骂骂咧咧、脾气暴躁的人群。丽莎和她儿子终于穿过了栅栏，期盼中的火车却不见踪影。同样的人群，只不过换了个略微不同的地方等待，但给人的感觉是自己离目的地又近了一步。就像从前在电影院排队等候一样，终于从大街上走进了拥挤的大厅。仿佛正是为了加强这种对比，人们身上的"保暖外套"被拿走了。一个当兵的走过来，彬彬有礼地替丽莎脱下外套，又拿走了柯利亚搭在肩上的外套。

自从她不再参加剧院的节日演出之后，没人替她脱过外套。

她颤抖了一下，完全不是因为觉得冷。即使没穿外套，她还是觉得闷得慌。不对劲的是附近偶尔传来机关枪扫射的声音。没什么可担心的，但枪声还是令人惴惴不安，并引发了内心的恐慌，表现为她对琐事的关注。比如索尼娅正往嘴唇上补口红。不可能是枪毙群众——也许有人违抗流放的命令，结果被找了出来。孩子们在哭，这倒让人松了口气，因为毕竟是人类可以理解的声音。那天的天气很好，当然有可能是德国人练习射击的声音传了过来，甚至可能是从前线传来的。丽莎揽着柯利亚，问他要不要喝水。他脸色惨白，看来不大舒服。他点了点头。

她解开包袱，递给柯利亚一个杯子和水瓶。她用一些洋葱和土豆跟索尼娅换了些发霉的面包和两小片奶酪。其他人也正坐在包裹上吃东西。从某种角度看，这样的场景可以一分为二：高度紧张，甚至恐慌，却摆出远足野餐的样子。一架飞机在上方低空盘旋，时不时仍能听到机关枪扫射的声音。但人们或是充耳不闻，或是在吃东西时不去想它。

士兵们每次打发几个人走。他们会数出一组人，送他们离开，等上一会儿，再送走一组。当丽莎试图咽下一小片奶酪，却发现它卡在喉咙里时，她心里终于接受了穿过栅栏以来就已领会的事情——他们都会被枪毙。她一跃而起，就像个二十岁的姑娘，一把拉起柯利亚，和他一道跑回栅栏处。还有很多人正拼命往外挤，同时又有一大堆人不停地拥进来。她拽着儿子的手，一直挤到那个正在发号施令的高个子哥萨克人面前。"对不起，我不是犹太人。"她气喘吁吁地说。

他要看她的证件。她在袋子里摸索了一阵，幸好找出了一张过期的身份证。那是她刚到苏联时核发的，上面的名字是厄尔德曼，国籍是乌克兰。他告诉她可以走了。"他呢？"他指着孩子问道。

"她是我儿子，也是乌克兰人！"

但他坚持要看身份证明。当她谎称证明丢失的时候,他抢过她的手袋,找出一张食物配给卡。"贝伦斯坦!"他嚷道,"犹太小孩!滚回去!"柯利亚被推开了,立即消失在熙熙攘攘的人群中。丽莎试图推开哥萨克人,但他伸出胳膊拦住了她。他说:"老太太,你不是犹太佬,不用过去啦。""但我必须过去!"她声嘶力竭地对他说道,"求求你!"哥萨克人摇摇头:"只准犹太佬进去。"

"我是犹太佬!"她一边喊,一边拼命推开他的胳膊,"我确实是!我父亲是个犹太佬。求求你相信我!"他冷冷地笑着,仍旧阻住她的去路。

"爱情,众水不能熄灭,大水也不能淹没!①"她尖叫道。哥萨克人轻蔑地耸耸肩,垂下了手臂,点头示意她可以通过。她瞥见柯利亚苍白的脸,拼命挤到他身边。柯利亚扑进她怀里。"发生什么事了,妈妈?"他说。

"我不知道,亲爱的。"她站在那里,搂着他来回摇摆。一个大块头士兵走到他们身边一个姑娘跟前说:"来跟我睡一觉,我就放你走。"那姑娘仍不改一脸茫然的表情。过一会儿,士兵走开了。丽莎追着他,拽了拽他的袖子。他回过头。"我听到你要那个姑娘做什么了。"她说,"我愿意干,只要你放我和

---

① 见《塔纳赫·圣录·雅歌》。原文为希伯来语,是犹太人的民族语言,也是犹太教的宗教语言。

我儿子出去。"他面无表情地瞅了一眼这个疯疯癫癫的老太婆，转身离开了。

他们在一队人中间，被喝令排成一列。柯利亚问，现在是不是要上火车了。丽莎打起精神对他说，或许吧，不管怎么样她都会在他身后，不要怕。他们的队伍开始往前走，大家一声不吭。在沉默中行进了一段时间，两旁站着一排排德国人。越往前走，看到的士兵越多，还有狗在前面带路。

现在，他们位于两排士兵和狗围起来的狭长通道里。士兵们挽起袖子，每个人手里举着一根橡胶棒或粗木棍。棍棒像雨点一样从两侧击落，砸到他们头上、背上和肩膀上。鲜血流进嘴里，但她几乎感觉不到任何击打，因为她正想尽办法护住柯利亚的头部。她感觉柯利亚身上狠狠挨了几棍——其中一下砰地打在他的鼠蹊处——但她几乎完全感受不到落在自己身上的棍子。此起彼伏的哭号夹杂着士兵们的欢声笑语和犬类的吠叫，柯利亚的叫声只是其中一股，但却高过所有的声响，甚至超过了她自己的叫喊声。柯利亚踉跄了一下，她抓住他的胳膊不让他倒下。他们踩在倒下的人身上，那些人都是被狗扑倒的。"快点，快点！①"士兵们哈哈大笑。

他们跌跌撞撞，走进一片被军队包围起来的空地。那是个

---

① 原文为德语。（编辑注）

长满草的广场,衣物扔得到处都是。乌克兰警察抓到人就打,一边喊道:"把衣服脱光!快点!快点!"柯利亚疼得蜷成一团,泣不成声,她摩挲着他的衬衣领子。"快点,亲爱的!照他们说的做。"因为她看到有几个人犹豫一下就挨了踢,或被指节环①和棍棒击打。她脱下连衣裙和衬裙,然后脱掉鞋子和长筒袜,一边还得帮儿子脱,因为他双手发抖,解不开衬衣的扣子和鞋带。一个警察开始用棍子打她,全都打在她背上和肩上。她手忙脚乱,一时解不开自己的胸衣。警察对这个笨头笨脑、乳房松弛的老太婆越来越生气,从她身上一把扯下胸衣。

人们都脱光了,出现了短暂的平静。一队赤身露体的人不知要被赶到什么地方去。丽莎在扔下的衣服里摸到了自己的手袋,从里面掏出一块手帕,替柯利亚轻轻擦拭脸上的血迹和泪水。

她在袋子里看到自己的身份证,于是当机立断做出一个决定。在白花花一片、茫然不知所措的人群里,她瞧见一个德国军官似乎是主管。她坚定不移地朝他走去,把身份证摆到他面前,用德语说,把她和她儿子弄到这里来是个错误。他们是来给人送行的,结果困在人群里出不去了。"您瞧!"她说,"我是一个乌克兰女人,嫁给了德国人。"军官皱起眉头,嘀咕道

---

① 多为铜制,可用作武器。

这样的错误实在太多了。"穿好衣服，坐到那个山丘上去。"他指着一个已经坐了个把人的地方。她连忙跑回来，叫柯利亚快穿好衣服跟她走。

山丘上的人一声不吭，全都吓傻了。丽莎的目光简直无法离开眼前上演的一幕幕惨剧。一队接着一队的人跌跌撞撞穿过"通道"，一边尖叫一边流血。每个人都被警察抓住，又揍了一顿，还被扒光了衣服。这一幕一遍又一遍地重复着。有些人歇斯底里地大笑，有些人瞬间老去。当年，丽莎亦祸亦福的"天眼"不幸失灵，丈夫半夜被人抓走，她的头发一夜之间变成灰白——那种古老的说法确有其事。他们之后的一队走了，又来一队，她看到了索尼娅。就在她被扒光然后送去枪毙的过程里，那乌黑的头发变得灰白。丽莎看着同样的画面反复重演。

枪声是从一道陡峭的沙墙后传来的。他们让人群排成短行，带他们穿过沙石墙上仓促掘出的豁口。这堵墙把所有的东西都挡住了，不过人们当然会知道自己到了哪里。第聂伯河的右岸被几道幽深的沟壑割开，眼前的这道沟壑尤为巨大雄伟，就像山中的峡谷，又深又宽。如果你站在一头叫喊，那一头几乎听不到你的声音。两头都很陡峭，有些地方甚至是悬崖峭壁，底下流淌着一条清澈的小溪。周围全是公墓、树林和菜地。当地人把这道深谷称作"巴比亚尔"。柯利亚和他的伙伴们以前常来这里玩。

丽莎看到，男男女女被带领着穿过那个豁口的时候，无一例外地都用手捂住生殖器。大部分孩子也是这么做的。有些男人和男孩，那里挨了打，疼得不行，但主要还是因为本能的羞耻感。柯利亚不愿让她看到自己脱衣服也是出于这种心态。他脱光衣服的时候也用手捂住那里，一部分是因为疼，但也是出于天生的羞怯。耶稣就是以这种姿态下葬的。女人们还想用手臂遮住自己的乳房。看到他们被带去枪毙时仍要顾及脸面，真是可怕又奇特的场景。

柯利亚的双手仍旧捂在两腿之间。他向前弯着腰，不停颤抖。即使丽莎拥抱他，温暖他，并试图低声说些安慰的话，他还是止不住地颤抖，而且一句话都不说。他已经吓得说不出话了。

就在柳芭·史恰登科紧紧抓着自己最小的孩子娜蒂亚，颤颤巍巍地走出"通道"的时候，丽莎知道自己必须在彻底崩溃的边缘勉力支撑下去。三岁大的孩子张大了嘴巴想要号叫，却发不出一点声音。柳芭满脸是血，跟在她后面出来的奥尔伽和帕维尔也是一样。没有看到史恰登科家的老太太。柳芭把裙子从头上褪下来后，仿佛径直朝山丘上那个朋友看了一眼，颇有责备之意。但那时她肯定是看不到的。她自己脱光了，然后帮娜蒂亚解开上衣扣子，但动作太慢了。一个警察怒气冲冲地夺过孩子，就像提着一袋土豆似的把她拎到沙墙边，扔到另一头。

"万福玛利亚……为我们祈祷吧……"丽莎喃喃地念起儿时祷词，眼泪夺眶而出。

若非亲眼所见，此情此景实难想象。呼喊声、尖叫声和机关枪啪啪扫射的声音连成一片，丽莎全都充耳不闻。就像一部无声电影，积云飘过蓝色的天空。她甚至开始相信，沙墙的另一边并没有发生什么可怕的事。因为没有什么比眼前发生的事更糟糕或同样糟糕的了。她不知道人们被带去哪里，不过他们并没有被杀害。她也是这样对柯利亚说的："他们只是吓唬吓唬咱们。等着瞧吧，我们会回家的，帕维尔和其他人都会平安无事的。"她向来连蟑螂都不敢杀死，而眼下根本没有任何理由要杀死这么多人。德国人会让大伙排好队，站在深谷边，一边朝天上开枪一边因为这个玩笑而哈哈大笑，然后让人们穿上新衣服，坐到火车上去。这样很疯狂，但还不像另一种可能那样疯狂。甚至在乌克兰军官说出这样的话后，她仍然对此将信将疑："我们先把犹太佬杀光，然后再放你们走。"

这番话是对一个年轻女人说的，从前还跟她有过一面之缘——迪娜·普罗妮切娃，基辅木偶剧团的演员。她从"通道"里摇摇晃晃走出来的时候，丽莎就认出她了。两个老人，可能是她的父母，从另一个队伍里向她挥挥手，或许是叫她设法逃出去。于是迪娜没有脱衣服，而是迈开大步，朝站在山丘前的乌克兰军官走去。丽莎听到她要求获释。她给他看了自己袋子里的东西。她显然不像犹太人，甚至比丽莎更不像，因为她的鼻子相当长。迪娜的姓是俄罗斯人的，而且她讲的是乌克兰语。指挥官被她说服了，对她说过一会儿就放她走。迪娜正坐在比较远的地方，在山丘较低处。就像那里的大部分人一样，她把脑袋埋在臂弯里——出于惊恐和悲伤，或许还怕被人认出来后叫喊"她是个肮脏的犹太佬！"以求自保。

丽莎想起保姆教过她的一句驱避噩梦的祷词："身为救世主的你……"眼前的一切简直令人难以置信，或许该从中醒来了。尽管那句祷词有点帮助，但噩梦还在继续。在这个世界里，小孩被掷过围墙，就像谷物袋被扔到货车上；柔软白净的躯体遭到暴打，就像农妇捶干衣物；无所事事的军官站在小山丘前，用黑色的鞭子轻轻击打锃亮的黑靴。"身为救世主的你……"

她觉得自己帮不了柯利亚，别无他法，只好自私地祈祷其他人统统被杀光，越快越好，然后坐在山丘上的人就能获准回家。她一刻不停地进行这种自私的祷告，但不曾后悔自己没有接受柳芭的好意留在家里。现在她明白为什么自己永远不该生孩子了。一想到她的儿子柯利亚和陌生人一起待在这里，兴许和孤儿院的孩子在一块儿，那简直比死亡的恐惧还要可怕百倍。

她恍恍惚惚想得出神,其间在她眼前上演的一切全都缓慢而悄无声息地发生着。说不定她真的聋了。周遭比最安静的夜晚还要安静。云朵飘过天空,慢得可怕,冷酷无情。天色也有些变化,景物染上了淡紫色。她注视着积云堆在地平线上,看到它裂成三块。裂开的云朵继续改变形状和颜色,然后再度飘过天空。它们一定不知道发生了什么事。它们以为这是平凡的一天,否则定会大吃一惊。小蜘蛛沿着草叶往上爬,以为那只是田野里普普通通的一片叶子。

那天下午不知不觉就过去了,天色暗了下来。

忽然驶来一辆敞篷车,车里坐着一个高大魁梧、衣着考究的军官,手里拿着马鞭。他身边坐着一个俄国战俘。

"这些人是谁?"军官通过翻译官问那个警察。他指着那座山丘,这时候上面已经站了大约五十个人。

"是我们的人,乌克兰人。他们是来送行的,应该放他们走。"

丽莎听到军官嚷道:"立刻把这伙人毙了!只要有一个人从这儿出去,在城里走漏了消息,明天一个犹太佬都不会出现。"

翻译官逐字逐句地译出军官的命令,这时她握住柯利亚的手,抓得死死的。孩子开始急促地喘气,他的手在剧烈颤抖,但她紧紧地握着。她低声说:"上帝会眷顾我们的,宝贝——

你瞧着。"突然传来一阵刺鼻的恶臭,她知道柯利亚大便失禁了。她紧紧地抱他,亲吻他。强忍了大半天的泪水,终于沿着她的脸颊滚滚流淌。自从他们坐上山丘,柯利亚始终没哭,而且一言不发。

"来吧!跟我走!都站起来!"警察喊道。人们像喝醉了似的站起身。他们一声不响,温文尔雅,仿佛是被叫去吃晚餐。大概因为天色已晚,德国人没有再费神叫这队人脱得一丝不挂,而是让他们穿着衣服直接走过那道豁口。

丽莎和柯利亚走在最后。他们穿过豁口来到一个采沙场,四周都是名副其实的悬崖峭壁。天色昏暗,她已经看不清采沙场的全貌。他们一个挨着一个,沿着一条非常狭窄的石阶被赶到左侧。

他们左边是采沙场的边缘,右边则是深渊。那条石阶显然是为了行刑而特别开凿的,十分狭窄,以至于沿阶前行的时候,人们本能地靠着沙石墙,以免失足跌落。柯利亚膝盖发软,如果不是母亲抓着他的胳膊,他早就掉下去了。

他们被要求停止前进,转身面向深谷。丽莎往下看了一眼,只觉得头晕目眩,仿佛身处云端。下面是一大片倒在血泊中的尸体。在采沙场另一头,她只看到机关枪和一些士兵。德国兵点了一堆篝火,看上去像在煮咖啡。

她攥着柯利亚的手,叫他闭上眼睛。他不会觉得疼,到达天堂的时候，她仍旧和他在一起。她看到他闭上了眼睛。她想告诉他，他的父亲和亲生母亲已经在那儿等他了，但转念一想又觉得不妥。一个德国人喝完咖啡，信步走向一挺机关枪。她开始低声念诵主祷文，听到儿子也在身边用微弱的声音跟着念。她没有看到什么，只是感觉到血肉之躯纷纷从石阶上跌落，枪林弹雨渐次逼近。就在子弹快要射到他们的时候，她拉起柯利亚的手，喊道："跳！"然后跟他一起跳下了石阶。

她觉得下落的过程似乎持续了许久——也许落差很大。跌落谷底时，她失去了知觉。她仿佛回到了家，时值深夜，面朝右侧躺着，睡意蒙眬。蟑螂在墙上和床板底下发出沙沙的声响，她脑海里充斥着这种声音。她随即明白，那是大堆濒死之人轻轻蠕动发出的声响。仍然活着的人不停动弹，使得人堆压得更加严实。

她落在一片血海中。她面朝右侧躺着，右臂以扭曲的角度压在身下，感觉不到痛。她不能动，也不能转身，因为有什么东西卡住了右手，大概是一具尸体（或许是柯利亚的）。她全身上下都不觉得疼。除了沙沙声，底下还传来一些古怪的声音，隐约夹杂着呻吟、哽咽和抽泣。她想喊儿子的名字，但发不出声。

等天黑了，她要找到柯利亚，爬出深谷，溜进树林，然后设法逃走。

一些士兵出现在石阶上，他们一边用手电筒照射底下的尸体，一边用左轮手枪朝那些看上去还活着的人发射子弹。但丽莎不远处的一个人还是像先前那样大声呻吟。

随后，她听到有人走到身边，就踩在尸体上。是从上面爬下来的德国人，正俯下身从死者身上摘取物件，还时不时朝没有断气的人开枪。

一名党卫队士兵看到有个侧卧的老妇人身上什么东西亮晶晶的，俯下身查看。他扯断那枚十字架的同时，顺手在她胸部摸了一把。他肯定觉察到她还没死。那人松开了手里的十字架，站起身。他抬起腿，用长筒靴猛踹她的左胸。这一踹的力道使她挪动了位置，不过她没出声。那人意犹未尽，又朝她的骨盆狠狠踹去。只听到一阵清晰的、骨头断裂的声音。他终于心满意足，猛地拽断十字架，跨过尸体，扬长而去。

女人本来想叫，却叫不出声，现在喊了出来，但尖叫变成了呻吟，还是没人听见。寂静的深谷里，只听见下面有人在喊："德米丹科！快点，铲土！"

传来一阵铲土的声音，接着是泥土和沙子砸到尸体上发出的沉重的撞击声。响声距离那个尚未死去的老妇人越来越近。泥土开始落到她身上。被活埋是一件难以忍受的事。她用铿锵凄厉的嗓音喊道："我还活着，行行好，打死我吧！"话一出口，又变声了奄奄一息的低语，不过德米丹科听见了。他拨开她脸上的土。"嘿，瑟马什克！"他喊道，"这个人还活着！"瑟马什克走了过来，就他那硕大的身体而言，行动还算敏捷。他低下头，认出这个老妇人曾试图行贿以求离开此地。"那就操她呗！"他咯咯地笑起来。德米丹科也乐了，动手解开腰带。瑟马什克放下步枪，把老妇人拽出来摊平。她的脑袋往左边耷拉，直勾勾地盯着一个男孩死不瞑目的眼睛。德米丹科猛地分开她的腿。

过了一会儿，瑟马什克开始嘲笑他。德米丹科抱怨天气太冷，老太婆又太丑。他整了整衣服，拿起步枪。在瑟马什克的帮助下，他找到了入口。一边说笑的时候，他小心翼翼、近乎优雅地将刺刀插了进去。老妇人没有发出任何声音，尽管他们看得出她还在呼吸。德米丹科模仿性交时的抽插，动作依然轻柔。瑟马什克放声大笑，笑声在谷壁间回荡。与此同时，女人的身体不断地一紧一松，一紧一松。但抽搐一阵后就没反应了，她似乎已经断气。瑟马什克埋怨说，这是在浪费时间。德米丹科扭转刀刃，深深地刺了进去。

夜里，尸体总算消停了。偶尔会有一只手稍稍调整位置，使得另一个脑袋微微转动。人们的样子潜移默化地改变着。普希金称之为"睡夜的骚动"，不过他指的是一户已经歇息的人家。

人的灵魂是一个遥远的国度，无法接近，亦无从探访。大部分死者，穷困潦倒，目不识丁。但其中每一个人都做过梦，见过虚幻的景象，也有过惊心动魄的经历，连他们怀里的婴儿也不例外（或许怀里的婴儿尤其如此）。虽然大部分人从未在波多利贫民窟以外的地方生活过，但他们的生活和阅历却和丽莎·厄尔德曼-贝伦斯坦一样丰富多彩。哪怕有一位西格蒙德·弗洛伊德从亚当时代就开始聆听和记录，他仍然连某一族类、某一个人都无法探索穷尽。

而这，只是第一天。

天黑以后，居然有个女人沿着峭壁爬了上来。那就是迪娜·普罗妮切娃。她抓着一束灌木想喘口气的时候，居然发现自己跟一个小男孩面对面。他穿着背心和长裤，也是一点一点爬上来的。他低声说了句话，令迪娜大惊失色："别怕，小姐！我也活着。"

丽沙梦见过这句话，当时她和玛格达姨妈在盖斯坦泡温泉。但这实在不稀奇，因为她有预知未来的天赋。而且，她身体中的某个部分自然而然地随着这两个幸存者一道活了下来——迪娜，还有这个战战兢兢、浑身发抖的小男孩。他的名字叫莫提亚。

莫提亚被德国人击中的时候，他正叫喊着向这位女士示警。如今迪娜被他当成母亲一样深爱着，因为她对他很好。迪娜活了下来，成为仅存的见证者，也是丽莎所见所感的唯一一个全权代表。不过，这样的事发生过三万次了，总是以同样的形式发生，但又总是各不相同。况且活着的人从来都不能替死者代言。

三万成了二十五万，二十五万家位于巴比亚尔的白色旅馆（每家都有一个沃格尔、一个科廷太太、一个牧师、一个妓女、一对新婚夫妇、一个诗人军官、一个面包师、一个厨子和一支吉卜赛乐队）。底下几层被结结实实地压成一大块。后来，德国人想掩盖他们制造的大屠杀，却发现用推土机很难把尸堆分开，它们现在呈现出某种灰蓝色。底下几层只好用炸药炸开，有时还得用上斧头。底层的尸体无一例外地光着身子，而上面几层尸体穿着内衣，再往上就穿得严严实实了，犹如不同构造的岩石。犹太佬在最底下，然后是乌克兰人、吉卜赛人和俄罗斯人，等等。

一个大规模的多功能建筑工地在这里兴建起来。掘路工挖开地面；清理工拽出尸体；勘探工（淘金者①）搜集珍物。奇怪而令人动容的是，包括那些光着身子的人在内，几乎所有遇难者都设法藏匿了一些具有纪念价值的东西，并随身携带，跌下深谷。其中甚至还有手艺人的工具。许多贵重物品还得从尸

---

① 原文为德语。（编辑注）

体上剥离下来。丽莎从米兰回来后不久镶的牙和其他地方搜罗来的牙齿填料融到一起——包括弗洛伊德那四个上了年纪的姐姐嘴里的——被锻造成一批待价而沽的金条。

衣帽工把上等布料全扒了下来；建筑工搭起巨大的柴堆；烧火工将人的头发点燃，生起大火；粉碎工筛检骨灰，找出勘探工遗漏的金子；园艺工用推车运走骨灰，分撒在深谷附近的菜地里。

这是一桩可怕的差事。为了抵御恶臭，警卫们整天都在痛饮伏特加。俄国战俘得不到任何食物（可一旦身体衰弱就要大难临头），时不时有人被烤肉的香味逼得发狂，忍不住把手伸到火里拽出一块肉，却被逮个正着。做出这种野蛮行为，他们会像龙虾一样被活活烧死，为那诱人的香味锦上添花。战俘们心里明白，等到最后一具尸体烧完，他们之中能活到那个时候的人最终也会被投入烈火。警卫也晓得他们心知肚明，这是两拨人互相嘲弄的话题。有一天，驶来一辆满载女人的毒气车。毒气开关打开后，像往常一样响起了碰撞声和呼喊声。但要不了多久又陷入寂静，车门就可以打开了。一百多个光着身子的女孩被拖了出来。烂醉如泥的警卫们又笑又嚷："来啊！快上！让她们的小穴接受洗礼吧！"他们差点被含在嘴里的伏特加酒瓶噎到。好笑的是，这些女孩都是基辅夜总会的女招待，大概也不是什么贞洁的处女。甚至有一两个战俘，那皮包骨头的脸上也露出了狡黠的笑容，他们正把那些女孩——不管是死是活——摞到柴堆上。

战争结束后，毁尸灭迹的工作仍在进行，只不过换了一批人。不久，迪娜·普罗妮切娃不再承认自己是从巴比亚尔逃出来的。工程师们建起一座跨越谷口的水坝，把邻近的采沙场里抽出的水和泥浆灌进去，形成一个蓄满绿色死水、发出阵阵恶臭的湖。水坝垮了，基辅大片区域被泥浆淹没。就像庞贝古城一样，人们保持着最后一刻的动作，直到两年后还不断地被挖掘出来。

然而，没人认为有必要立一块纪念碑，以抚慰这座深谷。它被灌满了混凝土，上面还建起一条主干道、一家电视中心和一个高层住宅区。尸体曾被掩埋、焚烧、淹浸，如今又被重新埋葬在钢筋水泥之下。

不过这一切，和那个旅客、那个灵魂、那个害了相思病的新娘、那个耶路撒冷的女儿，毫无关系。

第六章 营 地

经过混乱拥挤、噩梦般的旅途,众人在一个落满尘埃的无名小站一拥而下。大伙争先恐后挤过一座小桥,满心欢喜地吸进新鲜空气。他们在别人的带领下畅通无阻,没受刁难,也免了一应手续。站外已有一排巴士候着。

一个年轻中尉负责丽莎坐的那辆巴士,他宣读名单时羞羞答答、结结巴巴,倒是缓和了气氛。乘客告诉他读错了一个难念的名字,他害羞地笑了。他觉得丽莎的名字尤其难念。他已经汗流浃背——天气热得很——一道白色伤疤从脸颊一直延伸到前额,一只空荡荡的袖子塞在制服口袋里。

巴士开动,扬起一阵尘土,他转身坐到丽莎前面的空位上。他笑了笑:"刚才真对不起!""没事的!"她也报以微笑。"我猜是波兰姓吧?"他问。她说没错。其实她为自己犯的错误感到不好意思。她早已决定不再用"贝伦斯坦"这个犹太姓氏，也不再用德国姓"厄尔德曼"，因为每次被要求出示证件时，总免不了多费口舌。她本来想用出嫁前的姓"莫罗佐娃"，但不知出于什么古怪的原因，她这次用的是母亲出嫁前的姓：科诺普尼茨卡。现在想改已经太迟了。年轻中尉正向她打听旅途中的情况。"糟透了！糟透了！"丽莎说。

他同情地点点头，补充说，起码到营地就能好好休息了。那里虽不是宫殿，却也相当舒适。晚些时候，他们会被送到更远的地方去。丽莎说，经过一路折腾，听到这样一句友好的话真叫人大感欣慰。她凝望着炎炎烈日下一成不变的沙漠，没有听清他接下去问的问题。他只好重复了一遍，问她以前是做什么的。听到她说是歌唱家，他很高兴。虽然他对音乐懂得不多，但很喜欢欣赏，而且他有一项任务就是在营地组织音乐会，不知道她愿不愿意参加。丽莎说，她乐意之至，只要大家觉得她的嗓音还过得去。

"我叫理查德·莱昂斯。"他一边说，一边伸出左手越过椅背。慌忙之间，她也伸出左手和他相握。这个名字唤醒了她的记忆，她惊讶地发现自己居然认识他的叔叔。她是在奥地利的阿尔卑斯山度假时与他结识的。"他以为你死了。"她说。莱昂斯中尉苦笑道："差一点！"然后拍了拍空荡荡的袖子。他当然知道她住过的那家旅店，因为他以前经常在那里滑雪。

"那是个漂亮的地方。"他说。

"是啊,不过这里也不错。"她回答时又瞥了一眼窗外的沙丘,"是个美丽的世界。"

趁此机会,她问如果要找寻亲人的下落该如何着手。他熟练地用左手从胸前的口袋里掏出一个笔记本和一支铅笔,一边抓着本子一边在上面写下"贝伦斯坦"这个名字。他答应替她打听一下。他说:"放心,你的亲人一定也会来查看新名单的。"她感谢了他的好意,他说没关系,他很乐意效劳。

他道了声歉,转身往巴士后面走去,同其他乘客寒暄了几句。筋疲力尽的柯利亚已经睡着了,脑袋耷拉在她肩膀上。她换了个姿势,让他睡得更舒服些。她的胸部很柔软。不过没过多久她就把柯利亚叫醒了,因为巴士停了下来。虽然舟车劳顿,但看到沙漠绿洲,乘客们不禁欢呼起来,那里绿草如茵,棕榈成群,还有汩汩流水。眼前这幢建筑要说是中转营地,倒更像是一家旅馆。丽莎和她儿子同住一间房,屋里散发出木材的清香。横梁是雪松木做的,椽子则是冷杉木。

柯利亚不一会儿就跟帕维尔·史恰登科出门探险去了,但丽莎太累了,倒头就睡。半明半昧的暮色中,丽莎被一阵小心翼翼的敲门声吵醒了。她以为是柯利亚吃不准是不是自己的房间。由于行李还没打开,她衣冠不整地过去开了门。门外是那个中尉,看到她衣不蔽体的样子,满脸通红,连声道歉说不该打扰她休息，自己早该想到她会提前上床睡觉。他结结巴巴的样子反倒叫人尴尬。他只是想告诉她，名单上没有找到叫维克特·贝伦斯坦的人，倒有一个薇拉·贝伦斯坦，不知道这个消息有没有用。"太棒了。"她说，"谢谢你。"他又飞红了脸，说会继续寻找她丈夫的名字，而且他觉得，或许她会乐于得知还有一个人的姓氏跟她那个不同寻常的姓一样——玛丽亚·科诺普尼茨卡。"那是我母亲啊！"她欢呼起来。他也很高兴，答应再去打听更多消息。

　　日子一天天过去。吃饭的时候，她总是朝周围的餐桌张望，寻找自己熟悉的面孔。有一回，她觉得自己看到了弗洛伊德。那是个下巴缠着重重绷带的老人，正独自吃饭，或者说试图吃下去。她颇感敬畏，不敢走近交谈。再说也有可能不是他，因为那个老人据说是从英国来的。但她怎么可能把那种高贵的表情认错呢？看到他用只剩一个小孔的嘴巴费力地吸了几口雪茄，她几乎可以确定了。她有一种顽皮的冲动，想给他写明信片（印着中转营地图片的那种，也只能买到这一种），在上面写："安娜女士向您致意，不知您可否赏光，同她一起喝杯牛奶？"他看了可能会笑，因为他会想起白色旅馆里的厨子。她正摆弄着明信片，不知道要不要买。她忽然意识到，自己日记里那个正在戒酒的善良的老神父就是弗洛伊德。她还纳闷，当时怎么没发现，多么明显的事情。她随即觉得脸上发烧，因为弗洛伊德绝顶聪明，肯定已经意识到这一点，或许还会觉得她在笑话他。因此，给他递明信片实在不是明智之举，会让他想起这件事情。

有一天，两人擦肩而过，当时他正坐在轮椅上被推进医务室，耷拉着脑袋，没看到她。他似乎病得很厉害，而且闷闷不乐。如果向他亮明身份，那么她必定会对当初的诊断是否准确提出更多重大疑问，而这只会使他愈发不快。最后她还是躲得远远的，期盼医生能帮到他，他们显然很有把握。那个超负荷工作的年轻医生曾给她看过病，手脚麻利，温文尔雅。可即便如此，她当时还是畏畏缩缩，不敢让他检查疼痛的部位。"您觉得哪里不舒服？"她往后缩，不让他碰的时候，他这样问道。她叹了口气："发现①。"他开的药还是减轻了她的痛苦。

她觉得好多了，可以开始上外语课了，就在柯利亚的教室隔壁！她想好好学希伯来语。她现在只会一句，还是克卓娃太太教她的："爱情，众水不能熄灭，大水也不能淹没。"她一向觉得学语言很容易，指导老师们对她的进步颇为满意。

但好像不只犹太人可以来这儿，因为她母亲也在名单上。

第二天晚上——她觉得是第二天——那个年轻中尉来到她的餐桌旁，害羞地请她跳舞。这群移民之中不乏音乐家，还

---

① 见第 213 页注释①。

包括基辅交响乐队的成员,他们很快组成一支为舞蹈伴奏的乐队。用餐时间,大伙其乐融融。已婚的夫妇们并没有自顾自地跳,而是叫上鳏夫寡妇一起玩乐。丽莎觉得自己没法跳舞,因为臀部很痛,但又不想让腼腆害羞又乐于助人的年轻军官扫兴。两人好不容易跳完一支华尔兹——他只有一只手,而她差不多也只用到一条腿!大伙哈哈大笑。随后,他俩一道出门散步,享受凉爽的夜晚。他指着山谷里一大片美丽的百合花叫她看。他并不介意她正在流血。

真正令她诧异的是——人人都认为是个奇迹——从基辅发出第一趟列车后过了几个星期,又来了一个"非法移民"。她一瘸一拐地穿过葡萄园,摘葡萄的人停下手里的活,吃惊地盯着她。那天早上,柳芭·史恰登科正待在自己房里,跟她的孩子还有婆婆在一起。她听到有什么东西在门上抓挠,开门一看,一只小黑猫在她脚边,正可怜兮兮地冲她叫。那是他们家的猫瓦思佳——瘦得皮包骨头,爪子血肉模糊,但毫无疑问正是瓦思佳。不一会儿,她已经蜷缩在娜蒂亚的怀里发出呼噜呼噜的声音,还一边舔着碟子里的牛奶。凭借猫类不可思议的奇特本能,它居然穿过街道和沙漠,翻山越岭找到了他们。它很快变得骨肉丰满,在营地里活蹦乱跳,成为所有人的宠儿和吉祥物。

在庆祝葡萄成熟的狂欢活动里,这只黑猫也占有一席之地。今年葡萄丰收，味道也好。丽莎首度开唱，小试牛刀，不过只是轻轻跟着大伙一道合唱祝酒歌。她嗓音沙哑，自己也没把握，但她倒没觉得不开心。有几个人还回过头来看，好似在纳闷谁的歌声如此美妙。

无论你走到哪里，总是能看到瓦思佳！一天晚上，它甚至打断了营地里正在放映的电影。虽然这些电影多半很无趣——都是粗制滥造的纪录片——但丽莎通常都会去看，因为对学习语言有帮助。有一晚瓦思佳露面的时候，她和柳芭正在看一部关于以马忤斯定居点的纪录片。他们展示了监狱里的医院，号称治愈了许多顽固不化的犯人。接受拍摄和采访的病人中，有一个戴着眼镜、长相很讨人喜欢的男人让丽莎觉得似曾相识。全副武装的警卫挟持着他穿过楼群。还拍到他在游戏厅里跟孩子们一起玩，那时仍有武警在一旁严密监视。讲解员提到了他的名字"库尔腾"，就好像观众早已熟知。丽莎确实觉得自己听过这个名字，兴许还在报纸上见过照片，但她记不清了。她正要跟柳芭嘀咕几句，瓦思佳突然占据了整个屏幕……是瓦思佳的投影！观众们幡然醒悟，爆发出一阵狂笑。这只猫不知怎的溜进了放映厅，现在荧幕上显示她正泰然自若地清洁自己的脸呢！观众们鼓掌，要她再表演一次——这可比电影好玩多了！

一天早上，出现了四只黑白相间的小猫争着叼瓦思佳的奶头，它们浑身湿漉漉的，喵喵直叫。柳芭说这简直是奇迹，因为早就替她做了绝育手术……但那些小猫分明是活生生的。瓦思佳显然成了史无前例的英雄。营地里的孩子全都成群结队地过来，围着新来的客人们忙活个不停，还设法贿赂娜蒂亚让他们抱一只回去养。

不过，奇迹中的奇迹是——柳芭大笑着说——它们的爸爸是哪儿来的？

> 我的佳偶，我的美人，起来，与我同去。因为冬天已往。雨水止住过去了。地上百花开放。百鸟鸣叫的时候已经来到，斑鸠的声音在我们境内也听见了。我的鸽子啊，你在磐石穴中，在陡岩的隐秘处。求你容我得见你的面貌，得听你的声音。因为你的声音柔和，你的面貌秀美。①

以上引文摘自一封信，写信的人全然出乎预料。当时她正在田里干活，一个男人顺道带来了邮件。看到那熟悉却早已忘却的字迹，她连忙离开了拾麦穗的行列，匆匆忙忙跑进公厕，那是她能找到的唯一一个隐蔽之处。逝去的往昔伴随种种情感

---

① 见《旧约·雅歌》。

一齐涌上心头,她确实需要一个人静一静。在基辅的那些年,她经常在报纸上看到阿列克塞的名字,还看到过他穿着制服在队列里立正的照片。后来她看到他被捕的消息,以及轰动一时的供词。让她由衷欣喜的是,他没有被枪毙,而是获准加入了犹太移民的行列。

信里说,他在以马忤斯关了一阵,如今已洗心革面,重新做人。眼下他正在比特山区的定居点。条件很恶劣,但他们都在努力干活以开创新的生活。当他在名单上看到丽莎的时候,他立刻意识到自己还爱着她,并希望丽莎到他那里去,和他一起生活。

柳芭不愿意朋友离开,只好强迫自己相信投靠阿列克塞对丽莎有好处。当然他没有提到结婚,但这个新国度的法律也不鼓励正式的婚姻关系。

不过,丽莎回信说,已经太迟了。她也还爱着他,但如果跟他生活在一起,他们会一直被孩子的阴影笼罩。他们的良心都背着沉重的负担。

有一天,她在收音机里听到薇拉·贝伦斯坦银铃般的声音,激动不已。她破天荒地唱了一首宗教歌曲,是根据《诗篇》第二十三首谱写的。她的嗓音比以前更甜美了。后来多亏和理查德·莱昂斯的交情,丽莎得以在满是杂音的电话里听到那银铃般的声音。薇拉证实她丈夫不在那儿——目前还不在。

薇拉很兴奋，不停追问儿子的情况。其实丽莎已经准备带柯利亚去见他的亲生母亲了，她常常装出漫不经心的样子，提到薇拉的名字，追忆她的往事。

这对丽莎来说实在勉为其难，甚至比在田里干活还难得多。她为这事偷偷掉过眼泪。之所以难办，因为她自以为就是柯利亚的母亲，而他也觉得丽莎是自己的妈妈。可她不得不为他铺平道路，让他回到生他的女人身边。倘若维克特能回来，放他走倒还容易些。她由衷地为他尚未到来而感到欣喜，同时又懊悔不已。尽管深爱着他，但她内心深处并没有把他看成真正的、永恒的丈夫。似乎只是为了赎罪，她尽全力帮助别人。

她试图帮助那个她认为是弗洛伊德的老人。理查德让她查阅了定居点的人员档案，可问题在于她不记得弗洛伊德女儿婚后的姓了。不过她看到一个叫索菲·哈勃斯塔特的人，带着一个叫海因茨的小男孩。她觉得就是这两个人，于是给哈勃斯塔特夫人写了一封短信。犹如善行得到了回报，她无意间看到了彼得堡的老朋友卢德米拉·克卓娃的档案卡。回到房间又碰上一个奇妙的巧合：她发现床上有封信，正是卢德米拉寄来的，说她在名单上看到了丽莎的名字，得知丽莎平安无事真是喜出望外。卢德米拉说，她身体尚未康复，无法远行，但很想早日见到丽莎。他们用镭放射疗法对她的乳房进行治疗，真是苦不堪言，几欲作呕。这实在很奇怪，因为丽莎明明记得，为了保住性命,她的乳房已经被切掉了。丽莎很担心,但愿不会是她的另一个乳房也发生了病变。

在一个酷热无风的日子,理查德·莱昂斯开了一辆军用吉普车,载着她沿湖岸行驶。她母亲想找个安静的地方同她见面。理查德把吉普车停在几棵无花果树的树荫底下,叫她徒步翻过沙丘。她站在沙丘顶上瞭望湖面,对岸是朱迪亚[①]的群山,她看到一个女人站在那里。那女人转过脸去,仿佛被天边高过肩膀的红色尘云吸引住了,连裙摆都纹丝不动。当她把脸转向丽莎的时候,丽莎看到她左半边脸上布满了坏死的皮肤。

她们一起沿着湖岸漫步,不知道说些什么好。最后丽莎打破了沉默,说她脸上的烧伤真叫人难过。

"嗯,不过我是罪有应得。待在这儿,伤疤好得很快。"她女儿听出久违了半个世纪的声音,不禁心潮起伏。

女人怔怔地盯着丽莎的脸,终于也认出了昔日那个小女孩的特征。看到那个十字架,她说:"这是我的,对吧?很高兴你一直留着它。"

两人处在一块儿仍有些尴尬和羞怯。

为了打破令人尴尬的沉默,丽莎问她,建在迦南[②]的定居

[①] 古巴勒斯坦南部地区,包括今巴勒斯坦南部和约旦西南部,是犹太人曾生活聚居的地方。
[②] 古地名,大致相当于今以色列、约旦河西岸以及加沙,加上临近的黎巴嫩和叙利亚的临海部分。

点情况如何。

她母亲莞尔一笑:"呵呵,还不算地狱最底层。"

出于礼貌,丽莎也笑了笑,不过很迷惘。她记得母亲有个恼人的习惯,就是从不正面回答别人的问题。

"你的姨妈也将远道而来。"她母亲说。

"噢!什么时候?"

"很快。"

一只乌鸦飞过水面,嘴里叼了片面包。

"尤里也快了。"她母亲用那双忧郁而美丽的浅褐色眼睛,向丽莎斜斜地瞟了一眼。"你应该试着理解你哥哥。我明白,你出生的时候他肯定很嫉妒。你跟他不一样,他显然更像他父亲。"

丽莎拉起母亲的手。二人的手笨拙地互相触碰着。"你爸爸也在这儿,你知道吗?"她母亲问道,"他一个人生活。"

"他向来如此!"丽莎说。这句讥讽令两人咯咯直笑,终于打开了话题。

丽莎说:"你跟他有联系吗?"

"嗯,有的。"

"替我问候他好吗?"

"好的,没问题。对了,他的家人,还有我娘家的人也都向你问好,他们很想见你。"

年轻女人点点头,心里很开心。她俩步调一致,在沙滩上静静地行走。丽莎想开口问母亲一件事,但想了想还是忍住了。现在就问,为时尚早。再说,她不过是出于好奇,知不知道并不重要。最重要、最可怕的是死亡,不过现在也不重要了,因为她母亲没有死,只是移居别处了。

然而,她母亲出于直觉似的叹了口气,说:"我想,你知道发生了什么事吧?"

"我知道基本的事实,但具体情况并不清楚。如果你不愿意,就不必说了。真的没那么重要。如果你是去参加了一场修女大会,我一样会感到惊讶。"

她母亲哈哈大笑:"那倒不可能!我不介意谈这件事。你姨父是个好人,他和玛格达过得并不如意。他是个健康、正常的男人,而玛格达的欲望却和他背道而驰,根本满足不了他。但也不能怪玛格达,等她明白过来,为时已晚。我们结婚时全都单纯得可怕,而且太年轻,就像飞蛾一样蒙昧无知。你明白吗?"

"是的。"丽莎说,"没错,我现在才渐渐明白这一点。"

"她知道我们之间的事——至少一开始知道——而且我觉得,她大大地松了口气。"她焦虑不安地看着女儿。

"所以实际上,"丽莎说道,她脑海中的迷雾逐渐散去,"当你们三个人……其实是她想要——?"她满脸通红地看着母亲,随即又看向别处。

"是的,大致就是这样。那是她的提议。我和弗朗茨都觉得这事叫人难为情。但后来她希望这一切到此为止——我猜想,是因为她受到了冷落,而且嫉妒心切——所以我和你姨父只好幽会。那真是不可饶恕的罪孽。"

"爸爸知道吗?"

"他知道,但从没提过。自从——差不多自从尤里出生以后,我们再也没有一起睡过。哎,当然啦,也不完全如此!偶尔也会睡一次。他很忙,他有自己的工作、自己的谍报任务、自己的情妇。他不在乎我干什么,只要表面上能凑合。"

烈日当头,丽莎开始觉得不舒服。听母亲忏悔,真是一件叫人筋疲力尽的事。她问母亲要不要坐下来,有一块岩石可以遮住点太阳。他们坐了下来,背靠滚烫的岩石。母亲焦急地问她觉得好些没有,丽莎说自己只是有点头晕,因为一直在热辣辣的太阳底下走。母亲问要不要喝点什么,丽莎说好,于是母亲解开衣襟搂着女儿,让她凑到自己胸前。喝下几口清凉的乳汁,丽莎的血液降了温,头也不晕了。她挪开嘴唇,恭恭敬敬地把手放在母亲丰满白皙的乳房上,捂着橘黄色的乳头。"我想起来啦!"她笑着说。母亲也报以微笑,说:"尽情地喝吧。我一直都有充足的奶水。"

"但怎么会——"丽莎说。她母亲叹了口气道:"送来了好多孤儿,奶妈总是不够。这样的话,我就派上用场了。"

丽莎心满意足地吮吸起来,吮完这一只,再吮另一只。她把手伸到母亲的衣服里搂着她,触摸到硬邦邦的骨头。想到母亲还穿着旧式胸衣,她暗暗笑了。吃饱喝足,母亲也系好衣服后,她解开了自己的衬衣让母亲来吸。她觉得乳头被嘴唇吸吮的感觉很惬意,一边抚摸母亲依旧浓密的金发,一边说自己很羡慕母亲有给婴儿喂奶的经验。系衬衣的时候,母亲的问题叫她脸红。她解释说,自己之所以有奶水,全是因为那个年轻的英国中尉。她说自己很喜欢他,而且他看起来很需要哺育,也需要慰藉。他激发了她的母性情感。

她们觉得精力恢复了,于是站起身,沿着湖岸继续前进。玛丽亚·科诺普尼茨卡说:"我觉得,我对你姨父的好意也是出于同样的考虑。我并不想对别人造成太大的伤害。我只是想给他安慰。当然,我们多少有点自欺欺人。"

"没错,我亲眼看到你安慰他呢!"年轻女人狡黠地咧嘴笑道。

"我知道!唉,简直糟透了!那次我们几乎要突发心脏病了!我们只好祈祷,但愿你年纪太小,不懂这种事。但事实显然并非如此。我很抱歉,亲爱的丽莎。你知道,我们根本不晓得你还在游艇上。我给索尼娅下过严令——"

"我说的不是那次,我说的是凉亭里的事!"她顽皮地笑了。但母亲表情严肃，一脸茫然。"我们从没在凉亭里做过什么，其他可能被人看到的地方也从来不去。几乎每次都在游艇上，而且都是在你父亲上班、你姨妈主动留下来的时候。我们一直很小心。"

她猛地恍然大悟："等等！噢，对了，我想起来了！没错，是有一次！噢，我们太蠢了！你看到了？对了，没错，我想起来了！我在画画对不对，在海滩上？当时我魂不守舍……准是一张很糟糕的画！那天很热，是不是？跟今天差不多。后来你姨父、姨妈走了过来，玛格达想在太阳底下躺一会儿，我和弗朗茨就去庭院里散步。噢，就是这样，天哪！"她笑了，没烧伤的半边脸变得更红了："我们只是接吻，对不对？"

丽莎使劲地摇头，淘气地说："你只是半裸！"

"是吗？噢，天哪！确实是这样！我想起来了！我们准是疯了！"她冷不丁地哈哈大笑起来，于是丽莎又看到了如此熟悉的、珍珠般的整齐牙齿。"他对我有强烈的性吸引力，我必须承认这一点。当然，我试图说服自己：我爱上了他。你瞧，我还引了普希金的诗：'我们后会有期／在永远的蓝天下／让我们在橄榄树荫里／我的朋友／再一次结合爱情的吻……'[①] 就是这类东西，连篇累牍！我们女人总是不愿承认其中主要是性

---

① 见普希金《为了遥远的祖国的海岸》(查良铮译)。

欲。如果这曾是一段不朽的爱情，或许你就会觉得它可以被宽恕。不过老实说，并非如此。"

"不，你误解我的意思了。"丽莎说，"没有什么需要我宽恕的。我只是觉得很有趣。"她又握住了母亲的手："其实我能理解。怀着激动的心情乘上火车去和情人幽会，心里知道他也在朝着你的方向进发，怀着同样激动的心情。"

"没错！"她母亲苦笑着承认。

"往同一点行进的两条路线在地图上交汇！受情欲支配——简直急不可耐！还有就是偷尝禁果的快感！"

她母亲低下头。"没错，这也是原因之一！严重的罪孽。"

"好吧，就算是吧。但重要的是将来，不是过去。我知道这是老生常谈，可这是实话。"

她母亲停下脚步，双手捧着脑袋，浑身发抖。"那场火灾！太可怕了，太可怕了！"她一直抖了很长时间。接着，她垂下手，用战栗的声音说："我记得那是第二天晚上。我们三个月没见了，我一直迫切地需要对方。你跟别人上床的时候一定会明白这是怎么回事，你的知觉会变得不那么敏锐，身体以外的东西全都遭到拒斥。我们什么都没听到，什么都没闻到。后来，我们完事了才闻到烟味，开始咳嗽。我们听到门外传来一阵吼叫。弗朗茨跑去开门，外面已是一片火海。"她扭动着身体，仿佛又被烈焰缠身。她自己就像一团火焰。

"好了,一切都结束了。"丽莎边说边拉着母亲的手。那个女人逐渐平静下来。

"不管怎么样,"丽莎继续道,"我觉得,只要有爱,无论哪种形式,一定会有救赎的希望。"她仿佛看到一柄刺刀在分开的大腿上方发出寒光,连忙纠正自己的话:"只要真诚地去爱。"

"一种柔情。"

"没错,对极了!"

她们沿着湖岸越走越远。空中的太阳落下了一些,天气也凉爽起来。那只乌鸦又飞了回来,一股寒意沿着丽莎的背脊往上蔓延。她停下脚步。"这是死海吗?"她问。

"噢,不!"她母亲道,伴着一串银铃般的笑声。她解释说,这是约旦河①的支流,而约旦河源自"珍爱之溪"。"所以你看,这湖水总是纯净清澈。"她女儿点点头,如释重负。两个女人继续往前走。

白茫茫的风从沙丘上吹来。太阳落向沙漠,它的光芒透过远处的沙尘暴,形成一道道光环,就像玫瑰花的样子。

她们沿着湖岸前行,不知不觉来到一个小村庄。她们走进一家小酒馆想吃点东西。两个女人觉得奇怪,酒馆里只有男人——是渔民,他们一边喝酒,一边讨论今天捕的鱼。这

---

① 西亚地区的一条河流,发源自叙利亚,在约旦境内流入死海。

些人显得很礼貌，没有格外关注这两个陌生人。店主上了年纪，说话声音发颤，而且动作迟缓，但对她们很热情。他拖着步子走过去，替她们斟满酒。丽莎的杯子斟到三分之二时，他停了一下，丽莎用手捂住杯子，示意够了。但店主继续殷勤地斟酒，结果倒在了丽莎手上，又缓缓地流到桌上。她没有把手挪开，于是店主就这样不停地倒酒。丽莎一本正经地谢过了他。但是，当他带着空酒瓶，拖着步子离开的时候，两个女人闷笑起来，笑得浑身发抖。丽莎的母亲乐得手足无措，双手按着肚子在椅子上扭动，还用手捂住脸，遮掩笑出的泪水。她咬住嘴唇，指着丽莎湿淋淋的手，又爆发出一阵狂笑。

酒馆里有个电话亭。丽莎走过去，拿起听筒，仍乐得喘不过气来。她让接线生接通了母亲给她的电话。父亲接电话的时候简直跟过去一模一样。

"你好吗，爸爸？"

"很好，你呢？"

"噢，我也很好。"

"缺钱吗？"

"不缺，够花了。"

"好吧，需要什么东西就告诉我。照顾好自己。"

"嗯，你也是。"

至少她通过这条糟糕的线路跟他说上了话，或许有朝一日还能当面交谈呢。

丽莎回到营地的时候，宁静的夜空里群星密布，一轮满月熠熠生辉。不过眼前的情景丝毫也不宁静。从营地庭院到沙漠深处，全都搭满了帐篷。有的已经撑开，有的正在竖起，密密匝匝从四面八方一直延伸到地平线。年轻军官们正在指挥这场大规模行动。丽莎看到了理查德·莱昂斯，他脸上的汗水在月光下闪闪发亮，那道伤疤呈现青紫色。他四处奔走，用那只完好的胳膊指挥一群正埋头苦干的助手。他手里的指挥棒挥舞起来犹如巫师的魔杖一般。他也看到了丽莎，便命令一名中士"接手"，跑到丽莎身边。"嘿，原来是沙——沙仑的玫瑰！"他笑着说。这是他给她起的绰号，调侃而充满爱意。他解释道，今天又来了几十车的人。每天都有更多的人来，已额外搭建了临时营房，只是建得快，住满得越快，需要的营房也越多。不过没有人会被拒之门外，也不可能被拒之门外，因为他们无处可去。他把指挥棒插在皮带上，从口袋里摸出一盒烟，打开，取出一支，放进嘴里；又掏出一盒火柴，打开，擦着火柴，点上烟；然后把烟盒和火柴盒放回口袋里——这些动作都是由灵活的左手完成的。他一边吞云吐雾，一边跟她一起注视着月光下忙乱的场面。

"以色列的帐幕果然彻夜通明啊！①"他引述经文。

成千上万的移民站在自己脏兮兮的木行李箱边等候，手里拿着用细绳扎起来的、破破烂烂的铺盖卷。他们看上去并不悲伤，只是无精打采；不是消瘦，而是皮包骨头；没有生气，反而耐着性子。丽莎叹了口气："为什么会这样，理查德？我们生来本该快快乐乐，享受生活。究竟发生了什么事？"他大感不解地摇摇头，吐出一口烟："我们生来本该快快乐乐？你真是个无可救药的乐天派，我的好姑娘！"他掐灭烟头，拔出腰间的指挥棒。"我们急需护士。"他说，"你能帮个忙吗？"他用指挥棒指了指伤员专区，行军床已经排到了庭院，穿白大褂的人往来穿梭。"没问题，当然可以！"她说。她急着朝专区走去，走着走着便跑了起来。直到那时，她才意识到自己的骨盆一整天没痛，乳房也是。

她闻到了松树的味道。她想不起来在哪里闻过……于是莫名其妙地困惑起来，却也因此感到快乐。

---

① 见《旧约·民数记》："立起帐幕的那日，有云彩遮盖帐幕，就是法柜的帐幕。从晚上到早晨，云彩在其上，形状如火。常是这样，云彩遮盖帐幕，夜间形状如火。"

THE WHITE HOTEL
Copyright © D. M. Thomas, 1981
This edition arranged with Johnson & Alcock Ltd.
through Andrew Nurnberg Associates International Limited
本书中文简体字版版权，浙江文艺出版社独家所有。
版权合同登记号：图字：11-2020-283号

图书在版编目(CIP)数据

白色旅馆/(英)D. M. 托马斯著；陶磊译. —杭州：浙江文艺出版社，2022.10
ISBN 978-7-5339-6642-3

Ⅰ.①白… Ⅱ.①D…②陶… Ⅲ.①长篇小说-英国-现代 Ⅳ.①I561.45

中国版本图书馆CIP数据核字(2021)第208143号

策划统筹	曹元勇
责任编辑	李　灿
文字编辑	苏牧晴
责任印制	吴春娟
装帧设计	汐和 at compus studio
营销编辑	耿德加　胡凤凡
数字编辑	姜梦冉　诸婧琦

白色旅馆

[英]D. M. 托马斯　著
陶磊　译

出版发行	浙江文艺出版社
地　址	杭州市体育场路347号
邮　编	310006
电　话	0571-85176953(总编办)
	0571-85152727(市场部)
印　刷	浙江海虹彩色印务有限公司
开　本	880毫米×1230毫米　1/32
字　数	170千字
印　张	9.375
插　页	3
版　次	2022年10月第1版
印　次	2022年10月第1次印刷
书　号	ISBN 978-7-5339-6642-3
定　价	59.00元

版权所有　侵权必究

一本书打开一个世界

欢迎订购、合作

订购电话：0571-85153371

服务热线：0571-85152727

KEY-可以文化

浙江文艺出版社

京东自营店

关注 KEY-可以文化、浙江文艺出版社公众号，及浙江文艺出版社京东自营店，随时获取最新图书资讯，享受最优购书福利以及意想不到的作家惊喜